W0417126

Le Jeu des Trente

Du même auteur
dans la même collection

Midnight Examiner (n° 118)
Book of Love (n° 332)

dans la collection Rivages/Écrits noirs

Book of Love

dans la collection Rivages/Thriller

Midnight Examiner

dans la collection Rivages/Mystère

Fata Morgana (n° 2)

Hors collection

Du grabuge chez les insectes

William Kotzwinkle

Le Jeu des Trente

Traduit de l'anglais (États-Unis)
par Jean-Paul Gratias

Collection dirigée
par François Guérif

Rivages/noir

Retrouvez l'ensemble des parutions
des Éditions Payot & Rivages sur

www.payot-rivages.fr

Titre original : *The Game of Thirty*
(published by special arrangement with Houghton
Mifflin Company)

© 1994, William Kotzwinkle
© 1995, Éditions Payot & Rivages
pour la traduction française
© 1998, Éditions Payot & Rivages
pour l'édition de poche
106, boulevard Saint-Germain, 75006 Paris

ISBN 2-7436-0359-3
ISSN : 0764-7786

Pour leur aide concernant les questions de procédure policière, d'enquêtes privées, et de technologies de surveillance, mes remerciements à Frank Johns, Tim Jameson, et Bronson Platner.

Et toute ma reconnaissance à Danny Morell, Lisa Pete, Dan Wakefield, Jessie Hamilton, Len Levinson, Irene Williams, Camille Hykes, Henry Dunow, Ron Bernstein, et Richard Bausch.

— Quelqu'un va essayer de me descendre aujourd'hui même, m'annonça Saul Feldman par-dessus son comptoir, au cœur du quartier des diamantaires de New York.

Dans sa poche de poitrine se trouvait un stylo incrusté de pierres qui valait un millier de dollars. Celui que je portais dans la mienne valait aussi un millier de dollars ; il contenait un émetteur radio capable d'envoyer un signal à quatre cents mètres.

— J'ai eu un de mes pressentiments, reprit Saul. (Il empilait des liasses de billets dans une mallette, entre des sacs de diamants.) C'est aujourd'hui que je me fais refroidir.

Tout autour de nous, les alignements des vitrines formaient des travées où scintillaient les facettes de milliers de diamants, comme autant de soleils dans une galaxie à l'échelle des elfes. Les vitrines de Saul étaient protégées extérieurement par des détecteurs de mouvement, et à l'intérieur par un système sensible aux variations de masse. C'était moi qui les avais installés pour lui, en même temps qu'un ensemble de caméras de surveillance et d'écrans de contrôle, où s'agitait à présent sa silhouette rebondie tandis qu'il débarrassait son comptoir. On approchait de l'heure de la fermeture, mais les autres bijoutiers marchandaient encore avec leurs clients, dans une variété d'accents de toutes origines, de Brooklyn à Beyrouth.

Saul remit son stylo incrusté de diamants dans la vitrine, puis il fit pivoter les plateaux pour qu'ils ne laissent rien voir d'autre qu'un fond de velours noir.

— Ça a commencé ce matin, avec l'omelette de mon petit déjeuner. Elle a sauté de la poêle. J'ai regardé par terre, elle était tombée à moitié sur ma chaussure, et je me suis dit, Saul, quand l'omelette saute de la poêle, c'est un signe. Ce n'est pas ton jour. (Plongeant la main sous le comptoir, il en sortit un étui d'arme de poing.) Alors, j'ai acheté ça. Et puis j'ai réfléchi, et j'ai appelé ton bureau.

Ouvrant l'étui, j'en sortis un pistolet paralysant, et j'examinai la paire de contacts électriques qui saillaient au bout du canon comme les cornes d'un escargot furieux.

— Ça ne te ressemble pas, Saul.

— Je sais, on dirait un accessoire pour un opéra de Wagner.

Je mis l'appareil sous tension. Des éclairs bleus jaillirent d'une corne à l'autre.

— Le problème, avec cet engin... (Je coupai le courant et rangeai l'arme défensive)... c'est qu'il faut être tout près de son agresseur pour l'utiliser.

Saul rangea le pistolet dans sa mallette.

— Je m'en servirai pour faire bouillir de l'eau quand je serai en voyage.

Ouvrant la marche, il m'emmena dans le dédale

des travées de cette voie lactée en miniature, dont les planètes de pierres précieuses tournaient sur des présentoirs, flottaient au bout de fils invisibles, ou reposaient sur des cieux de velours noir. L'un des autres bijoutiers, se penchant par-dessus son comptoir, me saisit par la manche.

— Je sais ce que vous cherchez. Un cadeau pour votre femme. Je me trompe ?

— Non, répondis-je.

Pourtant, la dernière fois que j'avais vu ma femme, c'était huit ans plus tôt, au tribunal qui avait prononcé notre divorce.

— Ne regardez pas le prix, dit-il, me présentant un collier de diamants sous la lumière. Regardez seulement les couleurs de ces pierres. Toutes les nuances y sont.

Du doigt, je désignai, au-delà du collier, l'autocollant de la Sécurité Métropolitaine apposé sur la vitrine.

— Votre système est ancien, il est oxydé, couvert de poussière. Si vous tentiez de le déclencher volontairement, il refuserait sans doute de fonctionner.

Je lui tendis ma carte, qui portait l'inscription : *James McShane, enquêtes privées.*

— J'ai besoin d'un détective privé pour installer une alarme anticambriolages ? J'ai tout ce qu'il me faut, question sécurité.

Il me montra un vigile fatigué qui montait la garde près de la porte, les mains croisées devant sa braguette, comme s'il se tenait par les testicules. Je lui répondis :

— À New York, cinquante pour cent des délits

sont perpétrés par des agents de sécurité. Personne ne menace davantage la sécurité que ces individus.

Saul se remit en route et je lui emboîtai le pas. Vers le devant du magasin, il y avait de l'or de tous les côtés — des chaînes, des bracelets, des croix, et de modestes boutons de manchettes confectionnés avec des pièces de monnaie, une once d'or fin pour chaque bouton. Je sortis derrière Saul dans la Quarante-septième rue. Le soleil d'août était lui-même une immense pièce d'or en fusion dans le ciel, et la chaleur montant du trottoir traversa mes semelles.

Dans la foule des passants qui rentraient chez eux, on remarquait des diamantaires hassidim à longue barbe, en costume et chapeau noir. Une semaine plus tôt, un joaillier avait été embarqué de force à bord d'une camionnette, dépouillé, roué de coups, et lâché tout nu dans un quartier sinistré du Bronx où il avait erré comme un Néandertalien, armé d'une pierre, jusqu'à ce que la police le retrouve.

Nerveux, Saul avançait d'un pas rapide dans la fournaise de la rue dépourvue d'ombre, le front déjà couvert de transpiration.

— Ma femme veut que j'aille faire du rafting au Colorado. Avec toute la famille, ce qui représente à peu près seize personnes. Pour commencer, on voyage toute la journée à dos de mulet, puis on dort par terre, et on descend les rapides le lendemain. (Il essuya son front en sueur du dos de sa main.) Ça m'apprendra à épouser une écolo. Elle ne peut pas s'empêcher de sauver la nature, au lieu d'aller tranquillement jouer au golf.

Mon regard scrutait la rue, passant d'une entrée d'immeuble à la suivante, sans négliger les voitures garées le long du trottoir. Si un agresseur tentait quelque chose contre mon client, je le repérerais tout de suite. Quand j'étais dans l'armée de l'air, j'avais protégé des officiers supérieurs et autres responsables gouvernementaux, et participé à des centaines d'exercices de simulation ; mais une journée très ordinaire à Manhattan pouvait donner lieu à des exercices qui n'avaient rien de simulé.

— Quand elle s'en est pris à cet industriel qui fabriquait du plastique dans le New-Jersey, ça s'est très bien passé, reprit Saul. On est allés sur place en voiture, on a regardé une rivière polluée, et on a bien déjeuné. Au Colorado, je déjeunerai avec un mulet.

— Qu'est-ce que ta femme veut sauver, là-bas ?

— Des gisements de fossiles de dinosaures. (Saul traversa la rue, les doigts crispés sur la poignée de sa mallette qu'il tenait plaquée contre sa cuisse. Il me lança un regard mélancolique.) Comment va ta fiancée, en ce moment ?

— Elle a rompu.

— Je n'ai jamais rien compris aux femmes. Je le dis en toute humilité. Je ne comprends pas leur façon de penser. Toi non plus, probablement.

— Non.

— Les pierres précieuses, ça, je comprends. (Saul tapota sa mallette.) Ce qui est heureux, parce que la préservation des fossiles de dinosaures, ça coûte un maximum. Si tu savais, Jimmy, les chèques que je signe pour empêcher les prospecteurs d'uranium de saccager les gisements de fossiles. Et les arbres ! Ma femme protège aussi quelque chose qui s'appelle l'épicéa d'Engelmann. Ça pourrait bien être un nom juif, mais avec les arbres, on ne sait jamais. Vu l'argent que ça me coûte, en tout cas, on devrait l'appeler l'épicéa de Feldman. (De sa mallette, il désigna l'entrée souterraine du parc de stationnement. Je l'accompagnai jusqu'à la porte de l'ascenseur, traversant une dalle en béton constellée de taches d'huile. Saul martela le bouton d'appel.) Plus vite, plus vite ! (Anxieux, il scruta le parking du regard.) Combien de meurtres sont commis chaque jour, dans cette ville ?

— Neuf et demi.

— Être tué à moitié, quelle horreur. C'est ce demi-meurtre qui m'inquiète. (L'ascenseur descendit en vibrant du haut de sa cage et s'immobilisa avec un claquement métallique. Saul secoua la tête d'un air abattu.) Quand nos grands-parents étaient gosses, les gens dormaient dans Central Park, l'été. Par plaisir. Tu t'imagines dormant dans Central Park cette nuit ? Au petit matin, tu ne serais plus qu'un tas d'engrais. Pourquoi est-ce que cette porte ne s'ouvre pas ? (D'un coup sec, il enfonça le bouton de l'ascenseur, et la porte réagit ; elle s'ouvrit lentement, en grinçant. J'entrai avec Saul dans la cabine qui nous emmena au troisième niveau. Nous avions grandi ensemble dans « Hell's Kitchen * », où j'avais dû, à l'occasion, distribuer des coups de poing pour le compte de Saul, car il ne cédait jamais

* *Hell's Kitchen* (La cuisine de l'enfer), quartier de Manhattan, à l'ouest de Times Square, autrefois célèbre pour ses taudis et son taux élevé de criminalité.

un pouce de terrain dans une dispute, bien qu'étant deux fois plus petit que tous les autres gosses. Sortant de l'ascenseur, il regarda anxieusement autour de lui.) Où ai-je garé ma voiture ? Ah, je la vois, elle est là-bas. Est-ce que je te parais nerveux ?

— Non, pas du tout.

— Calme-moi les nerfs. Raconte-moi comment tu protégeais les bases de lancement des missiles nucléaires.

— Je protégeais les bases de lancement des missiles nucléaires.

— Quelqu'un a déjà essayé de te voler des bombes atomiques ?

— Deux ou trois Indiens Cheyenne.

— Qu'est-ce que des Indiens pourraient bien faire avec une bombe atomique ?

— Je n'en sais rien, mais s'ils en avaient une, ils pourraient sûrement obtenir un meilleur traité que le dernier qu'ils ont signé.

Examinant les rangées de voitures, je découvris le visage d'un jeune pilier de la communauté, portant sa casquette de base-ball avec la visière sur le côté. Je tournai la tête dans l'autre sens ; un second citoyen modèle se tenait près de la porte de l'escalier de secours. L'inscription en lettres dorées sur son tee-shirt rouge n'annonçait rien de bon.

— Qu'y a-t-il, Jimmy ? Qu'est-ce...

Saul s'aperçut de leur présence, et il ravala sa salive.

— Il n'y a pas de raison de s'inquiéter.

— Je le savais ! C'est pour aujourd'hui !

Saul fouillait sa poche, à la recherche des clés de sa Jaguar.

Dévisageant les deux jeunes l'un après l'autre, je reconnus chez eux ce regard que je connaissais si bien, et qui voulait dire :

« Vous êtes baisés, les gars. »

— Trouve ta clé, Saul.

— Je l'ai. Qu'est-ce qu'on fait ?

— Eh, mec ! lança l'un des deux gars.

— Mec toi-même, répondis-je, attendant que Saul s'installe au volant et démarre la voiture.

Les deux compères s'avançaient vers moi, à présent.

— Hé, mec, répéta le premier, on a une batterie à plat. Tu pourrais nous donner du jus ?

— Je vais vous en donner tout de suite, répondis-je, sortant mon Beretta que je braquai sur leurs têtes.

De ma main libre, j'ouvris mon portefeuille pour exhiber ma plaque, la tenant bien haut. Comme ils ne savaient sans doute pas lire, ce n'était pas gênant qu'il s'agisse d'une licence de détective privé et non d'une plaque de la police de New York. L'objet était en métal brillant, il était officiel, et je fis reculer mes deux lascars.

— Hé, m'sieur l'agent, on avait juste des ennuis de voiture, vous savez ?

— Des ennuis, vous allez en avoir, confirmai-je, faisant signe à Saul d'avancer sa Jaguar.

— Mais on a rien fait de mal, merde !

Tirant leurs chemises d'un coup sec, je découvris un Colt 38 Diamonback sur le premier, et un 22 double action sur l'autre. Je les soulageai de leurs armes.

— Dans l'ascenseur !

Se retournant, ils avancèrent vers la cabine en traînant les pieds. J'enfonçai le bouton ; la porte s'ouvrit. Les deux gars échangèrent un regard qui ressemblait à un signal. Sans attendre, je leur lançai une bourrade entre les omoplates. Rebondissant sur la paroi, au fond de la cabine, ils firent volte-face, sonnés par l'impact, mais l'un des deux décida qu'il n'allait pas se laisser emmerder par un flic. Il sauta sur moi, et l'instant d'après, il se roulait sur le plancher de l'ascenseur, se tenant les joyeuses. Le second tenta un mouvement circulaire pour saisir mon arme, et il reçut mon coude, à vitesse moyenne, dans les trois branches aortiques majeures du plexus solaire. Il poussa de petits gémissements inarticulés en cherchant son souffle. Je me penchai sur lui, lui collant mon Beretta sous le nez.

— Vous voulez bien répéter ça pour nos téléspectateurs ?

— Suce... ma... bite..., lâcha-t-il dans un souffle.

Il avait du cran, je devais le reconnaître. Me penchant à l'intérieur de la cabine, j'appuyai sur le bouton du dernier étage du parking. La porte se referma sur les silhouettes athlétiques des deux jeunes gens, et Saul fit avancer en souplesse sa voiture jusqu'à ma hauteur. Montant dans la Jaguar, je lançai les armes sur le plancher et claquai la portière.

— On rentre, Saul.

Saul contempla les armes un moment, puis il écrasa l'accélérateur. La Jaguar bondit, suivant les flèches incurvées, en peinture jaune, qui indiquaient la sortie. Dans un hurlement de pneus, il se lança à fond de train à l'assaut de la rampe circulaire, et ne ralentit qu'en abordant le niveau suivant.

— J'ai tellement transpiré dans mon caleçon que la sueur dégouline jusqu'à mes chaussettes. (Quittant la dernière rampe, il avança jusqu'à la cabine de péage. Il tendit son ticket et son argent à l'employé qui somnolait derrière la vitre.) J'ai failli me faire dévaliser, là-haut.

L'employé hocha la tête, comptant sa monnaie.

— Dévaliser, répéta Saul. Là-haut, dans votre saloperie de parking.

— Je ne pense pas qu'il parle notre langue, Saul.

— Non, évidemment. Pourquoi faudrait-il qu'il parle notre langue ? (Saul prit sa monnaie, referma la fenêtre, et fit avancer la voiture vers la rue.) Tu vois, Jimmy, j'avais raison. C'était bien pour aujourd'hui. L'omelette ne m'a pas menti.

— Qu'est-ce qu'il y a au menu, demain matin ?

— Je ne décide jamais à l'avance. Peut-être du pain perdu. (Saul se glissa dans le flot de la circulation.) Ma mallette ! Où est-elle ? Ah, la voici. Je l'ai, Jimmy. J'ai toujours ma mallette. (Sortant un mouchoir, il se tamponna le front.) Ils m'auraient enfoncé mon pistolet paralysant dans le cul. Ils m'auraient électrifié les tripes.

Je sortis un cure-dent ; je déchirai l'enveloppe en papier et jetai celle-ci dans le cendrier.

— Je suis garé à quelques rues d'ici. Je vais te tenir compagnie.

— Ce n'est pas pour l'argent ou les diamants que je me fais du souci. C'est pour mes loukoums. Je peux toujours trouver d'autres diamants, mais je ne peux pas me faire remplacer mes loukoums. Du moins, pas à un prix raisonnable. Est-ce que je suis un trouillard pour autant ?

— Les blessures aux parties génitales constituent la première crainte des combattants chevronnés. Les enquêtes montrent qu'elles surpassent largement la peur de mourir.

— Je suis déjà un combattant chevronné. De la bataille pour Manhattan. (Saul remit son mouchoir chiffonné dans sa poche de poitrine.) Bon sang, dans quel environnement on vit ! Les gosses ont vandalisé cette ville, Jimmy. Ces petits salopards ne respectent aucune loi, et ils sont partout. Ils constituent presque un nouveau degré dans l'évolution de l'espèce.

La voiture se dirigeait vers la Cinquième Avenue. Jetant dans le cendrier mon cure-dent usagé, j'en ouvris un neuf. J'avais cessé de fumer depuis peu. Le téléphone de la Jaguar sonna. J'empochai les deux pistolets et j'ouvris la portière. Saul posa la main sur le combiné du téléphone.

— Je suis dans ma voiture de luxe, et je ne risque rien, pas vrai ?

— Exact.

Je claquai la portière et me glissai derrière un bus qui m'enveloppa de gaz d'échappement brûlants. Je retrouvai ma Dodge Shadow, ornée d'une contravention, et m'installai au volant, tendant machinalement le bras vers la boîte à gants, avant de me rappeler que je n'y trouverais plus mon flacon de sirop rempli de gin. J'avais renoncé à l'alcool en même temps qu'à la cigarette. À présent, la boîte à gants ne contenait que des cure-dents parfumés à la menthe, d'autres contraventions pour défaut de stationnement, et une arme de rechange. Je m'insérai dans la circulation et commençai à descendre la Cinquième Avenue. Mon téléphone cellulaire sonna, et je décrochai.

— McShane.

— *Jimmy, c'est toi*?

— À ton service, Saul.

— *Je crois que je t'ai trouvé une nouvelle cliente. Cet appel que j'ai reçu quand tu es descendu... c'était une amie. Elle possède un magasin d'antiquités de très grande classe. Elle a un problème. Je lui ai dit que j'étais sûr que tu pourrais l'aider.*

— De quoi s'agit-il?

La voix de Saul varia d'intensité pendant quelques instants, et tout ce que je pus saisir à travers les parasites, ce fut le mot *meurtre*.

— Parle-moi de Tommy Rennseler.

— C'était un riche antiquaire. Il s'est fait descendre dans son appartement il y a un mois. (L'inspecteur John Manning était assis en face de moi, dans un de ces bars où des filles dansent les seins nus, au cœur de « Hell's Kitchen », mon ancien quartier. Sur le siège libre, près de moi, il posa un *New York Times* plié en deux. À travers les plis du journal, je sentis une épaisse enveloppe en kraft, bourrée d'archives officielles de la police. Manning précisa :) Tout ce que je sais de cette affaire se trouve là-dedans. Qui t'a engagé ?

— La fille du défunt, Temple Rennseler. Elle m'attend demain pour un entretien.

— Et tu veux avoir l'air au courant.

Manning regarda les filles qui se trémoussaient sur la scène, près de nous. Le plateau était entouré de miroirs courbes, maculés d'empreintes corporelles, de taches de gras et de cosmétiques ; les silhouettes ondulantes des danseuses étaient multipliées à l'infini, formant un alignement sans fin. En arrière-plan se reflétaient le visage de Manning et le mien. Quand nous avions seize ans, Manning et moi avions tous deux fait nos classes chez un cambrioleur de « Hell's Kitchen » surnommé Willy Fil-de-fer, le meilleur crocheteur de serrures de son époque. Aujourd'hui, j'étais encore capable de crocheter n'importe quelle serrure existante, tout comme Manning ; mais nous avions fini, l'un et l'autre, par prendre des chemins inattendus. Manning était entré à l'école de police de New York, et j'avais endossé l'uniforme de l'armée de l'air.

Manning pivota de nouveau vers moi, faisant tourner les glaçons dans son verre.

— Tommy Rennseler possédait le magasin Antiquités Internationales, dans Madison Avenue, renommé pour sa collection d'objets égyptiens. À ce propos, voici un petit renseignement d'ordre commercial qui va t'intéresser. Les Égyptiens n'ont jamais apprécié que les étrangers pillent leurs tombeaux ; ils préféraient les piller eux-mêmes. Alors, ils ont rendu illégale toute exportation d'objets anciens. Mais Tommy Rennseler en possédait une pleine boutique. Aucun antiquaire spécialisé dans les antiquités égyptiennes ne pourrait continuer longtemps son commerce sans acheter sa marchandise clandestinement. C'est l'une de ces pratiques auxquelles tout le monde se livre et dont personne ne parle. Mais quand tu achètes sous le manteau à un truand égyptien, tu risques des complications désagréables. (Manning regarda ma bière sans alcool.) Tu ne bois plus, tu ne fumes plus. Alors, qu'est-ce que tu fais, bon sang ?

— Je mâche des cure-dents.

J'en coinçai un entre mes mâchoires.

— J'ai toujours dit que tu avais oublié d'ouvrir ton parachute.

— Je n'ai jamais été dans les paras.

— On s'en fout, le résultat est le même. Tu devais sauter d'un hélicoptère accroché à une corde.

Manning avait la bouche en cœur, ce qui lui donnait un sourire innocent dont il usait avec une rare efficacité pour obtenir des renseignements. Il avait un visage finement ciselé ; les bouclettes brun foncé qui retombaient sur son front avaient fait soupirer bien des mères de famille du West Side quand nous étions gosses. Mais depuis, son nez avait été cassé plusieurs fois ; cela faisait réfléchir les brutes persuadées qu'un flic aussi beau gosse devait fuir les mauvais coups. Il appartenait au gratin de la police new-yorkaise : les inspecteurs de la Criminelle. Pour rester dans ce corps d'élite, il fallait résoudre cinquante-cinq pour cent des affaires qu'on vous confiait, et Manning était connu pour posséder une intuition peu commune lorsqu'il s'agissait de traquer des suspects. De temps à autre, il faisait appel à moi. Il y avait des gens, dans le milieu, qui n'auraient jamais répondu à ses questions, mais qui ne refusaient pas de me parler. Les renseignements que je récoltais, je les lui transmettais, gratuitement, bien sûr.

Je lui demandai :

— Où Rennseler a-t-il été refroidi ?

— Dans son appartement. Sur la Cinquième Avenue, près du Metropolitan Opera.

— Il y avait quelque chose près du corps ?

— Pas d'empreintes digitales, pas de cheveux,

pas de sang ni de lambeaux de peau sous ses ongles. Les gars du labo ont bien trouvé quelques fibres de coton, qui ne signifient rien. Mais en revanche, ils ont aspiré quelques grains de sable pris dans le tapis. Leur composition est identique à celle de l'argile de Louxor. On a mis la main sur la correspondance échangée par Rennseler avec un certain Hamid, un marchand de Louxor. Ils ont eu une sorte de différend au sujet d'une opération montée par Rennseler, et dont on ignore tout. Interpol affirme que Rennseler était également en affaires avec d'autres Égyptiens au passé criminel chargé, qu'il aurait fait n'importe quoi pour se procurer les objets qu'il convoitait, et qu'il n'honorait pas toujours ses factures. Les porteurs de turban n'aiment pas être pris pour des imbéciles, surtout par des Américains. (Manning tira sur le lobe de son oreille, comme pour mettre en marche un appareil auditif qui lui permettrait d'entendre les murmures à travers les murs.) Rennseler a été éviscéré. C'est bien le mot ? Les tueurs ont prélevé ses poumons, son estomac, son foie, plusieurs morceaux de ses intestins, et emporté le tout. (Manning leva son verre.) À la santé des enturbannés. Le dossier est en sommeil, pour le moment. Temple Rennseler, je suppose, aimerait t'envoyer fouiner un peu plus dans les sables du désert. Elle a les moyens de te payer le voyage.

— Elle a touché l'héritage ?

— La veuve Rennseler a récupéré la majeure partie de sa fortune, mais sa fille a hérité de l'affaire. (Manning se leva.) Tu pourrais te faire un peu d'argent.

— Merci pour le dossier, John.

Manning haussa les épaules d'un air indifférent. Chaque jour, il voyait des cadavres de personnes assassinées. Il en avait vu des milliers au fil des années, et l'indifférence était devenue son style de vie. Si un inspecteur de la Criminelle n'est pas capable d'apprendre l'indifférence, le sang lui colle à la peau, et il devient aussi cinglé que Lady Macbeth. Je le regardai s'éloigner, passant devant des miroirs soulignés de lumières rouges et bleues qui clignotaient en cascade, telle une chenille chatoyante.

Une serveuse aux seins nus m'apporta des cacahuètes entières sur une soucoupe. J'en décortiquai une, qui semblait avoir été momifiée en l'an 2000 avant Jésus-Christ. Je signai la note et regagnai ma voiture. Une fois installé à l'intérieur, j'ouvris le dossier de Tommy Rennseler, le patron d'Antiquités Internationales. J'y trouvai des croquis et des photos de l'appartement de Rennseler, et une brève biographie de tous les membres de la maisonnée, sans oublier la bonne. Il y avait aussi des témoignages des habitants de l'immeuble, de tous les portiers du quartier, et des chauffeurs de taxis qui avaient amené un client dans le coin ce jour-là. Il y avait des déclarations des clients de Rennseler ; une photocopie du livre de condoléances des obsèques de Rennseler, et des photos des gens qui s'y étaient rendus. Le compte rendu du médecin légiste indiquait la température du corps au moment de sa découverte ; on l'avait prise pour calculer l'heure du décès, le refroidissement étant proportionnel au temps écoulé. Le dossier contenait tout ce qu'on pouvait souhaiter y trouver, sauf un rapport d'arrestation. Et Manning avait oublié de mentionner un fait intéressant : Rennseler avait succombé à une injection mortelle de venin de serpent.

Temple Rennseler portait une veste immense, un pantalon ample assorti, et un chemisier ajusté en soie unie. Elle était grande ; elle avait des cheveux brun foncé, coupés court, qu'un gel tenait plaqués sur sa tête, à la Rudolf Valentino. Elle détaillait le décor de mon bureau — mes meubles datent des années vingt — qui s'accordait bien avec son propre style : angles arrondis et patine aux reflets flatteurs. Elle était assise sous une paire d'appliques en forme d'éventail, dont la lumière orangée donnait un éclat particulier à ses pommettes saillantes. Elle avait orienté sa chaise de façon à pouvoir examiner mon diplôme de droit criminel, la licence me donnant le droit d'exercer dans l'État de New York, ainsi que les plaques me désignant comme membre de l'Association mondiale des détectives et de la Société des enquêteurs privés. Elle semblait satisfaite.

— Voilà un mois que mon père est mort, dit-elle, passant sa main sur le casque lisse de sa chevelure. J'ai perdu tout espoir que la police résolve l'affaire.

Ses yeux avaient le bleu d'une flamme de butane,

frangée d'un pâle halo doré. Les jolies femmes me donnent envie de fumer. Je pris le cure-dent du bureau, un petit bijou en or dix-huit carats que Saul m'avait envoyé après notre équipée jusqu'à sa voiture. Je le tins entre mes doigts comme une cigarette perdue depuis longtemps, avant de répondre :

— C'est la triste réalité, Mlle Rennseler : après quarante-huit heures, une affaire comme celle-ci est déjà de l'histoire ancienne. Et si, au bout de trente jours, elle n'est toujours pas élucidée, elle ne le sera probablement jamais.

— Saul m'a affirmé que vous pourriez la résoudre.

Je fis glisser mon index sur le dessus de mon bureau en laque rouge, vers le dossier de police concernant Tommy Rennseler.

— Il faut que vous le sachiez : il n'y a pas mieux que la brigade criminelle de la police new-yorkaise. Je ne vois pas ce que je pourrais apporter de nouveau dans cette affaire.

— Je veux savoir qui a tué mon père. (Ses yeux se firent plus doux, et j'y découvris la petite fille qu'elle avait été : une enfant dont le regard intense, expressif, est de ceux qui déconcertent les adultes parce qu'ils contiennent quelque chose d'irraisonné, et de têtu, aussi. Puis ce regard s'effaça. Temple Rennseler cligna les paupières, presque somnolente, puis jeta de nouveau un coup d'œil circulaire à mon bureau, comme si, venant de se réveiller, elle avait besoin de quelques instants pour retrouver ses esprits. Elle reprit :) Vos goûts en matière de décoration ne manquent pas d'intérêt.

— J'aime le bois qu'on utilisait dans les années

vingt. (Je désignai la table, près d'elle, où était posé mon échiquier.) De l'ébène de Macassar.

J'omis de préciser que c'était à mon ex-fiancée que j'avais confié, sur son insistance, mais à mes frais, la décoration de mon bureau. Avant qu'elle ne s'en occupe, je n'avais que des meubles provenant des surplus de l'armée, et un nécessaire de bureau des services de la sûreté ; si vous aviez fredonné l'hymne national dans la pièce, tout le mobilier se serait mis au garde-à-vous pour saluer. À présent, mon ex-fiancée m'a quitté, et on me prend pour un homme de goût.

— Vous avez une partie en cours…

Temple Rennseler indiqua d'un signe de tête les pièces en argent de mon échiquier.

— Je joue par liaison informatique. En ce moment, je botte les fesses de mon adversaire.

Elle commenta :

— Quelqu'un est en train de botter les miennes aussi. Je craque de toutes parts.

— Pourquoi ?

Elle décroisa les jambes, puis les croisa dans l'autre sens, dans un chuchotement de nylon.

— Je fais de mon mieux, mais je travaille sur les lieux mêmes où travaillait mon père, et l'atmosphère y est perturbée. Je sens son fantôme partout autour de moi.

— Les fantômes ne sont pas de mon ressort. (Je tapotai le dossier.) Certaines personnes pensent que votre père était en affaires avec des contrebandiers égyptiens, et qu'il a été victime d'une guerre des prix qui a mal tourné.

— Mon père n'a pas été tué par des criminels égyptiens.

— Qu'est-ce qui vous le fait penser ?

— Je le sais, c'est tout.

Baissant la tête, elle se tut un moment. Elle contempla les gros motifs rouges et marron du tapis, suivant leurs contours du regard. J'attendis, ce qui n'était pas difficile, car son parfum flottait dans l'air. Je reconnus *Envoûtement*. Je connais assez bien les parfums, car on me paie pour suivre des femmes riches jusqu'à leurs nids d'amour.

Temple Rennseler leva de nouveau les yeux.

— Il a été tué par quelqu'un que nous connaissons, une personne qui nous est proche. Je le sens.

— Vous avez un point de départ à me proposer ? Quelqu'un que je pourrais commencer à surveiller ?

— Tout le monde adorait mon père.

— Cet Égyptien avec lequel il était en affaires, M. Hamid... Pour sa part, il ne semblait pas l'aimer tant que ça.

— C'est ce qui semble ressortir de leur correspondance, mais Hamid est un vieil ami de la famille. Il a été très ébranlé par la mort de mon père, sur le plan émotionnel comme sur le plan financier.

— M. Rennseler a été assassiné à la mode moyen-orientale.

— Une simple mise en scène.

— Vous pensez que la mutilation n'avait d'autre but que de brouiller les cartes ?

— Je serais prête à le parier. S'il s'agissait d'une course de chevaux, je miserais tout sur cette hypothèse.

— Il arrive qu'une enquête privée coûte encore

plus cher qu'une course de chevaux. Rien de plus facile que d'engloutir dix mille dollars en un rien de temps.

— Ne vous inquiétez pas pour les questions d'argent, M. McShane.

— Je ne m'inquiète pas. Mais vous pourriez dépenser cette somme sans être plus avancée pour autant.

— J'en prends le risque.

— Un enquêteur, d'autre part, c'est envahissant. Je vais devoir parler aux membres de votre famille, à vos amis, aux gens avec qui vous traitez. Nous allons rouvrir toutes les blessures.

— Peu m'importe. Soit je cours tout droit à la dépression nerveuse, soit j'ai réellement mis le doigt sur quelque chose d'important.

J'examinais ses boucles d'oreille : des pièces d'or ornées d'un profil d'empereur. Temple faisait tourner un anneau sur son doigt, dans un sens puis dans l'autre, comme le cadran d'un coffre-fort qui refuserait de s'ouvrir. À présent, son sourire avait la rigidité d'un masque ; ses pommettes étaient fermes, et sa mâchoire lisse comme le jade, mais cette contenance sans faille semblait sur le point de s'effondrer à tout moment.

— Je vais avoir besoin d'une avance.

— Combien ?

— Cinq mille dollars.

Ouvrant sa pochette en cuir noir, elle en sortit son chéquier. Les chèques étaient du même bleu que ses yeux. Elle en libella un et le fit glisser vers moi sur le bureau. Sa montre bracelet était un chronographe en or, avec trois petits cadrans tournant dans un plus grand, et c'était exactement l'impression que j'avais d'elle : des petits cadrans tournant à l'intérieur d'un grand.

— Le meurtre de mon père m'a fait voir la vie à nu. (En plus des effluves d'*Envoûtement*, Temple Rennseler exhalait l'angoisse. Elle me donna sa carte de visite et une brochure présentant Antiquités Internationales, imprimée en couleurs sur un papier épais, luxueux.) Venez à la boutique. C'est à l'angle de Madison Avenue et de la Soixante-et-onzième rue.

Je rangeai la carte et la brochure dans le dossier de Tommy Rennseler.

— Qu'est-ce que vous voulez dire par « voir la vie à nu » ?

— Les anciens aussi voyaient la vie à nu. C'est pourquoi tant de leurs statues représentent des monstres. (Elle ferma son sac dans un claquement sec.) J'ai longtemps trouvé ces monstres bizarres. À présent, quand je regarde leurs petits visages maléfiques, je vois la réalité.

— Demain après-midi ? À deux heures ?

— Parfait. (Elle rouvrit son sac.) Voici une cassette vidéo du soixantième anniversaire de mon père. On y voit ma mère, en blanc, qui essaie de faire croire qu'elle a toujours vingt ans, et aussi mon oncle paternel, Richard, avec sa femme.

— Merci. Je suis sûr que cela me sera utile.

Je me levai, et Temple me tendit la main. Elle n'aurait eu besoin que de cinq petits centimètres pour égaler mon mètre quatre-vingt-cinq, et possédait une carrure athlétique. Quand les gens me serrent la main, je jauge leur énergie. Celle de Temple était frémissante, nerveuse. Elle possédait une force indéniable, mais je n'imaginais pas une seconde qu'elle pût recourir à la violence pour régler ses problèmes. Elle était douce, et il y avait une bonté rare dans son regard. Elle était de ces femmes qui laissent les autres leur faire du mal, sans jamais songer à riposter.

Je l'accompagnai jusqu'à la porte, et sortis avec elle dans le vestibule. Ma secrétaire, une Hindoue de haute caste qui me traite avec un dédain tout brahmanique, leva les yeux et sourit à Temple Rennseler. Madame Ranouka Maharaj, qui est une véritable figure de mode, appréciait le style de Mlle Rennseler. J'apprenais les arcanes de la mode de la bouche même de Ranouka. Le secret, disait-elle, résidait dans la discrétion. Elle me faisait porter des costumes signés par des stylistes italiens de haute gamme, que je me procurais auprès d'un gang de braqueurs de Hell's Kitchen spécialisé dans l'attaque de camions de livraison. Ils me volaient toujours quelque chose à ma taille.

J'accompagnai Temple Rennseler jusqu'à la porte d'entrée, au-dessus de laquelle veille une caméra vidéo qui renvoie son image à un écran de contrôle situé dans le vestibule. Ma propre installation de surveillance est moins destinée à assurer ma sécurité qu'à impressionner les clients, mais si vous désirez investir trente-cinq mille dollars dans un équipement dernier cri, faites-moi signe. Si vous vivez en banlieue, je peux truffer votre trottoir de palpeurs qui vous avertiront dès que quelqu'un s'approchera de votre porte. Pour ceux qui préfèrent une touche moyenâgeuse, je peux installer dans leur cour une plate-forme à ressorts agrémentée d'une paire de pitbulls ; quand un intrus franchit leur clôture, elle catapulte les chiens de garde droit sur lui. Jusqu'à présent, personne ne m'a réclamé de pitbulls, mais je garde l'espoir de vendre un jour le dispositif complet à une rock star.

J'ouvris la grille de fer qui protège les bureaux en sous-sol ; Temple Rennseler sortit dans la lumière vive du soleil d'été, qui donna un éclat nouveau à ses cheveux bruns et lisses. Tandis qu'elle montait l'escalier pour rejoindre Christopher Street, son pantalon ample se tendit un peu sur ses formes. Quand elle se retourna vers moi, je relevai vivement les yeux pour rencontrer les siens.

— Passez une bonne journée.

— Oui, merci.

Elle hésita un moment, comme si, ayant deviné mon regard, elle en avait éprouvé une certaine gêne. À mon tour, je me sentis coupable, si bien que nous étions quittes.

Refermant la grille, je regardai à travers les barreaux Temple s'éloigner dans la rue. Un ivrogne venait à sa rencontre, balayant le vide de grands gestes rageurs envers un monde qui lui avait joué un sale tour. Quand il croisa Temple, il lui lança un coup de poing, et la jeune femme inclina le buste, juste assez pour l'esquiver. Le poivrot perdit l'équilibre et percuta un panneau de stationnement interdit. De sa démarche souple, Temple poursuivit sa route, sans changer de rythme. Ses réflexes étaient excellents.

Je regagnai la salle d'attente. Je m'y retrouvai

nez à nez avec le Dr Ann Henderson, la chiropraticienne avec qui je partageais les locaux en sous-sol.

— Alors ?

Elle croisait les bras sur sa blouse blanche amidonnée. Henderson était un petit bout de femme toute menue, aux cheveux auburn. À mon avis — et mon opinion n'avait rien de neutre — elle possédait les plus jolies jambes de tout Manhattan. J'étais amoureux d'elle depuis que nous avions ouvert nos cabinets respectifs, ce qui explique peut-être pourquoi ma fiancée m'a quitté.

— Comment ça, « alors » ?

— Eh bien, qui est-ce ? Je l'ai vue sur l'écran de contrôle. Elle est superbe, Jimmy. J'ai l'impression que son histoire doit être passionnante.

— Henderson, tu sais bien que mes enquêtes sont confidentielles.

— Celle-ci n'est pas comme les autres.

Henderson n'était pas d'humeur à se laisser rabrouer ; elle ne me lâcherait pas si facilement. Elle portait *Obsession*.

Je remplis d'eau fraîche un gobelet en carton au distributeur de la salle d'attente.

— J'aimerais pouvoir satisfaire ta curiosité.

— Jimmy... (Tandis que je buvais, Henderson me fixa attentivement, à travers ses paupières mi-closes. Elle mesurait un mètre cinquante-sept, mais c'était un vrai bâton de dynamite. Elle cessait rarement de parler, et possédait une mémoire photographique de tout ce qu'elle avait jamais lu.)... Moi, je t'ai bien parlé de ma patiente aux trois seins.

— Quelle patiente aux trois seins ?

— Ranouka, je n'ai pas parlé à Jimmy de ma patiente aux trois seins ?

— Si, vous lui en avez parlé. Nous étions dans le jardin à ce moment-là.

J'aplatis mon gobelet avant de l'expédier dans la corbeille.

— Excuse-moi, je ne me souviens de rien.

Henderson reprit le chemin de son cabinet.

— Ne crois pas que je renonce à mon enquête, Jimmy.

Elle claqua la porte derrière elle.

Je me tournai vers Ranouka.

— Appelez-moi Vaughn Steed à Athènes. Il est tard, là-bas, mais la dernière fois qu'on s'est parlé, c'est lui qui m'a réveillé en pleine nuit.

Je rejoignis mon bureau. J'avais un nouveau joujou pour m'occuper : un magnétophone Nagra microscopique, qui fournit en stéréo des bandes suffisamment claires pour inculper un suspect, et fonctionne sur la même fréquence qu'une montre à quartz. Cela le met à l'abri des détecteurs utilisés pour repérer les appareils d'enregistrement. Je jouais avec quand Ranouka me passa ma communication. Vaughn Steed est un détective privé qui travaille en Grèce et possède des contacts dans tout le Moyen-Orient.

— Excuse-moi si je te réveille, Vaughn. J'ai besoin d'un privé égyptien qui puisse m'aider dans une affaire de meurtre. Un antiquaire américain s'est fait refroidir, et il avait des relations d'affaires très solides avec Le Caire.

Tandis que je parlais avec Steed, Ranouka entra, l'air perplexe, un fax à la main. Elle posa le document sur le bureau, devant moi. Il n'y avait aucun message sur la feuille, seulement un petit dessin représentant un cobra.

*
* *

Je travaillai tard, pour liquider la paperasserie en souffrance et avoir l'esprit libre avant d'attaquer l'affaire Rennseler. Dans cette ville, certains détectives privés sont simplement des hommes de main, qui louent leurs services au plus offrant ; ils gagnent bien leur vie en travaillant pour la pègre, encore que, de temps à autre, on les retrouve criblés de balles. Un privé exerçant dans la plus stricte légalité est confronté à des tonnes d'écritures. Mon ordinateur crachait des informations fournies par ma courtière en renseignements, tandis que j'examinais la copie de la déposition faite par l'un de mes clients devant un juge dont je savais qu'il n'avait pas dessaoulé depuis dix ans. L'État s'efforçait d'envoyer mon client en prison jusqu'à la moitié du siècle prochain. Le juge essayait de garder les yeux ouverts. Quant à moi, je m'employais à découvrir un témoin à décharge, vivant, mort ou imaginaire, mais il n'y en avait pas.

Ma dernière tâche de la journée m'appelait à mon échiquier. J'avais une partie en cours contre la Fouine Électronique — c'est le pseudonyme qu'utilise ma courtière en renseignements. Je lui fis parvenir mon coup par modem, en espérant qu'elle allait s'effondrer. Puis je fermai mon bureau. Ranouka était partie, Henderson aussi. Le vestibule était désert ; seuls y flottaient encore quelques effluves d'essence d'épicéa, qu'utilisait Henderson pour son traitement d'aromathérapie. Fermant la grille derrière moi, j'escaladai les marches pour rejoindre le trottoir. De l'autre côté de la rue, se trouvait la Compagnie des Thés et Cafés McNulty. De grandes caisses de bois emplies de feuilles de thé, et des sacs de jute pleins de grains de café exhalaient leurs arômes. Henderson m'avait conseillé de renoncer à la caféine, prétendant qu'elle me congestionnait les reins, et je l'avais crue parce que je suis amoureux d'elle. En éliminant le tabac, l'alcool et le café, je m'étais pratiquement délabré le système nerveux, mais je suis prêt à tout — ou presque — pour impressionner une femme. Planté devant la boutique, au cœur du lourd nuage d'arômes, je tentai de m'imbiber de quelques émanations de caféine. Henderson m'avait recommandé une tisane au goût saumâtre pour me purifier le sang. Elle m'avait dit que j'étais prédisposé à la paresse hépatique, de par mon tempérament agressif. Je ne sais pas pourquoi elle s'imaginait que j'étais agressif ; si je pouvais seulement boire une bonne tasse de café, tout irait bien.

Mon appartement se trouvait au-dessus du bureau, au troisième étage. J'entrai dans le hall et m'arrêtai à la boîte aux lettres. Elle ne contenait pas de courrier personnel, mais un catalogue de lingerie, *Le Secret de Victoria*. D'une certaine façon, il semblait n'être destiné qu'à moi.

Je traversai le hall, feuilletant le catalogue, et j'attaquai l'escalier. Ma voisine, Viola, se reposait sur le palier du premier étage, soufflant comme un phoque, une cigarette entre les doigts. Viola avait soixante-quinze ans. Elle était obèse, et il lui fallait une heure chaque jour pour monter les étages. Elle avait toujours habité l'immeuble. Le propriétaire voulait l'expulser, mais je l'avais menacé de l'ensevelir sous les poursuites pour infraction à la loi sur le logement, et il avait fait machine arrière. Viola continuerait de se traîner dans les escaliers jusqu'à son dernier souffle. Un bon centimètre de cendre pendait au bout de sa cigarette, que je fixai goulûment. Viola me regarda, les paupières plissées derrière les volutes de fumée.

— Les fils de pute ! (Elle se tourna lentement vers la fenêtre ouverte qui donnait sur le puits d'aération de l'immeuble. Posant les mains sur le rebord, elle se pencha prudemment ; sa jupe se retroussa un peu, révélant des veines fatiguées.) Arrêtez ce ventilateur ! (Sa voix se perdit dans le bourdonnement sonore provenant de la cuisine du bar, au rez-de-chaussée. Viola se pencha encore plus, la cigarette aux lèvres.) Éteignez-le, ou je vais vous tuer ! (Rentrant la tête, elle me fit face.) Ce ventilateur me donne des vibrations dans les ovaires.

— Je le sais, Viola.

— Je ne dors plus la nuit. (Elle lança sa cigarette par la fenêtre. Le mégot atterrit dans l'herbe sèche, devant la porte de la cuisine du bar.) Tu es flic. Arrête donc ces types pour tapage diurne.

— Je ne suis pas flic, seulement détective privé.

— Les salopards ! Ça leur est bien égal qu'une reine de beauté perde le sommeil par leur faute.

— Non, Viola, ça ne leur est pas égal. Seulement, ils ne peuvent pas se passer de ventilateur.

— Mais ils sont vraiment obligés de le faire marcher à fond ?

— Pourquoi tu n'en parles pas avec le cuisinier ?

— Tu crois peut-être que je n'ai pas essayé ? Il me prend pour une fêlée. Il n'a pas d'ovaires, lui. (Viola braqua son regard sur la fenêtre sombre du bar.) Je devais entrer là-dedans les seins nus. Et quand ils seraient tous pantelants de désir, j'annoncerais mes exigences. (Soulevant ses deux sacs à provisions, elle se tourna vers le palier.) Je montais ou je descendais ?

— Tu montais, probablement.

— Ouais, tu as raison. (Elle avança péniblement d'un pas, et s'arrêta aussitôt.) Vas-y, passe devant.

Je poursuivis l'ascension de l'escalier jusqu'à chez moi. Neutralisant l'alarme électronique, je déverrouillai les trois serrures et entrai, la barre de sécurité libérant la porte. Je plongeai dans les années vingt, comme à chaque fois que je posais le pied dans cet appartement décoré par mon ancienne fiancée. Des appliques en coquillages peints encadraient la porte.

Pénétrant dans le salon, j'allumai une lampe en forme de statue : celle d'une femme nue portant à bout de bras un abat-jour ovale qui éclairait ses formes. C'était la lumière idéale pour feuilleter mon catalogue de lingerie. Les murs étaient bleu pâle, et la pièce contenait un canapé de cuir marron. La bibliothèque laquée noire était flanquée de deux fauteuils art déco dont les côtés s'ornaient de motifs complexes en forme de spirales. Mon ex-fiancée avait couru les antiquaires pendant des mois avant de les dénicher, et juste avant de me quitter, elle avait déclaré que la pièce était une parfaite reconstitution de l'époque. Je n'ai jamais eu l'occasion d'en douter.

J'ôtai ma veste, retirant d'une des poches une liasse de billets de cent dollars. Beaucoup de mes clients préféraient me payer en liquide, ce qui me convenait très bien, mais cela voulait dire que je portais toujours sur moi des sommes importantes. Cependant, je ne sortais jamais sans mon Beretta, qui pour l'heure alla rejoindre ma veste sur le portemanteau. Ma chambre est munie d'appliques pyramidales en émail ; allumées, elles jettent une lueur orangée sur le dosseret capitonné de satin de mon lit des années vingt, où mon ex-fiancée aimait à s'étendre en se prenant pour Jean Harlow. Quant à moi, je ne sais pas pour qui elle me prenait. Les sièges et la commode sont laqués rouge. Au mur, est accrochée une photo des services de la sûreté de la base aérienne de Malmstrom, où un grand blond dépasse tous ses collègues d'une tête : le caporal McShane.

Je me changeai, passant un pantalon de toile et une chemise ample, puis je m'exerçai à décocher des coups de poing, de pied et de coude devant un miroir teinté fixé à la porte de ma penderie. J'ai une bonne allonge, et je pèse le même poids qu'à vingt ans ; je me contente de frôler les quatre-vingt-six kilos. Mon ex-fiancée me disait que je fronçais les sourcils à chaque fois que je me regardais dans un miroir. À qui est-ce que je ressemble ? Si je vous disais Robert Redford, vous me croiriez ? Laissez-moi baisser un peu l'éclairage, et vous remarquerez une certaine similitude.

Je terminai mes séries de coups d'attaque, puis j'enchaînai avec cinquante pompes sur le tapis de la chambre, dont la moitié en appui sur les pouces. Comme chez beaucoup d'Irlandais, il y a un fanatique en moi. Le téléphone sonna au beau milieu de ma crise de fanatisme.

— McShane.

— *Jimmy, c'est Henderson.*

— Bonsoir, Henderson. Quoi de neuf ?

— *J'ai préparé une énorme quantité de seitan bourguignon. Tu en veux ? Avec du riz complet ? Mais j'aimerais mieux qu'on dîne chez toi. J'en ai assez de mes quatre murs. À tout de suite.*

Henderson habitait dans Perry Street, à trois pâtés de maisons seulement de mon appartement. Comme elle allait venir en patins à roulettes, il ne lui faudrait pas longtemps. Plein d'espoir, je retapai le lit et rangeai mon Beretta dans un tiroir. Je regardai une nouvelle fois mon reflet dans le miroir et tentai de ne pas froncer les sourcils.

La voix de Viola monta dans le puits d'aération. Passant dans le salon, j'allai jeter un coup d'œil. Elle se trouvait à présent un étage au-dessous de moi, la tête penchée à la fenêtre du palier, et elle apostrophait un serveur du bar, au rez-de-chaussée, qui était sorti griller une cigarette.

— *Arrêtez ce foutu ventilo* !

Le serveur sourit, lui adressa un signe de la main, puis il dit quelque chose, mais le bruit du ventilateur couvrit sa voix.

M'écartant de la fenêtre, je m'affalai dans les profondeurs de mon canapé en cuir, muni du dossier Rennseler. Les photos le montraient allongé par terre, sur le dos. Sa chemise était ouverte et son abdomen vide.

— Il y a quelqu'un, Tommy, qui devait avoir une sacrée dent contre toi. Comment est-ce qu'un type dans ton genre, qui n'était pas né de la dernière pluie, a bien pu commettre un pareil faux pas ?

Les yeux de Rennseler, braqués vers le plafond, reflétaient l'éclair du flash du photographe ; ces deux points de lumière leur donnaient une fausse vie. On aurait dit des billes de verre dotées d'un semblant d'expression. Voilà ce que cela coûtait de trafiquer avec des truands égyptiens. Certains citoyens respectables aiment s'encanailler. En général, incapables d'évaluer les risques encourus, ils se laissent guider par leur vision romantique de la pègre. Il se peut que cela leur réussisse pendant quelque temps ; mais pour finir, ceux qu'ils ont idéalisés se retournent contre eux avec une brutalité inattendue, en souriant de leur naïveté.

L'interphone du rez-de-chaussée interrompit ma lecture. Quelques minutes plus tard, Henderson apparut à ma porte, une paire de patins à roulettes dans une main, deux récipients en plastique dans l'autre. Elle portait un débardeur et un cycliste noir à bandes fluo qui la rendait visible dans l'obscurité quand elle patinait au milieu de la circulation. Un chandail en coton était noué autour de sa taille.

— Le patin à roulettes te vide la tête du brouillard qui l'encombre, Jimmy. Tu devrais t'y mettre, un de ces jours.

— Je n'aime pas me déplacer sur des roulettes.

— Tu as peur de paraître ridicule, mais je crois que tu te débrouillerais très bien. Intrinsèquement, ta coordination est bonne. Et si tu t'exerçais sur un bout de chaussée bien lisse, tu retrouverais tes rêves d'enfant, des envies de t'envoler dans les airs. (Elle posa le pied sur le bord de ma chaise de cuisine, et les bandes fluo scintillèrent autour de ses cuisses parfaites tandis qu'elle renouait les lacets de sa chaussure de sport.) Quand tu commences à coordonner une telle somme d'informations, tu accèdes à la vision conjuguée.

— La vision conjuguée ?

— Celle que possèdent les chevaux attelés. J'ai failli me faire renverser par un taxi, cette semaine ; c'est ma vision conjuguée qui m'a sauvée. J'ai tourné juste au bon moment. (Henderson aplatit ses lacets et se redressa.) Voilà. Quel parfum est-ce que je porte ?

— *Éternité.*

— Exact. Maintenant, je suis prête à faire la cuisine pour mon ami très cher et néanmoins confrère.

— Je sais pourquoi tu es venue, Henderson. Mais tu ne m'arracheras pas un mot concernant Temple Rennseler.

— Jimmy, est-ce que je t'ai demandé quoi que ce soit à son sujet ? Quand ton foie te tracasse, il te rend particulièrement susceptible. (Henderson s'approcha du rebord de la fenêtre pour examiner ma plante en pot.) Les feuilles de ta fausse aralia ont besoin d'humidité. (Ouvrant le placard, sous l'évier, elle en sortit le vaporisateur et me fit une démonstration.) Une brume légère. Je te l'ai déjà expliqué la semaine dernière.

Ce soir, elle avait noué ses cheveux châtains en queue de cheval. Elle avait de petites oreilles pointues de lutin, et quand elle souriait, ses paupières se plissaient, se fermant presque. Je réfrénai mes pulsions. C'était le genre de femme qui ne vous laissait jamais dans l'incertitude ; si elle vous trouvait à son goût, elle vous le faisait clairement savoir. Mais tant qu'elle ne vous donnait pas le feu vert, vous couriez tout droit à l'humiliation.

Elle versa son bourguignon dans une marmite.

— Je ne te laisserai pas en paix une minute tant que tu ne m'auras pas parlé de Temple Rennseler. Et je sais être aussi horripilante qu'un moustique. (Elle mit le riz dans une casserole, et commença à le remuer.) Veux-tu entendre mon début d'analyse ? Fondé sur la vision fugitive que j'ai eue d'elle ?

— Volontiers.

— Je pense qu'elle a étudié la danse classique, à cause de son attitude et de certains mouvements du poignet, mais qu'elle n'a pas persévéré au point de songer à en faire sa profession. Les femmes qui se consacrent entièrement à la danse possèdent un galbe du mollet extrêmement caractéristique, et elles ont tendance à tourner le pied vers l'extérieur quand elles marchent. Ce n'est pas le cas de Temple. La question est donc de savoir pourquoi elle y a renoncé. Elle est athlétique, elle est robuste, elle a un corps de danseuse classique. Est-ce qu'elle n'était pas suffisamment douée ? Ou était-ce une question de confiance en soi ? Je pencherais pour la seconde explication, car malgré sa beauté et son assurance, il y a quelque chose de fragile en elle.

— Henderson, tu me stupéfies.

— D'abord, je me suis dit que c'était peut-être une jeune fille de bonne famille, qui aurait pu poursuivre toutes sortes d'études, mais manquait d'ambition. Mais j'ai bientôt remarqué une tension évidente autour de ses yeux, et j'ai dû réviser mon jugement. (Henderson reporta son attention sur sa casserole de riz, qu'elle remua vivement.) Elle fait un travail qui nécessite de la concentration, mais elle a des sujets de préoccupation plus graves que de savoir où déjeuner à midi, ou qui placer à côté de qui. Exact ?

— Exact.

— Elle doit lire énormément, ou faire des recherches sur ordinateur. En tout cas, elle exerce une activité exigeant que l'on prête une attention toute particulière à une foule de détails visuels. Je suis sur la bonne piste ?

— Tout à fait.

— Puis je me suis interrogée sur sa coiffure des années vingt. Elle la porte à la perfection, et elle en comprend le style ; nous savons déjà qu'elle possède une sensibilité artistique certaine, à laquelle nous pouvons ajouter son attachement au passé. (Henderson remua son ragoût.) Tout cela pourrait nous aiguiller vers quelques professions bien précises. Elle est décoratrice ? Laisse-moi deviner. Elle restaure des tableaux anciens. Je brûle ?

— Presque.

— Après son travail, elle prend des cours de danse. Ou de yoga. Non, attends, je parie que ce serait plutôt l'école Feldenkreis ou la technique Alexander, parce qu'elle a parfaitement réaligné son corps en se tournant vers toi, avant de sortir : la tête, les épaules et le bassin. Ce genre de rectification de la posture ne vient pas naturellement à la plupart des gens, la sienne était beaucoup plus systématique. Elle possède une maîtrise musculaire remarquable. Écoute, je pourrais continuer longtemps sur le même registre, mais il faut que tu fasses appel à mes services dans cette affaire, et pour une excellente raison.

— Laquelle ?

— Temple est en danger.

— Absolument pas.

— Je suis sûre que si. Elle ne te l'a peut-être pas dit, mais elle est menacée. Par un danger très réel. (Henderson huma d'un air approbateur la concoction rouge sombre de la marmite.) Le seitan est un produit à base de froment, et c'est un ersatz de viande idéal pour les ragoûts. Quant aux champignons, j'ai choisi des shiitakes, parce qu'ils font baisser le taux de cholestérol, et que le tien est beaucoup trop élevé.

Elle sortit deux assiettes, puis étala le bourguignon sur le riz. Je m'assis en face d'elle, dans le halo vermeil du plafonnier oblong de la cuisine. Henderson me sourit, les yeux plissés, hochant légèrement la tête comme si elle attendait quelque chose de ma part. Elle commença à mâcher chaque bouchée quatre-vingt-sept fois, comme elle avait coutume de le faire.

— L'oignon et l'ail ont des propriétés antivirales, et tu remarqueras que j'ai ajouté des carottes, bien qu'elles ne soient pas, traditionnellement, prévues dans la recette : c'est parce que tu as tellement fumé, au cours de ta vie, que tu as besoin de beaucoup de bêta-carotène pour te protéger contre le cancer des poumons. Maintenant, parle-moi de Temple Rennseler.

— Elle dirige Antiquités Internationales, dans Madison Avenue.

Le sourire de satisfaction d'Henderson s'épanouit sur son visage.

— Je faisais mieux que brûler, Jimmy. J'avais mis en plein dans le mille.

— D'accord, je le reconnais.

— Alors, pourquoi est-elle venue te voir ?

— C'était son père qui possédait le magasin. Il a été assassiné.

— Quelle horreur ! Par qui ?

— La police pense qu'il a pu escroquer un de ses fournisseurs égyptiens, et que celui-ci s'est vengé. Ce n'est pas l'avis de Temple.

— Et toi, comment expliques-tu ça ?

— Je n'en sais encore rien. Mais le meurtrier, quel qu'il soit, a emporté les viscères du mort en partant.

— Beurk !

— Après lui avoir injecté du venin de cobra.

Henderson hocha la tête et prit une bouchée de seitan.

— Des protéines complexes.

— Quoi ? Le seitan ?

— Le venin de serpent. C'est une protéine complexe qui se fixe sur les tissus nerveux de sa victime. (Elle était partie encore une fois, faisant étalage des souvenirs quasi photographiques qu'elle conservait de ce genre d'informations propres à impressionner la galerie.) J'ai fait un dossier sur les serpents, quand j'étais au lycée. J'ai adoré ce travail. Ça m'a donné l'impression de fouiner dans les secrets les plus profonds de la nature. Tu sais, ce poison, ce sont les serpents eux-mêmes qui l'ont *créé*.

— En tout cas, quelqu'un en a injecté une dose à Rennseler.

— Quelle drôle de façon de tuer quelqu'un...

— Du venin de cobra égyptien.

— Ces cobras-là sont des aspics, en fait. Ce détail a son importance, Jimmy. Le meurtrier aurait pu utiliser du cyanure, qu'il est tellement plus facile de se procurer. Et le cyanure tue bien plus vite ; disons, en une minute. Le venin de cobra doit prendre beaucoup plus que ça. Alors, je me demande pourquoi l'assassin l'a choisi. Évidemment, Cléopâtre s'est suicidée en se faisant mordre par un aspic. Je réfléchirais à ce détail, si j'étais à ta place.

— Qu'est-ce que tu veux dire par là ?

— Eh bien, que ce geste a été commis par amour. Cléopâtre a été séduite par Marc-Antoine. C'était un homme violent, et ils sont morts ensemble, pratiquement dans les bras l'un de l'autre. Donc, la mort par morsure de cobra possède un sens historique. Elle est liée aux amours fourvoyées. Bon, qui sont les suspects ?

— Un certain Hamid, négociant en objets d'art. Il s'est fait rouler par Rennseler.

— Non, il n'est pas dans le coup.

— Tu en es tellement sûre ?

— Ça n'entre pas en résonance avec le thème de Cléopâtre. Je perçois la vibration toute entière. (Henderson posa la main sur son front.) C'est un meurtre romantique, commis par quelqu'un qui éprouve un amour fou. Parle-moi de la famille.

— Tu en verras tous les membres. (J'indiquai le salon d'un signe de tête.) J'ai une cassette vidéo.

— On la regardera en prenant notre infusion. (Elle se leva de table.) Les vidéos familiales sont merveilleusement atroces. Tous les gens y ont des sales têtes, et débitent des banalités affligeantes.

Henderson emplit la bouilloire avec l'eau minérale qu'elle me forçait à acheter en bouteilles. Quand elle pivota vers la cuisinière, son débardeur se tendit sur sa poitrine. Je n'arrive pas à feindre l'indifférence devant de tels spectacles. Mon ex-fiancée voyait là une faiblesse de caractère.

— Qu'y a-t-il cette semaine dans ton assortiment de tisanes ? (Henderson ouvrit le placard de cuisine et tendit le bras vers l'étagère où je rangeais les diverses plantes chinoises qu'elle m'avait données.) Nous allons prendre de l'astragale pour renforcer notre système immunitaire. Et du ginseng pour notre lucidité mentale. Et de la pivoine pour le teint. Cela rend la peau aussi douce qu'un pétale.

— Je n'ai pas envie que ma peau s'amollisse.

Toutes les tisanes d'Henderson avaient le même goût. Au cours d'une nuit de beuverie, quand j'étais dans l'armée de l'air, j'avais plongé la tête dans l'eau d'un aquarium, et je n'en avais pas oublié le goût. C'était celui des infusions.

Sortant les tasses et les soucoupes, Henderson m'ordonna :

— Ébouillante la théière.

Je m'exécutai.

— Ce sera tout, Votre Grâce ?

— Je suis convaincue que la plupart des crimes de ce monde sont provoqués par une mauvaise digestion, m'informa-t-elle en surveillant soigneusement le minutage de l'infusion.

Comme beaucoup de membres des professions de santé, Henderson était une hypocondriaque. J'allumai le magnétoscope, chargeai la cassette des Rennseler, et rejoignais Henderson sur le canapé. Elle déplaça ses chaussures de sport, s'en débarrassa d'une ruade, et replia ses jambes sous elle.

J'actionnai la télécommande. La bande commença à défiler. Le parfum d'Henderson flottait dans l'air ; des bouffées d'*Éternité* dérivaient vers moi. Je me plus à imaginer qu'elles émanaient de sa gorge, là où palpitait une veine, dans un exquis petit îlot de sa peau délectable — cette peau qu'elle traitait, je le savais, avec toute une variété d'émollients « New Age ». Près de moi, la vie, avec tous ses charmes. Sous mes yeux, le mort :

Le défunt apparut sur l'écran, en pleine forme, manifestement heureux de célébrer son soixantième anniversaire, comme tout homme qui n'a aucune raison de soupçonner que la mort le guette. Je fis un arrêt sur image. Henderson, les paupières plissées, scruta l'écran.

— Il est très séduisant, fit-elle observer, si on aime le style Klaus von Bulow. Tu sais : le blazer, l'écharpe…

Je regardai l'image figée de Rennseler, sa main ébauchant un geste en direction de ses invités. Ma première impression fut de me trouver face à un escroc, affichant la respectabilité soigneusement étudiée que l'on trouve chez les directeurs d'organismes de crédit. Rennseler termina son geste vers la caméra, montrant une table longue chargée de verres en cristal étincelant. Il déclara :

— *C'est un plaisir d'être entouré des êtres qui me sont les plus proches et les plus précieux, en cette occasion dont je n'ai nullement à me glorifier.* (Il désigna un gâteau sur lequel brûlaient des bougies.) *Un homme de soixante ans ne peut être qu'un stoïque ou un satyre.*

— Quelle curieuse réflexion, commenta Henderson, posant un doigt contre sa joue. Tiens ! Qui c'est, celle-là ?

— L'épouse.

Mme Helen Rennseler s'approcha de l'objectif, vêtue d'une robe du soir en satin ivoire dont le buste, maintenu par trois larges nœuds, laissait apparaître plusieurs carrés de peau nue autour de la taille.

— Elle est trop vieille pour porter une tenue pareille, dit Henderson. L'image qu'elle a d'elle-même est complètement déformée. Arrête la bande ici.

J'immobilisai l'image, et Henderson examina Helen Rennseler.

— Sa clavicule droite est trop basse. J'aimerais avoir une radiographie ; elle a sans doute une légère scoliose secondaire.

Je pressai de nouveau le bouton LECTURE et le film reprit, Temple Rennseler entrant dans le cadre pour prendre place de l'autre côté de son père. Henderson se pencha en avant.

— Je la trouve imperceptiblement marquée, mais elle est ravissante, et elle sait s'habiller. C'est curieux que la mère paraisse si maladroite. Cet anniversaire était peut-être au-dessus de ses forces.

Je regardai Rennseler et Temple couper ensemble le gâteau, la main de la fille posée sur celle du père.

— *J'ai besoin de Temple pour couper droit*, disait l'antiquaire. *L'année prochaine, il faudra aussi qu'elle me le fasse manger.*

— *Papa, tu es toujours le plus bel homme de la ville.*

— Eh bien, fit Henderson, on peut dire qu'elle l'adore. Tu vois de quelle façon elle le regarde ? C'est pour ça qu'on ne peut pas laisser l'assassin s'en tirer à si bon compte. Ce qu'elle avait de plus précieux dans sa vie a été anéanti.

Le gâteau fut coupé et servi, et la caméra élargit son champ pour y inclure les autres convives.

— Ça, c'est le frère de Rennseler, en compagnie de son épouse. Richard Rennseler est agent de change. Quant à sa femme, je ne sais rien d'elle.

— En tout cas, sa robe lui va à la perfection. Elle a plus de goût que l'autre Mme Rennseler.

La vidéo se poursuivit comme l'avait prédit Henderson, tous les personnages apparaissant légèrement déformés par l'objectif, et s'exprimant gauchement devant la caméra dont la présence leur était pénible. Seul Tommy Rennseler conservait avec aisance un ton versant dans l'autodérision. Au bout de quinze minutes, l'enregistrement prit fin.

— J'étais sûre que j'aimerais Temple, dit Henderson. Quant aux autres, je m'en passerais volontiers.

— Quelle impression te laisse Tommy ?

— Je pense qu'il souffre d'une tension chronique autour de C1.

— Il est raide pour l'éternité, Henderson. Tu arrives trop tard pour lui remettre les cervicales en place. Mais en ce qui concerne sa personnalité ?

Henderson prit son infusion et en but une gorgée, les deux mains autour de la tasse, les jambes toujours repliées sous elle.

— C'est le raffinement personnifié, et il devait être parfait pour vendre des objets d'art coûteux, mais il y a quelque chose, chez lui... (Henderson scruta les profondeurs de son infusion.) Pour commencer, il trompe sa femme depuis des années. Cela saute aux yeux quand on observe Mme Rennseler. Elle est distante, elle surveille tout de loin. Elle est parvenue à d'autres compromis avec ses émotions, et son mari en est exclu.

— Elle a une liaison ?

— En ce moment ? Pas avec une robe pareille. Cette robe-là, elle l'a choisie avec la rage du désespoir. Mais je suis sûre qu'elle a eu des amants. Après tout, qu'est-ce qui l'en empêchait ?

— Supposons qu'elle ait eu une liaison, et qu'elle ait voulu se débarrasser de Rennseler. Est-ce qu'elle aurait pu le tuer ?

Henderson reposa sa tasse, étendit ses jambes, et posa ses pieds sur la table basse.

— Son mari l'a fait souffrir, j'en suis sûre. C'est pour ça qu'elle a un visage figé, comme un masque. Et je ne parle pas des petites retouches de chirurgie plastique, qui sont tellement bien faites que je me demande à qui elle s'est adressée. (Henderson se tourna vers moi.) Son mari l'a fait souffrir, et elle a cessé de l'aimer ; elle a même pu le haïr. Il avait ce genre de charme qui peut rendre une femme folle, au bout d'un moment, car il était parfaitement conscient de son pouvoir. Il se peut qu'elle l'ait tué simplement pour l'empêcher d'exercer ce charme plus longtemps. (Henderson rejeta sa queue de cheval par-dessus son épaule et me regarda, la tête penchée sur le côté.) Tu vois à quel point mon analyse peut se révéler précieuse, et je n'ai même pas encore *commencé* à réfléchir à cette affaire. Ce dont j'ai toujours rêvé, c'est patrouiller dans une camionnette de surveillance avec des écouteurs sur les oreilles. (Elle mit les mains derrière sa tête et s'étira.) Bon sang, cette tisane me donne envie de dormir.

Ses seins pointèrent à travers son débardeur quand elle creusa ses reins, la tête en appui contre le dossier du canapé en cuir. Elle soupira, alors que c'était moi, en toute logique, qui aurais dû soupirer. Surprenant mon regard, elle me dit :

— Jimmy, ce serait vraiment une bêtise de nous attacher sérieusement l'un à l'autre.

— Pourquoi ?

— Parce que nos chakras ne sont pas en concordance.

— Tu veux bien m'expliquer ça ?

— Tes chakras ont une rotation irrégulière, très agressive. Les miennes tournent beaucoup plus délicatement. Nous ne sommes pas sentimentalement compatibles. (Elle se pencha de nouveau en avant.) Mais nous ferions quand même une bonne équipe d'enquêteurs. On aura l'occasion de patrouiller en camionnette avec des écouteurs sur les oreilles ?

— S'il le faut.

— J'ai toujours adoré fourrer mon nez partout. Par moments, ça devient une vraie passion, chez moi. (Avançant la lèvre inférieure, elle souffla vers le haut, soulevant légèrement sa frange.) Rennseler a pu être tué par sa femme. Et pourquoi pas par son frère ? C'est le genre d'agent de change qui doit vous raconter n'importe quelle salade pour placer ses obligations.

— J'irai l'interroger.

— Et je viendrai avec toi. D'accord ? (Elle se pencha vers moi.) S'il te plaît, Jimmy ? Curieuse comme je le suis, je trouverais cruel que tu m'aies montré tout ça pour me laisser sur ma faim.

— Et qu'est-ce que j'y gagne ?

— Une remise en place des cervicales ? Je pourrais faire ça tout de suite. Tiens, allonge-toi. (Henderson se leva et me fit m'allonger sur le dos, la tête pendant dans le vide à l'extrémité du canapé.) Maintenant, détends-toi. Confie-moi simplement ta tête.

— Elle est à toi, mon ange.

— Arrête de jouer les machos.

Son visage de lutin flottait au-dessus de moi. Sa queue de cheval tomba en avant et frôla mon front tandis qu'elle soutenait ma tête dans ses mains. Son sein touchait presque mon nez. Puisqu'il fallait se faire réajuster les vertèbres, autant que ce soit dans les meilleures conditions. Soudain, les mains d'Henderson pivotèrent, me tordant la tête. Un craquement sonore jaillit de ma nuque ; j'eus l'impression qu'elle m'avait dévissé le crâne.

— Il y a des mois que j'avais envie de faire ça, dit-elle d'un air satisfait. (Elle remit ses chaussures de sport.) Maintenant, il faut que je parte. Tu veux bien que je te seconde dans ton enquête ?

Je la suivis dans la cuisine.

— Et si on allait boire un verre quelque part ?

— Tu ne bois plus.

— Pourquoi est-ce que je ne te raccompagne pas ?

— Parce que je rentre en patins à roulettes. Je te laisserais loin derrière moi, dans la poussière. (Elle tira la porte, et la barre de sécurité coulissa vers le haut dans un grincement métallique.) Regarde la cassette encore une fois. Pour un homme comme Rennseler, toutes les femmes sont des objets sexuels. C'est une attitude très primitive. (Tendant le bras, elle me pressa la main.) Je suis si heureuse que tu ne sois pas comme ça. (Elle sortit dans le couloir à reculons, porta ses doigts à ses lèvres, et m'envoya un baiser.) *Bonne nuit*, fit-elle dans un souffle.

Je la regardai s'éloigner dans le couloir. Elle tourna pour prendre l'escalier ; j'écoutai ses pas descendre vivement les marches, comme ceux d'un farfadet disparaissant dans les entrailles de la terre. Je refermai la porte à clé, poussai les verrous, et enclenchai l'alarme. Il restait un peu d'infusion, que je vidai dans l'évier.

Après cela, je regardai la cassette de nouveau, figeant l'image sur un gros plan de Temple. Elle venait de passer ses deux mains dans ses cheveux, les tirant en arrière en les plaquant contre son crâne. Ce détail, ainsi qu'une lueur bizarre dans son regard, lui donnait une allure masculine — un visage lisse, séduisant, mais plutôt fruste, à l'image de son père, et d'une grande dureté, ce qui me surprit. Quand j'appuyai de nouveau sur le bouton LECTURE, ses cheveux reprirent du volume, entourant son visage, et cet aspect inattendu de Temple s'évanouit aussitôt.

J'aime Madison Avenue et ses boutiques, où j'avais passé de longues heures, avec mon ex-fiancée, à la recherche des années vingt. L'assassin de Rennseler s'était frotté à cette bulle étincelante d'illusions fastueuses et hors de prix, pour se glisser à l'intérieur. La bulle, depuis, s'était réparée d'elle-même, sans laisser paraître qu'un intrus malfaisant s'y était introduit.

La lumière éblouissante du soleil d'été inondait la vitrine d'Antiquités Internationales. On y voyait, sur fond de velours rouge, des bouteilles vieilles de plus de mille ans dont aucune étiquette n'indiquait le prix. Elles avaient survécu au passage des siècles, et si vos moyens vous le permettaient, vous pouviez en acheter une et faire le voyage de retour, en compagnie du génie qu'elle contenait, jusqu'à l'antique cité d'Ur. Mon ombre se projetait sur elles, comme celle du génie lui-même, remis au goût du jour grâce à un costume italien.

J'appuyai sur la sonnette. Au fond de la galerie, une femme assise derrière un bureau releva la tête, m'examina, et déclencha l'ouverture de la porte pour me laisser entrer.

— Oui ? demanda-t-elle avec froideur, sa question semblant provenir d'un émetteur Tron Tek implanté sous l'arête de son nez.

— Vous portez *Joy*.

— Vous êtes représentant en parfums ?

— Je m'appelle McShane. J'ai rendez-vous avec Mlle Rennseler.

— Ah, c'est vous, le détective privé... dit-elle.

Âgée d'une cinquantaine d'années, elle avait des yeux protubérants, dont on remarquait surtout le blanc. Son corps long et anguleux était surmonté d'un visage rond et pâle, au menton insignifiant ; on aurait dit la lune au bout d'une épingle. Sa robe noire rendait sa peau encore plus blanche, et je vis flotter sur ses lèvres l'esquisse d'un sourire de mépris.

— Vous êtes Gladys Groome, dis-je. Vous connaissiez très bien M. Rennseler.

— Je travaille ici depuis de longues années.

Sa voix ne trahissait aucune émotion ; ses yeux immenses, au regard vif, évitaient de se poser sur moi.

— Sa mort a dû être un drame pour vous.

— Oui, ce fut une véritable tragédie... (Son ton restait glacial, mais je vis un peu de couleur apparaître sur ses joues pâles. Elle se leva de sa chaise.) Je vais dire à Mlle Rennseler que vous êtes là.

Elle disparut derrière une porte, et j'en profitai pour installer sous son bureau un émetteur ultramince, alimenté par une pile plate Polaroïd. Je n'ai pas pour habitude de planquer des micros chez mes propres clients, mais je voulais savoir ce qui se passait dans ce magasin, surprendre les conversations de Sa Condescendance Mlle Groome, et me faire une idée sur les rouages du commerce d'antiquités.

Après avoir fixé l'émetteur, j'examinai les lieux. Les murs étaient couverts de vitrines d'exposition, contenant des vestiges du monde antique. Près de la porte, sur un piédestal, se trouvait la statue d'une femme nue ; une plaque m'apprit qu'il s'agissait de Fortune, déesse du destin. Ses yeux aveugles en marbre me fixaient froidement, un peu comme Mlle Groome.

Je me penchai pour observer une figurine moins impérieuse : une bouteille façonnée de telle sorte qu'elle représentait deux têtes symétriquement opposées.

— C'est Janus, M. McShane, dit derrière mon dos Temple Rennseler. Premier siècle de notre ère.

— Il faut toujours regarder des deux côtés, c'est bien ça ?

En me redressant, je découvris qu'elle me souriait. Mlle Groome se tenait près d'elle, en silence, nous considérant tous les deux de son regard impénétrable. Il était difficile de savoir ce que dissimulaient des yeux aussi impassibles, mais je crus y deviner de la désapprobation. Elle retourna s'asseoir à son bureau, et Temple me tendit la main.

— Je vous remercie d'être venu si vite. Je sais que vous êtes très pris.

— J'ai liquidé toutes les formalités en souffrance. Ma seule obligation, c'est d'escorter Saul jusqu'à sa voiture à cinq heures.

— Il m'a raconté de quelle façon vous êtes venu à son secours.

— Je n'ai rien fait de plus que lui tenir la porte de l'ascenseur.

— Il a bien cru qu'il allait se faire tuer.

— Comme je le disais, il faut toujours regarder des deux côtés. (Je m'approchai de la vitrine suivante. Temple me suivit et me désigna un vase haut à large embouchure.) Voici une autre figurine double : des frères, les dieux Ephialtes et Otus. Ils personnifient les cauchemars des femmes endormies. Mais ils ont été chassés du pays du sommeil, et ils restent assis, dos à dos, sur le siège de l'oubli.

— Combien ?

— À vrai dire, ce vase n'est pas à vendre pour le moment. (Temple portait une autre veste ample, celle-ci de couleur miel, et une jupe courte assortie qui m'intéressait davantage que le siège de l'oubli. Elle sortit Ephialtes et Otus de leur vitrine et les posa sur le comptoir, promenant ses doigts sur les beaux visages sculptés qui hantaient le sommeil des femmes.) J'ai du mal à me séparer de cette pièce. Sans doute parce que j'ai moi-même trop de cauchemars. Ce doit être dans l'espoir, je suppose, que ces deux gaillards-là me laisseront tranquille si je les traite convenablement.

— Ils sont bien trop beaux pour être des cauchemars.

Elle caressa la tête patinée d'Otus.

— Les cauchemars de femmes sont souvent hantés par des hommes séduisants.

— J'apprends quelque chose de nouveau tous les jours.

Je regardai de nouveau dans la vitrine, où des bouteilles de parfum étaient rangées en cercle. Une étiquette indiquait qu'elles dataient de la Basse Époque égyptienne (1085-332 avant J.-C.) Elles ressemblaient à des grappes de raisin, une douce luminescence jouant sur leurs formes arrondies.

— Vous avez évoqué la question du prix de ces objets, dit Temple, se tournant à son tour vers la vitrine. Ces bouteilles valent cinq mille dollars pièce.

— Il reste du parfum à l'intérieur ?

— Je pense qu'il a dû s'évaporer vers l'époque de la naissance du Christ. (Elle désigna une tasse d'un bleu-vert assez pâle.) Voilà un objet de grande valeur.

Elle s'agenouilla pour déverrouiller la vitrine, et sa jupe remonta sur ses cuisses d'une dizaine de centimètres. Comme beaucoup d'hommes, je me demande où poser les yeux quand j'ai le choix entre des jambes ravissantes et une tasse de grande valeur.

— C'est l'une des rares pièces de l'antiquité à porter une signature. (Temple recula pour poser l'objet sur le comptoir.) L'inscription est en grec. Elle signifie : *Ennion m'a fabriquée*. Et, ici : *Que l'acheteur s'en souvienne.*

À l'intérieur de la vitrine, la lumière était très douce, et les objets semblaient plongés dans une sorte de sommeil, en attendant leur prochain propriétaire. J'essayais de leur accorder toute mon attention, mais ce dont j'étais conscient, en fait, c'était de la peur de Temple, cette émanation intangible qui flottait dans l'air de nouveau, la peur d'une femme qui se sent traquée. Son expression, en revanche, n'en révélait rien, et c'est avec enthousiasme qu'elle déclara :

— Mon père a eu beaucoup de chance de mettre la main sur la tasse d'Ennion.

— Qui la lui a procurée ?

— Un jeune homme qui vend régulièrement les objets de valeur appartenant à sa famille. À chaque fois qu'il est amoureux, comme ses conquêtes lui coûtent cher, il nous en apporte un nouveau. Je vous ai préparé une liste de gens à qui nous avons acheté des pièces importantes. Vous voulez bien me suivre dans mon bureau ?

Au moment où nous passions devant elle, Mlle Groome leva les yeux vers Temple, un petit sourire de mépris de nouveau sur ses lèvres.

— Vous voulez que je bloque vos appels ?

Manifestement, ma présence lui déplaisait, et elle désapprouvait sans doute Temple de m'avoir engagé.

— Oui, s'il vous plaît. Dites que je suis en réunion.

— Bien sûr.

Mlle Groome reporta son attention sur les papiers couvrant son bureau, et la main qu'elle posa sur eux était longue, fine, et très blanche. Mauvaise circulation, aurait diagnostiqué Henderson, mais il me sembla que c'était l'âme de Mlle Groome qui était tout étriquée, coupée de la vie. En refermant la porte, je surpris le regard qu'elle me jetait de nouveau, et j'y vis davantage que de la désapprobation : il y avait une volonté de fer dans cette momie vivante.

Le mobilier du bureau de Temple était massif,

évoquant une respectabilité incontestable. C'est exactement ce que l'on s'attend à voir quand on achète une tasse vieille de deux mille ans. La pièce était bien rangée : pas de documents en désordre, pas d'objets personnels. Temple me tendit une liste sortie d'une imprimante d'ordinateur.

— Voici les noms des collectionneurs et des marchands qui nous ont vendu des objets.

— Que pouvez-vous me dire de Mlle Groome ?

— Elle travaillait déjà pour mon père avant ma naissance. Elle est aussi compétente que la plupart des conservateurs de musées. Elle sortait tout juste de l'université quand mon père l'a engagée, et il lui a tout appris. Elle fait un travail impeccable.

— J'ai l'impression qu'elle était amoureuse de lui.

— Oui, je le suppose. Pauvre Mlle Groome.

— Son amour n'a pas trouvé d'écho ?

— J'en doute.

— Quels sentiments nourrit-elle à votre égard ?

Temple détourna le regard, mais je surpris sa gêne.

— Oh, fit-elle, Mlle Groome est très bien. Je ne pourrais pas faire tourner la maison sans elle. Mais vous imaginez aisément ce qu'elle ressent : elle m'a connue au berceau, et aujourd'hui, c'est moi qui possède l'affaire, et qui suis son employeur. Mais nous nous efforçons d'arrondir les angles.

— Votre bureau pourrait subir une inspection militaire. Vous maîtrisez tout autant la situation que la ténébreuse Mlle Groome.

Temple sourit. Elle passa la main sur le toit d'un

temple miniature, placé sur un socle, près de son bureau.

— Voici la déesse égyptienne Maat. On l'appelle la déesse de la vérité. C'est elle qui maintient l'ordre dans un monde chaotique. Très important. (Entre les portes ouvertes du temple se tenait une statuette féminine en bronze, portant une couronne ornée de plumes.) Regardez ! dit Temple.

Elle toucha la base du socle de son pied. Mes yeux restèrent fixés sur ses jambes, jusqu'au moment où j'entendis un bruit discret provenant de la colonne du socle : celui d'un mécanisme d'horlogerie. Les portes du petit temple commencèrent à se fermer, actionnées par des poids qui avaient dû se mettre en branle à l'intérieur du socle. Les deux portes s'emboîtèrent au centre en une jointure indécelable ; le temple était clos. Je n'avais rien vu d'aussi astucieux depuis le faux plafond de l'appartement de Willy Fil-de-fer, qui s'abaissait pour receler des objets volés.

— C'est mon père qui l'a construit. Il s'agit de la réplique d'un véritable temple qui s'élevait autrefois à Louxor. Les portes étaient ouvertes et fermées par des mécanismes invisibles. Cela devait être très impressionnant pour le non-initié.

— Votre père était quelqu'un d'ingénieux. Excusez-moi de vous poser cette question, mais avait-il des maîtresses ?

— Il était séduisant, et ma mère et lui ne se sont jamais très bien entendus. Ils restaient ensemble par commodité.

— La mutilation est souvent liée aux crimes passionnels. Et l'injection de venin de serpent ? Est-ce que vous y voyez quoi que ce soit de féminin ?

— Non.

— J'entrevois l'image d'un ange justicier vêtu de blanc.

— Ma mère se compare toujours à un ange. Pas de façon directe, bien sûr. Mais l'implication est claire : elle trouve pénible la compagnie de gens moins évolués qu'elle sur le plan spirituel.

— Vous pensez malgré tout qu'elle a tué votre père ?

— Je ne l'accuse pas. Je ne sais pas qui elle est, ni de quoi elle est capable.

— Qu'est-ce que vous voulez dire par : « Je ne sais pas qui elle est » ?

— Elle porte toujours la même queue de cheval qu'à vingt ans, serrée par le même ruban noir, et je ne l'ai jamais vue sans son maquillage. Elle n'abaisse pas sa garde une seule minute.

J'essayais de capter dans le magasin une émanation de Tommy Rennseler, l'homme qui achetait et vendait le monde antique. Mais les quelques traces qu'aurait pu laisser derrière lui un simple humain mort assassiné étaient étouffées par les œuvres d'art ; elles avaient survécu, et c'est lui qui avait été brisé.

— J'aurai besoin d'une liste de vos clients.

Temple sortit un autre tirage d'imprimante de son tiroir et me le tendit.

— Ils ont été contactés par la police au cours de l'enquête.

— Tous riches ?

— La plupart.

— Je ferai quelques vérifications discrètes.

— Comment vous y prendrez-vous ? Pour qu'elles soient discrètes, je veux dire.

— Des informations concernant chacun de nous circulent d'un ordinateur à un autre douze fois par jour. Un courtier en renseignements peut aller à la pêche dans ce flot de données et découvrir plein de choses. Il peut nous dire... (Je parcourus la liste.)... dans quelles banques Jeremy Trowbridge III a ouvert un compte, combien d'argent il dépense en vêtements, voyages, restaurants, bijoux et œuvres d'art. Nous pouvons nous procurer son dossier médical, savoir s'il a subi un test de dépistage du sida, quelles drogues il consomme, et si sa femme s'est fait ligaturer les trompes. Pour se simplifier la vie, les gens ont renoncé à la confidentialité.

Temple s'assit derrière son bureau avec un geste défensif, comme pour se préserver des indiscrétions que je lui détaillais. Je m'installai près d'elle dans un fauteuil.

— Parlez-moi de votre père.

S'appuyant contre le dossier de son siège, Temple passa la main dans ses cheveux, écartant de sa nuque ses mèches courtes et raides. Elle avait le genre d'expression qu'on voit sur les visages des marathoniens quand ils descendent la dernière côte de Central Park : déterminés, mais perdus dans une sorte de rêve.

— Mon père était un perfectionniste, un perpétuel insatisfait. Il désirait toujours plus. Et il avait un esprit très critique, mais c'était indispensable. Il est très facile d'acheter un faux, dans ce métier. Il lui était souvent arrivé, disait-il, d'entrer chez des gens qui voulaient lui montrer une antiquité à laquelle ils tenaient beaucoup, et dont il voyait tout de suite qu'il s'agissait d'une contrefaçon. Cela lui avait donné une image déplaisante du monde des arts.

— Avez-vous déjà été victime d'un faussaire ?

— Cela a bien failli m'arriver, il y a peu de temps, mais Mlle Groome a empêché la vente à la dernière minute. Elle savait depuis le début que l'objet en question était une copie, mais elle m'a laissé poursuivre les négociations. Je pense qu'elle a voulu me donner une leçon.

— Quelle délicatesse de sa part !

— Je lui en suis reconnaissante, mais elle a mal choisi son moment. C'était à l'un de nos meilleurs clients que la pièce était destinée, et il était présent quand Mlle Groome a démontré que c'était un faux. (Une mèche de cheveux, se détachant du casque lisse de sa chevelure, était tombée sur son front.) Si bien qu'elle m'a fait passer pour une imbécile, ce que je ne suis pas. Je connais aussi bien le métier que Mlle Groome. Mais je m'étais laissée gagner par une sorte d'obsession maniaque, qui avait obscurci mon jugement.

Avant que j'aie pu lui poser d'autres questions sur ses relations avec Mlle Groome, ce fut elle qui m'interrogea.

— Parlez-moi de vous.

— Par quoi dois-je commencer ?

— Comment êtes-vous devenu détective privé ?

— Mon père était débardeur ; il appartenait à la section 824 du syndicat des dockers. La plupart des membres de la section, mon père y compris, étaient plus ou moins truands. Pendant toute mon enfance, j'ai entendu raconter les exploits de Legs Diamond et de Killer Madden, le Duc du West Side. Le quai de la Quarante-Sixième rue, c'était mon second chez-moi. Je servais de commissionnaire à des escrocs et à des flics. J'avais envie d'être quelque part entre les deux.

— Et c'est ce que vous êtes ? À mi-chemin entre un escroc et un flic ?

— Plus maintenant. J'ai servi douze ans dans l'armée de l'air.

Temple me jeta un regard perplexe, comme si elle essayait de découvrir des traces de mon passé militaire.

— Officier et gentleman ?

— Sous-officier et tête brûlée.

— Vous pilotiez un avion ?

— J'étais agent de la sécurité sur une base aérienne. Comme le gouvernement me payait aussi des études, j'en ai profité pour passer un diplôme. Après ça, j'ai été transféré au Bureau spécial d'investigation. On y faisait, pour l'armée de l'air, ce que fait le FBI pour les civils : des enquêtes de toutes sortes, des attaques de banque jusqu'aux meurtres.

— Pourquoi en êtes-vous parti ?

— On voulait que je monte en grade, que je renonce au travail sur le terrain pour devenir officier et commander les autres. Moi, je ne demandais rien d'autre que de porter un insigne, et de continuer à faire des enquêtes.

— Donc, vous avez préféré devenir détective privé. Ce travail vous plaît ?

— La plupart du temps, je ne tombe que sur des fausses pistes et des causes perdues. Malgré tout, oui, ça me plaît.

— Est-ce que vous aimez prendre des gens en filature ?

— C'est une question bizarre.

— Vraiment ?

Temple portait une bague en or, surmontée d'une cornaline sculptée en forme de satyre. Cela me parut un bijou étrange pour une femme, compte tenu de l'appétit sexuel des satyres. Je lui demandai :

— Quand pourrai-je voir votre mère ?

— Attendez, j'aimerais que vous me parliez des filatures.

— Il n'y a rien à en dire. Si je réussis dans mon métier, c'est grâce à une vérité première que je vérifie tous les jours : les gens parlent trop. Par conséquent, il n'y a plus de secrets.

— Et vous tenez à conserver les vôtres.

Elle se leva, et je la laissai m'ouvrir la porte. Mlle Groome afficha de nouveau son petit sourire à demi mort. Les clients qui achetaient de la vaisselle antique devaient s'attendre à quelque chose de ce genre. Mais pour ma part, une fois encore, je vis derrière ce sourire son mépris non seulement pour moi, mais pour Temple, et sa détermination à l'humilier, et même à la ruiner. Mlle Groome aimait toujours Tommy Rennseler, et elle voyait en Temple une usurpatrice. Traversant l'atmosphère glaciale qui l'entourait, je suivis Temple jusqu'au cœur du magasin.

— Il y a quelque chose, reprit-elle, que j'aimerais vous dire au sujet des pièces d'antiquité. Je crois que cela n'est pas sans rapport avec la mort de mon père.

— Je suis ici pour vous écouter.

— Ces objets... (Elle toucha la statue de Fortune.)... exercent une influence qui est quasiment sexuelle. La plupart des antiquaires, s'ils ont la moindre sensibilité, pourraient vous le confirmer ; car cette influence, nous la ressentons nous-mêmes, et nous la constatons chez nos clients. Les vrais collectionneurs sont comme des amants. La pièce qu'ils convoitent ne tarde pas à leur parler, parce que les œuvres d'art anciennes possèdent des pouvoirs que nous ne soupçonnons pas. Elles s'introduisent dans nos esprits, tout comme une obsession sexuelle. À ce stade, il nous faut absolument les acquérir. Quand nous parvenons finalement à les posséder, notre satisfaction est immense. Et c'est un sentiment qui ne s'éteint pas. L'objet ne cesse de se révéler à nous, puisqu'il renferme des milliers d'années d'histoire. C'est pour cela que les collectionneurs amassent des objets, et qu'ils en deviennent un peu fous, parfois.

— Vous êtes en train de me dire qu'un collectionneur aurait pu tuer votre père pour s'approprier un objet d'art ?

Elle hocha la tête, et je tentai de ressentir ce qu'éprouvaient ses clients, l'attraction exercée par les statues de pierre qui nous entouraient. Leur présence était palpable. Je désignai une statuette de femme aux formes harmonieuses.

— Qui est-ce ?

— Aphrodite. Portant sa ceinture magique.

— Qu'est-ce qu'elle a de magique ?
— Tout homme qui la regarde tombe amoureux d'elle.
— Une sacrée ceinture !
— Pouvez-vous venir chez ma mère demain soir à sept heures ?
— J'y serai. (Je lui tendis le fax orné du petit cobra.) J'ai reçu ça hier à mon bureau, environ une heure après votre départ. Qui savait que vous veniez me voir ?
— Mlle Groome.
— Ça ne vient pas de votre fax, mais d'une boutique du centre ville où on peut télécopier des documents.
Elle glissa la main dans sa poche et me tendit une note imprimée par un ordinateur.
— J'ai trouvé ceci sur mon bureau ce matin.
Le message disait : *Débarrasse-toi de McShane. Sinon, tu meurs*. C'était signé Rex.
— Qui est Rex ?
— Je... je n'en sais rien.
— Vous n'en semblez pas si sûre.
— C'est simplement parce que ce message me fait peur.
— Qui possède la clé de votre magasin ?
— Mlle Groome. Personne d'autre.
Je me retournai vers Mlle Groome, dont les yeux se levèrent pour rencontrer les miens, mais à présent son regard n'exprimait que de l'indifférence, comme si je n'étais qu'une éphémère forme humaine parmi les statues éternelles qu'elle servait.
— J'aimerais vérifier votre système de sécurité, dis-je à Temple.

Son équipement se résumait à un antique contacteur noyé dans le chambranle de la porte. Il est facile de tromper ce genre de dispositif en insérant une lame d'acier mince qui maintient le contacteur enfoncé, comme si la porte était toujours fermée. Il n'y avait pas d'éraflures sur le contacteur, ce qui signifiait que personne n'avait cherché à le neutraliser.

— Je ne vois rien. La personne qui est entrée possédait une clé. Votre installation est très mal conçue, soit dit en passant. Le mouvement de la porte force continuellement sur le contacteur. Vous devriez avoir un dispositif à ultrasons.

— Vous pourriez me recommander quelqu'un pour ce genre d'installation ?

— Je suis content que vous me l'ayez demandé.

Je lui fis l'article pour un système McShane, pris congé, et quittai le magasin. En me retournant, je vis qu'elle m'observait toujours à travers la vitrine ; elle était penchée dans ma direction, l'air hésitant, comme si elle avait voulu me rappeler pour me dire quelque chose, mais en avait été empêchée. Cependant, quand nos regards se croisèrent, le sien était aussi froid que celui d'Aphrodite.

Traversant la rue, j'allumai mon récepteur miniature. Je captai une émission sans parasites en provenance d'Antiquités Internationales. La voix de Temple disait :

— *C'est un homme très intéressant.*

— *Vous trouvez* ? demanda Mlle Groome. *Vous n'avez pas un peu l'impression qu'il se situe du mauvais côté de la barrière* ?

— *C'est justement cela qui est intéressant chez lui.*

Je n'avais pas l'intention de surprendre une revue de détail de mon pedigree. J'éteignis le récepteur et remontai Madison Avenue. M'arrêtant au musée Whitney, je regardai, de l'autre côté de son fossé en granit, les clients qui dînaient en contrebas, derrière la haute paroi de verre du restaurant en sous-sol. Leurs lèvres bougeaient en silence, leurs fourchettes et leurs cuillers heurtaient les assiettes sans le moindre bruit. Tommy Rennseler était passé là chaque jour, ne laissant en ces lieux que l'empreinte de son ombre. Le musée, les galeries d'art, les boutiques des antiquaires avaient été ses points de repère, son décor familier, la toile de fond devant laquelle il déambulait, insatisfait de sa réussite. Cet homme, qui faisait commerce d'objets vieux de deux mille ans, aurait dû avoir la sagesse de ne pas souhaiter s'enrichir davantage. L'antique souverain qui avait tenu la tasse d'Ennion avait voulu s'enrichir, lui aussi, mais la tasse lui avait finalement échappé. Rennseler s'en était emparé, avant de se faire cueillir à son tour par un inconnu. La précieuse tasse avait glissé d'entre ses doigts, ainsi que le temps qu'il lui restait à vivre.

Je poursuivis ma route dans Madison Avenue, certain d'être suivi.

*
* *

Saul Feldman était assis en face de moi, près de la fenêtre du premier étage d'un minuscule restaurant, aux confins du quartier des diamantaires. Nous étions les seuls clients, mais quelque part dans la rue, en bas, se trouvait un troisième larron. Je n'en parlai pas à Saul, préférant ne pas lui couper l'appétit. Sur la table, entre nous, il y avait un flacon de sirop d'érable, rempli d'un liquide orangé.

— Verses-en sur ton pain, Jimmy, me dit Saul. Vas-y.

Je suivis sa suggestion, tandis que Saul poursuivait :

— Je suis parfaitement détendu, à présent que j'ai mon garde du corps personnel. Tout le monde devrait avoir un garde du corps. (Il mordit dans son pain dégoulinant de sirop.) Maintenant, je peux de nouveau me régaler avec de la graisse de poulet. Je suis redevenu un homme.

— De la graisse de poulet ?

Je reposai ma tartine.

— Il ne faut pas en avoir peur. C'est un bon calmant pour les nerfs. Je ferais mieux de reprendre du sirop d'érable. (Il en étala une nouvelle couche sur son pain déjà détrempé.) Rita m'a acheté un gilet de sauvetage pour notre descente de rapides au Colorado. Elle m'a dit que c'était le dernier cri en matière de confort. Quand le courant m'entraînera à fond de train vers une mort certaine, je ne serai pas gêné aux entournures. (Il porta sa tartine à sa bouche et mordit dedans.) Malgré tout, elle me propose une expédition de rechange : à la place, on pourrait remonter l'Amazone. Je lui ai appris qu'ils avaient un ver aquatique, là-bas, qui peut s'introduire à l'intérieur de ta queue pour y ouvrir son parapluie.

— Qu'est-ce qu'elle veut sauver, en Amazonie ?

— Quelque chose qui s'appelle la figue étrangleuse. Mais je me demande si j'ai vraiment envie, moi, de sauver ce genre de plante. Avec un nom pareil, elle est bien capable de me tomber dessus en pleine nuit.

— Peut-être qu'elle s'attaque seulement aux autres figues.

— Je me renseigne. Mais ce n'est pas un voyage que je suis pressé de faire. Quand je dis ça à Rita, elle me répond que le bateau est climatisé. Une croisière sur l'Amazone en bateau climatisé ! Après tout, ce n'est peut-être pas si terrible. Mais après, il faut continuer en youyou. Imagine : le roi du bijou en youyou au Pérou ! Car c'est au Pérou que ça se passe, Jimmy. Là-bas, les avions atterrissent à la lampe de poche. Ma femme me dit que le type qui dirige l'expédition est botaniste, alors ce sera un voyage éducatif. Je continuerai de m'instruire pendant que je serai en train de mourir de la malaria. Je me vois très bien agonisant dans un canot, ravagé par la fièvre, en train d'écouter un botaniste me parler de la vie sexuelle des fleurs. Ce n'est pas fait pour me remonter le moral.

— Parle-moi de Tommy Rennseler, Saul.

— Rita et moi lui avons acheté quelques pièces. Il nous a probablement entubés, mais je possède aujourd'hui un plat dans lequel un pharaon quelconque a mangé après avoir fouetté mes ancêtres avec des roseaux.

— Quel genre de type était-ce ?

— Ma foi, il vendait des vieilles bouteilles, mais il n'avait rien d'un chiffonnier. Ce que je veux dire par là, c'est qu'avec son blazer à boutons en or, sa chevelure argentée, son menton volontaire, son air distingué, il avait tout du parfait gentleman dont je me méfie par principe.

— C'était un escroc ?

— Voilà comment je vois les choses : Rennseler me dit que telle assiette est une antiquité, elle paraît ancienne, le dernier repas du pharaon se trouve encore dans les fêlures, mais je ne peux pas m'empêcher de me dire, Saul, méfie-toi. Malgré tout, elle plaît bien à ma femme, et j'espère que ça va m'épargner un voyage en radeau pneumatique. Alors, je l'achète.

— Mais tu as l'impression de te faire rouler ?

— Écoute, l'assiette a même un certificat d'authenticité ! Tu as déjà acheté une assiette livrée avec son certificat ? Tommy Rennseler avait des documents pour tous les objets de son magasin. Il les imprimait lui-même, mais il les avait. Et ce putain de pharaon a probablement mangé dans cette assiette ; et pourtant, il y avait chez Rennseler quelque chose qui me dérangeait. Finis ta graisse de poulet, Jimmy.

— Il n'en faut pas beaucoup pour être rassasié.

— Tu as peur du cholestérol ? C'est un mythe. Le seul légume que mon grand-père ait jamais mangé, c'est du radis râpé dans de la graisse de poulet, et il a vécu jusqu'à l'âge de quatre-vingt-seize ans.

— Tommy Rennseler, Saul.

— C'était un homme intelligent. Il savait vendre. Ses articles étaient authentifiés. Mais je n'avais pas une grande sympathie pour lui.

— Pourquoi ?

— Pourquoi, pourquoi… Ce n'était pas parce que je lui laissais beaucoup d'argent. Je savais que je venais chez lui pour en dépenser. Et il était très aimable avec nous ; en fait, il était adorable avec Rita, très attentionné, absolument charmant. Comme je te le disais, un parfait gentleman. Mais il y avait quelque chose, derrière cette façade, qui n'était pas si parfait. Je n'ai jamais réussi à mettre le doigt dessus, parce que je me disais, à quoi bon chercher ? Mais à présent, tu me le demandes, et je suis incapable de te répondre.

Saul commanda pour nous deux des plats qu'aucune personne sensée ne devrait toucher. Tandis que nous les attendions, le serveur nous apporta du pâté de foie pour nous faire patienter, et Saul essaya de m'en dire plus sur Rennseler.

— J'ai eu l'impression que je n'étais pas assez bien pour lui, que je ne méritais pas d'acheter ses plats antiques. Et pour te dire la vérité, je néglige le bol à petit déjeuner du pharaon. Il est chez moi, bien en évidence, mais je ne le regarde jamais. Un bol est un bol. Tu comprends ce que je veux dire ?

— Et Temple ?

— Temple, c'est autre chose. Une femme remarquable. Sensible. Ce meurtre l'a beaucoup perturbée. Évidemment, quand un père est assassiné, c'est une tragédie, ses proches le pleurent. Quand on me tranchera la tête en Amazonie, ce sera un coup terrible pour ma famille. Mais, avec le temps, ils m'oublieront, et ils repartiront en voyage je ne sais où. En revanche, Temple ne va nulle part ; elle n'arrive pas à se sortir de la mort de son père. Et je vais te dire ce que j'en pense : il ne le méritait pas. Je n'ai pas été surpris quand j'ai su qu'on l'avait supprimé.

Le serveur nous apporta un plat de carpe nageant aussi dans de la graisse de poulet, et des boulettes de viande couvertes de sauce aux raisins. Saul s'extasia : « Ça, c'est du sérieux ! », et j'examinai mes boulettes, qui ressemblaient à des mines antichars immergées dans de l'huile de vidange.

— Évidemment, reprit Saul, Temple a été élevée par Rennseler, et elle a eu la tête farcie d'un tas de foutaises sur la supériorité de l'aristocratie. Elle a l'impression que c'est l'un des grands hommes de notre époque qui vient de mourir. C'est une illusion puissante, dont mes enfants ne risquent pas de souffrir. Je leur ai déjà expliqué : je ne fais rien d'autre que d'acheter des diamants à Anvers et les revendre à Manhattan... (Il soupira.)... pour que leur mère puisse sauver la figue étrangleuse.

— Rennseler connaissait un certain Rex. Il possède la clé du magasin de Temple, et il lui a laissé une lettre de menaces.

— De quoi l'a-t-il menacée ?

— De la tuer si elle ne se passait pas de mes services.

— Qu'est-ce qu'il peut redouter, de ta part ?

— Je fourre mon nez partout. Rex a peur que je découvre quelque chose.

— D'accord, mais qui c'est, ce Rex ?

— Il travaille peut-être pour les Égyptiens. Il était peut-être en cheville avec Rennseler. En tout cas, ce n'est pas un type très net. Et il doit y avoir une grosse somme d'argent qui traîne encore quelque part, provenant d'une entourloupe montée par Rennseler.

— Ça ne m'étonnerait pas. Rennseler était un escroc de haut vol ; un de ceux qui ont les dents longues mais restent secs comme un coup de trique. Il n'a sans doute jamais mangé de la carpe au gras de poulet.

— Ça réduit le taux de criminalité ?

— Ça calme les esprits. (Saul attaqua sa carpe.) Maintenant, il faut que tu trouves Rex, non ?

— Je crois que, pour sa part, il m'a déjà trouvé.

— Qu'est-ce que tu veux dire ?

— Moi aussi, j'ai reçu une lettre de menaces.

— Qu'est-ce qu'elle disait ?

— Rien. Elle portait simplement le dessin d'un cobra.

— Jimmy, est-ce que je t'ai fourré dans une histoire dangereuse ?

— Ça ne m'inquiète pas.

— Vraiment ? Tu as peut-être raison. Moi, je m'inquiète toujours pour des choses qui n'en valent pas la peine. Mange tes boulettes.

— Ce sont elles qui m'inquiètent.

— Elles sont délicieuses. Après le repas, tu bois un grand coup d'eau gazeuse, et tu rotes joyeusement jusqu'à ce que ton estomac soit remis en place. (Saul s'épongea le front avec sa serviette, qu'il reposa sur ses genoux.) Qu'est-ce que je pourrais te dire d'autre sur Temple ? Elle est très sportive. Je l'ai vue jouer au tennis. Elle pourrait me trouer la tête avec son service. Non pas que je joue au tennis. Ni à quoi que ce soit, d'ailleurs. Quand je veux faire du sport, je peux toujours m'ouvrir une boîte de thon. (Saul marqua un temps d'arrêt, reposant sa fourchette et son couteau près de son assiette, et un rot silencieux souleva sa poitrine.) Quand Rennseler nous a vendu la vaisselle du pharaon, il nous a invités dans sa maison de Fire Island. C'est là que j'ai vu Temple jouer au tennis, en petite jupette blanche. Bon sang, quelle paire de jambes elle a ! Et quand elle en a eu fini avec le tennis, elle est allée courir. À sa place, j'aurais eu deux crises cardiaques. Non, c'est vraiment quelqu'un d'étonnant. Elle n'est pas d'un abord très facile, je le reconnais ; elle a peut-être un esprit un peu confus. Mais c'est un vrai bijou, pas du toc comme Tommy. Qu'elle ait pu le respecter à ce point-là me dépasse complètement. Elle idolâtrait ce salaud. Mais tu sais quoi ? Une fois ou deux, j'ai surpris un drôle de regard dans ses yeux, et ce n'était pas de l'amour.

— Qu'est-ce que c'était ?

— Un peu comme si elle était absente, tout à coup. C'est un regard que je vois chez mes clientes quand elles décident finalement de ne rien acheter, elles ne sont déjà plus là. Et Temple n'était plus là, elle avait décidé de ne pas se laisser avoir par le numéro de Tommy. Lui, ça l'a mis mal à l'aise, ça l'a obligé à changer de registre. On aurait cru qu'il avait peur de ce que sa fille pourrait dire, et il s'est dépêché de nous faire tous passer dans le jardin pour prendre un verre. Mes gosses me lancent toutes sortes de regards, ils me prennent pour un vieux schnoque, mais ils ne me regardent jamais comme Temple a regardé Tommy ce jour-là. Tout à coup, elle était quelqu'un d'autre. C'est une femme très intelligente, et il est probable que, de temps à autre, elle voyait son père tel qu'il était vraiment. Mais c'est une vision, je crois, qu'elle ne pouvait pas supporter, parce qu'elle l'aimait avec un cœur de petite fille.

La fenêtre près de nous était ouverte, et les arômes de cuisine se mêlaient à la vapeur remontant des bouches d'égout, aux parfums des passants, aux gaz d'échappement, et aux relents des rongeurs et des cafards. Je connaissais cette odeur depuis toujours. C'était l'haleine du dragon de Manhattan, un vieux dragon rusé qui rampe d'une rue à l'autre et se nourrit de nos rêves.

L'ascenseur donnait directement dans l'appartement des Rennseler. Je me retrouvai face à une grille en fer forgé, protégée par deux chiens pareils à ceux qui gardent l'entrée des temples chinois. Derrière la grille se trouvait un petit vestibule. Au mur, éclairé par une applique en cuivre, un Matisse. Une jeune bonne haïtienne apparut, et je lui montrai ma plaque. Elle ouvrit la grille. Il y avait de l'angoisse dans son regard. Elle avait sa carte verte, je le savais grâce au rapport envoyé par Manning, mais elle craignait peut-être de la perdre. Je la rassurai :

— Ne vous inquiétez pas, Angelina, je ne suis qu'un simple détective privé, et je suis venu pour aider Mlle Rennseler.

Apparemment soulagée, elle déclara :

— Mlle Rennseler est très gentille. C'est comme une sœur pour moi.

— Moi aussi, je l'aime bien.

— Vous voulez bien me suivre ?

Elle m'entraîna à travers un bureau tapissé de livres. À chaque extrémité d'une longue table de lecture se dressait une lampe en forme de cobra, dont le cou dilaté supportait une tulipe en verre diffusant une lumière douce. Tommy Rennseler les avait choisies pour leur beauté saisissante, sans savoir que ces deux cobras étaient l'avant-garde de la mort.

Angelina me fit entrer dans le salon. Une rangée de fenêtres, couvrant un mur entier, donnait sur le réservoir de Manhattan. Au-delà du réservoir, se profilaient les silhouettes doubles des immeubles d'habitation bordant Central Park West, depuis le San Remo, sur la Soixante-quatorzième rue, jusqu'à la coupole illuminée du St. Urban, dans la Quatre-vingt-neuvième. La lueur des réverbères du parc jouait sur le miroir sombre du réservoir. Le vacarme de la rue, assourdissant en temps normal, était étouffé par l'épaisseur des murs ; les avertisseurs et les sirènes ne dépassaient pas le niveau sonore du chant des cigales. Je nageais dans le luxe, un luxe où la mort avait réussi à se faufiler. Il y avait de quoi renoncer à croire aux avantages de la copropriété sur la Cinquième Avenue.

Entendant un bruit de pas derrière moi, je me retournai. Helen Rennseler était entrée dans la pièce, flottant sur une vague de *Narcisse*. Au premier regard, elle ne paraissait pas plus âgée que sa fille, grâce aux miracles de la chirurgie plastique et de l'éclairage tamisé.

— Ravie de vous connaître, M. McShane. Je regrette que notre rencontre ait lieu en de telles circonstances.

— Moi aussi, Mme Rennseler.

M'éloignant de la fenêtre, je la suivis jusqu'à une

paire de canapés dans le style de la Rome antique, aux accoudoirs en forme de grandes spirales, et qui cadraient bien avec le caractère proprement impérial de l'ameublement. Les banquettes se faisaient face de part et d'autre d'une table basse munie d'un dessus en verre. La vitre abritait un rouleau de papyrus, aux hiéroglyphes tracés à l'encre noire et rouge.

— Veuillez vous asseoir, M. McShane.

Sur une petite table, près de moi, se trouvait une collection de figurines sculptées minuscules : chacals, babouins, grenouilles, serpents, oiseaux, et un petit pharaon sur son trône. Les anciennes statuettes n'étaient pas muettes, ou du moins, c'est ce que je ressentis en examinant le petit groupe. Elles avaient de la présence, au moins autant que n'en possédait Helen Rennseler.

— C'est ravissant, n'est-ce pas ? (Elle s'assit en face de moi.) Et toutes ces jolies pièces étaient enfermées dans un tombeau. Les statues étaient censées se réveiller et danser avec le mort.

Helen Rennseler portait un chemisier de soie noire et une jupe noire ornée de gros cœurs roses. La jupe longue mettait en valeur sa haute taille, mais les cœurs roses et l'histoire des morts qui dansent me laissaient perplexe ; elle me paraissait un peu exubérante pour une femme dont le mari avait été récemment assassiné. Elle avait des bagues à chaque main, serties de diamants et de rubis, mais ce n'étaient pas des bijoux tape-à-l'œil comme ceux que vendait Saul Feldman : les pierres étaient anciennes, et elles recélaient la lumière d'une autre époque. Elles avaient de l'autorité, comme Helen

Rennseler elle-même. Le regard qu'elle m'adressa était de ceux qu'on accorde à un porte-parapluie un jour où il fait beau : je me trouvais sous ses yeux, je ne lui étais d'aucune utilité, et je lui rappelais le mauvais temps. Mais les privés sont coriaces. Je lui souris, et me mis au travail.

— Mme Rennseler, je vais devoir passer en revue certains événements que vous préféreriez oublier. Cependant, pour être en mesure de vous apporter mon aide…

— Je ne sache pas que nous ayons besoin d'aide. Mais vous pouvez poser toutes les questions qui vous paraîtront pertinentes.

Elle avait ce genre de voix affectée qui s'obtient en serrant légèrement les dents, et qui donne un ton perpétuellement condescendant. La fresque murale, derrière elle, semblait aussi vieille que Pompeï. Un encadrement muni d'une glace bleutée protégeait les couleurs anciennes des attaques de la lumière. J'eus l'impression qu'Helen Rennseler était entourée d'une vitre du même genre, qui renvoyait les rayons nocifs émis par les classes inférieures.

— Pensez-vous, comme la police, que c'est un Égyptien ayant des liens avec le commerce d'antiquités qui a…

Je laissai ma question en suspens… *Qui a injecté du venin de cobra à votre mari, l'a regardé mourir d'asphyxie, puis l'a éviscéré* ?

— Oui, je ne vois pas d'autre explication.

Elle regarda, par la fenêtre, le ciel de plus en plus sombre, où un hélicoptère volant à basse altitude flottait comme une libellule argentée. Quand elle se tourna de nouveau vers moi, son visage s'était modifié pour afficher un sourire, un de ces sourires qui sont censés charmer par leur sincérité et leur simplicité. Apparemment, elle s'était dit que je pouvais rejoindre les rangs de ses admirateurs. Elle commença à me parler du commissaire divisionnaire Brady, dont elle avait fait connaissance à une soirée de bienfaisance l'an dernier à Gracie Mansion. Elle avait découvert en Brady un homme remarquablement intelligent, qui l'avait étonnée par sa culture et sa finesse. Il s'y connaissait en antiquités, et elle, à la grande surprise du commissaire, était au fait des méthodes d'investigation policière, mais ni l'un ni l'autre n'aurait pensé qu'ils se reverraient dans le cadre d'une affaire de meurtre.

— Le commissaire Brady m'a trouvée très coopérative. Quand je lui ai fait un compte rendu des événements ayant précédé la mort de mon mari, celui-ci lui a paru des plus complets.

Helen Rennseler poursuivit dans la même veine, son récit suggérant qu'il y avait, chez elle, certaines qualités indéfinissables qui avaient conquis le commissaire et les officiers de police chargés de l'enquête. Apparemment, ces messieurs n'avaient jamais rencontré, au cœur d'une ténébreuse affaire, d'épouse aussi accomplie ni à ce point digne de foi. Bizarrement, son mari était absent de cette version des faits, comme si la mort de Tommy Rennseler était secondaire, comparée à l'éblouissant numéro de sa veuve devant le commissaire.

— Cela vous dérangerait-il, Mme Rennseler, de me montrer où...

Elle désigna un coin du tapis, non loin des deux canapés.

— Là.

C'était comme si elle montrait une tache de café à la femme de ménage.

Je contemplai l'endroit, imaginant Rennseler en train d'agoniser, convulsé par le poison, luttant pour trouver son souffle, les yeux tournés vers la ligne d'horizon du West End dont il voit clignoter les tours pour la dernière fois. De toutes parts, l'entourent les trésors qu'il a arrachés au monde antique ; ils attendent solennellement qu'il meure, comme sont morts tous leurs précédents propriétaires — c'est une habitude chez les humains. Il s'étouffe, regarde son assassin, et il lui vient cette lucidité parfaitement inutile que dispensent de pareils moments. *Tel est pris qui croyait prendre.* Ou quelque chose de ce genre. Un antiquaire expire. L'inspecteur Manning prétend qu'un meurtre laisse des traces dans l'atmosphère. Il suffit d'imaginer que l'air de la pièce garde une empreinte, et on relève cette empreinte, on l'arrache au vide. Je me représentai un tueur à gages égyptien debout près du corps, un spécialiste engagé pour accomplir la volonté d'Allah.

Puis ce fut Mme Rennseler que j'imaginai à côté du cadavre. C'est encore John Manning qui affirme que si vous êtes assassiné par l'un de vos proches, il recouvrira sans doute votre corps avant de partir, par respect pour vous et pour le reste de la famille. On avait laissé Tommy Rennseler découvert. Une bonne partie de son abdomen s'était envolée. Est-ce là un acte que pourrait commettre une femme qui a un rang à tenir dans la bonne société new-yorkaise ?

Une femme qui assiste à des galas de bienfaisance en compagnie d'un commissaire divisionnaire ?

La porte de l'ascenseur s'ouvrit de nouveau. À travers l'encadrement des portes du salon et du bureau, j'apercevais les chiens chinois gardant la grille. Ils semblaient avoir envie d'aboyer. Temple ouvrit la grille en composant un code sur un pavé numérique fixé au mur, et elle entra dans l'appartement. Elle portait une robe de lin émeraude, des escarpins vert et blanc, et elle franchit les portes successives de sa longue foulée énergique.

— Pardonnez-moi mon retard. (Elle se pencha pour déposer un baiser sur la joue de sa mère, puis s'assit auprès d'elle, face à moi.) Vous vous entendez bien, tous les deux ?

— M. McShane m'a posé quelques questions, ma chérie. J'ai fait de mon mieux pour lui répondre. Il semble satisfait. Je lui relatais mes contacts avec le commissaire Brady.

— Maman a beaucoup impressionné la police. Tu as raconté ça à M. McShane ?

— Nous parlions de l'endroit où gisait le corps de ton père. (Helen Rennseler avait lancé cette réplique de façon cinglante ; elle ajouta :) J'espère seulement que cette évocation ne te sera pas trop pénible, Temple. Tu sais dans quel état sont tes nerfs.

— Maman, j'aimerais autant rester en dehors de la discussion.

N'écoutant que son cœur de mère, Helen Rennseler ne fit aucun cas de la remarque de sa fille.

— Temple a besoin de prendre de longues vacances, mais elle s'y refuse.

— Il n'est absolument pas nécessaire que je me repose.

— Il y a une véritable fortune en jeu, à Antiquités Internationales. (Helen me regardait dans les yeux.) Mais je suis sûre que vous le savez déjà. Je suis persuadée que vous n'ignorez rien de la situation financière de vos clients.

J'étais fasciné par le spectacle de cette tigresse et de sa fille côte à côte. Elles avaient les mêmes pommettes saillantes, le même menton aux courbes douces, le même cou gracile, mais la présence de Temple rendait les comparaisons inévitables pour Helen, et je vis qu'elle n'était pas enchantée du voisinage de sa fille.

— Votre mère m'a été d'une grande aide, Temple, dis-je en m'avançant sur le canapé impérial.

La robe courte de Temple était remontée sur ses cuisses. Ma nature bestiale fit surface un instant avant que je la renvoie d'un coup de pied au fond de sa tanière, mais Mme Rennseler avait entrevu la brute. Un air résigné passa sur son visage, celui d'une femme qui est en concurrence avec sa fille depuis très longtemps.

— Pouvez-vous me dire si, parmi les personnes que connaissait votre mari, certaines nourrissaient un sentiment d'hostilité à son égard ?

— Nous avions un cercle d'amis très chaleureux. (Le regard d'Helen Rennseler s'embua, avec une facilité qui semblait le fruit d'une longue habitude. Elle se tamponna le coin de l'œil avec son mouchoir.) Ils nous ont soutenues d'une façon merveilleuse. Je ne saurais vous dire à quel point ce drame les a touchés. Tous les jours, je reçois des appels téléphoniques.

Elle avait prononcé ces paroles comme si elle s'adressait au public, le soir de la remise des Oscars. En un sens, elle en méritait un elle-même.

— Nous n'aurions jamais fréquenté un individu susceptible de vouloir du mal à Tommy. C'était un homme bon et généreux. Il était optimiste ; il faisait confiance aux gens, à la vie. Vous comprenez ?

— Certainement, Mme Rennseler. Et je conçois votre chagrin.

— Ce n'est pas de mon chagrin que je parle. Dans ce monde où nous vivons... (Elle désigna la ligne d'horizon, les silhouettes en dents de scie des immeubles s'assombrissant de plus en plus.)... il se passe tant de choses atroces que vous avez l'habitude, j'en suis sûre, de rencontrer des gens pour qui la haine est un sentiment banal. Tommy, lui, vivait dans le monde de la beauté. Son métier, c'était d'aider les gens à découvrir cette beauté. Il s'en acquittait avec une exquise délicatesse, et une grande conscience professionnelle. Les personnes qu'il fréquentait étaient comme lui. J'aimerais tellement que Temple ressemble davantage à son père.

— Qu'est-ce que tu peux bien vouloir dire par là, Maman ?

— Simplement que ton père et moi avons fondé Antiquités Internationales.

— C'est Papa qui l'a fondé. Tu n'as pris aucune part dans l'affaire. Tu ne t'en es jamais occupée, ni de près, ni de loin. Ta seule occupation, c'est de courir les magasins pour renouveler ta garde-robe.

— Tu ne t'en prives pas non plus, ma chérie, n'est-ce pas ?

— Je suis chaque jour en présence de la clientèle.

— C'est comme ça que tu vois les choses ? La clientèle, il me semble plutôt que tu la fuis.

— Oui, fit Temple, changeant d'humeur encore une fois. C'est possible. (Elle se tourna vers moi.) Mon souvenir le plus ancien, c'est une rue dans laquelle je marche, en espérant très fort que personne ne me verra. (Elle confronta de nouveau sa mère.) Je me demande ce qui peut pousser une enfant de quatre ans à se détester.

— Je n'en ai aucune idée, ma chérie.

D'un geste languissant, Helen Rennseler étendit le bras sur le dossier du canapé, laissant son regard errer rêveusement à travers la pièce, certaine d'occuper une position inexpugnable ; rien de ce que Temple pourrait dire ne la perturberait. Je reportai mon attention sur l'endroit où Rennseler avait rendu l'âme. J'avais vu les photos et les croquis de la police. Le visage du cadavre était resté tourné vers le mur ouest. Il avait eu sous les yeux, au moment de mourir, une vitrine en verre contenant une collection de divers objets anciens, dont une tabatière décorée d'un *N* en pierres précieuses. Il me fallut un moment pour y reconnaître une abeille. Rennseler avait agonisé devant un bibelot ayant appartenu à Napoléon. La tabatière lui avait-elle prêté attention ? Son message muet — tous les grands hommes doivent succomber un jour — avait-il réconforté Rennseler ?

Sous le regard des deux femmes, je m'approchai

de l'endroit en question. C'était là que le chef de famille s'était effondré, en proie à une stupéfaction totale et aux plus profonds regrets, pour rejoindre bientôt les fantômes de l'histoire, le cœur envahi par la chimie froide du cobra.

— Y avait-il le moindre désordre dans la pièce ? Des signes de lutte ?

— Non, répondit Helen. Rien n'a été déplacé.

— Cela ne vous semble pas étrange ? Qu'il se soit prêté à une injection mortelle sans se défendre ? La pièce est pleine d'objets en pierre. Si quelqu'un essayait de vous tuer, vous les utiliseriez comme projectiles. Moi, en tout cas, je jetterais tout ce qui me tombe sous la main à la tête de mon agresseur.

— Pas Tommy. Il n'aurait jamais jeté un de ces objets-*là*, dit Mme Rennseler en désignant la collection omniprésente. Même pour sauver sa vie.

— Peut-être a-t-il été surpris ? En train de lire ? De faire la sieste ?

— Il ne faisait jamais la sieste. Il avait de l'énergie à revendre. Nous ne tenions pas en place. Je nous avais surnommés : Les chasseurs de trésors. (Elle regarda, à travers la fenêtre, les tours assombries qui se dressaient de l'autre côté de Central Park.) J'ai fait quelques découvertes remarquables.

J'essayai de la ramener vers le sujet de la discussion, ce qui n'est jamais facile avec une personne qui ne se préoccupe que d'elle-même.

— Est-ce qu'il entendait bien ?

— Il n'avait pas de problèmes sur ce plan-là.

— Nous avons donc affaire à un intrus extrêmement discret, ou à quelqu'un qu'il connaissait. Qu'en pensez-vous ?

— Je n'ai aucun moyen de le savoir. (Mme Rennseler arrangea sa jupe en tirant dessus d'un coup sec, avec irritation.) La police pense qu'il s'agit d'un intrus. Il y a des gens qui ne font pas de bruit, qui sont spécialement entraînés pour ce genre d'agression. En ce moment même, quelque part, ils s'entraînent à cela. Contre eux, les installations de sécurité, les serrures ne servent à rien, ils entrent quand même. Ils peuvent attendre pendant des heures sans bouger. Parfois, ils se font passer pour des sans-logis, et personne n'ose leur demander de sortir de leur boîte en carton.

J'eus le sentiment qu'Helen Rennseler ne débordait pas de compassion pour les sans-logis. Je lui demandai de me parler du sable que les services de la police avaient trouvé.

— Oui, fit Mme Rennseler, il venait d'Égypte. (Elle se leva brusquement, et les cœurs roses de sa jupe s'affolèrent.) Et j'ai dû me rendre à cette évidence. Tout comme le commissaire Brady, qui connaît son métier. Il m'a écrit personnellement à ce sujet.

Comme Temple me l'avait laissé entendre, Helen était encore une jeune écervelée à cinquante et quelques années, son développement mental s'étant probablement arrêté à son premier bal au St. Regis.

Temple se tourna vers moi.

— Il y a tout de même quelque chose qui a été changé dans la pièce…

Helen lui coupa la parole.

— La police n'a pu en tirer aucune conclusion, ma chérie.

— Oui, Maman, mais M. McShane en sera peut-être capable, lui.

Elle me désigna la table basse située à ma gauche. J'y découvris un coffret en bois aux flancs sculptés, dont le couvercle était un plateau de jeu divisé en cases, chacune ornée d'un hiéroglyphe.

— C'est le jeu des Trente. Les Égyptiens le pratiquaient. Pendant toute mon enfance, j'y ai joué avec mon père, et nous avions récemment repris cette habitude lorsque je lui rendais visite. (Temple ouvrit un tiroir du coffret et en sortit quelques pièces.) Mon père avait pris les cobras, j'avais les chats. Vous secouez ceci... (Elle prit une paire de dés en os et les lança.)... puis vous avancez vos pièces, en essayant de dépasser votre adversaire. C'est parfois compliqué, car vous avez le droit de répartir entre vos pièces le nombre de cases dont vous pouvez avancer. Le soir précédant la mort de mon père, nous n'avions pas terminé notre partie, et nous avions laissé nos pions en position. Mon père était en tête. Son assassin a modifié la position des pièces. (Elle montra un hiéroglyphe, sur le plateau.) Quand vous tombez sur cette case, vous êtes pénalisé. Elle s'appelle la Renaissance. Cela veut dire que votre pièce meurt et doit recommencer tout le parcours au début. C'est là que l'assassin avait placé la pièce de mon père.

— Serait-il imprudent d'affirmer que peu de gens sur terre connaissent les règles du jeu des Trente ?

— À la boutique de l'hôtel Europa de Giza, on peut acheter une réplique du jeu sur lequel a joué le roi Tut. Au Caire, il existe même une version vidéo sous forme de jeu d'arcade.

Le coffret était fendillé, le bois avait travaillé pendant son long séjour dans la tombe. J'aime les jeux de société, et ce plateau vénérable me plaisait bien. Il m'était facile d'imaginer, se déplaçant au-dessus de sa surface, les mains de joueurs depuis longtemps disparus. Ou celle d'un autre, mort plus récemment.

Temple posa l'un des petits cobras sur le plateau.

— Ce qui est intéressant, dans le jeu des Trente, c'est que les Égyptiens croyaient qu'il reflétait notre existence. Les cases sur lesquelles nous tombons correspondent à ce qui nous arrive au moment présent. Ils n'y jouaient pas seulement par plaisir, mais pour recevoir les conseils de l'oracle du jeu.

Je pris entre mes doigts le petit cobra de bois poli, et le fis avancer d'une case. Temple sourit.

— C'est la case de Shou, le Vent Inquisiteur.

— Qu'est-ce que ça veut dire ?

— Un Égyptien dirait que Shou apportera une réponse à une certaine question que vous vous posez. Shou s'introduit partout, il dévoile ce qui est caché, il fait voler les objets dans tous les sens.

D'un signe de tête, elle montra la fenêtre, dont les voilages frémissaient doucement, et je sentis sur mon visage le souffle humide de l'air du soir rafraîchi par le lac du parc.

Helen Rennseler intervint :

— Tout ceci ne mène à rien, Temple. Une personne de caractère sait poursuivre sa route sans regarder derrière elle. Ce qui est important, c'est que nous poursuivions l'œuvre de Tommy.

— Nous, Maman ?

— J'ai conseillé ton père chaque jour de sa vie. Tu ne sembles pas comprendre à quel point mon aide lui était précieuse. (Elle s'exprimait comme une femme qui a depuis longtemps l'habitude de claironner ses opinions devant ses domestiques, des gens qu'elle estimait incapables de porter un jugement sur ce qu'ils entendaient ou d'en tirer profit. Apparemment, elle me rangeait dans cette catégorie.) Je ne suis que ta mère. Tu ne saisis pas l'importance de ma contribution à Antiquités Internationales. Mais tu finiras par comprendre. L'entreprise doit beaucoup à mon ascendant.

Temple me regarda. En ce moment précis, son propre ascendant était ébranlé. Elle passait et repassait le dos de sa main sur sa lèvre, cherchant l'apaisement dans ce contact irrégulier. Je me demandai si Helen la détestait depuis toujours, en une sorte d'arrogance existentielle qui refuse d'admettre qu'une autre personne pût légitimement avoir le droit de vivre, simplement parce que la seule vie qui lui importait, la seule vie véritable et convenable, était celle d'Helen Rennseler. Les autres n'existaient que pour servir cette individualité remarquable et singulière.

Temple ne réagit pas aux déclarations de sa mère, mais elle montra le papyrus protégé par la vitre de la table basse.

— C'est si fragile. Quand on l'a sorti du tombeau et qu'on l'a déroulé, il s'est brisé en une centaine de morceaux. (J'eus l'impression qu'elle parlait de sa propre vulnérabilité.) Il a été restauré à Berlin, par des spécialistes qui portaient tous des masques chirurgicaux, afin que même leur souffle ne puisse déplacer les fragments.

Le regard qu'elle lança à sa mère semblait contenir une supplique, mais Helen parut seulement irritée, comme si le souffle de Temple dérangeait les fragments méticuleusement agencés de sa soirée.

— Je ne crois pas, ma chérie, que M. McShane s'intéresse aux techniques de restauration.

— C'est une évocation de la déesse Ouadjyt, dit Temple, passant la main sur le verre qui protégeait le papyrus. La déesse-cobra... (Le bout de son index glissa vers le petit cobra posé sur le plateau de jeu.)... l'une des souveraines qui règnent sur le jeu des Trente. C'est sa case que mon père avait atteinte le dernier soir où nous avons joué. Il m'a dit : *Le cobra protège le roi d'Égypte. Je ne peux plus perdre, à présent.*

— Nous n'avons pas de temps à perdre avec des jeux, qu'ils soient anciens ou non. (Helen Rennseler se tourna vers moi.) M. McShane, je rembourserai tous les frais que vous avez engagés jusqu'à aujourd'hui, et j'y ajouterai même une certaine somme. Mais nos existences doivent reprendre leur cours normal. Je dis ceci dans l'intérêt de Temple, pas du mien. Le commissaire Brady et ses hommes ont vu de quel acier j'étais trempée. Mais ils ont également remarqué, comme vous n'avez sans doute pas manqué de le faire, que Temple a les nerfs à fleur de peau.

— Maman, es-tu vraiment obligée...

— Obligée de faire quoi, ma chérie ? Il est naturel que je m'intéresse à une affaire à laquelle ton père et moi avons consacré toute notre vie. Les clients d'Antiquités Internationales sont mes amis personnels. Ils sont habitués à une certaine atmosphère de confiance, à une certaine classe.

— De quelle classe parles-tu, Maman ?

— Les diplômes ne suffisent pas, Temple. Ce qui est nécessaire, c'est une certaine aisance dans les contacts. Ton père et moi rendions visite à nos clients chez eux. Nous allions faire de la voile avec eux. Nous connaissions leurs enfants. Tu as négligé tous ces aspects-là.

— L'important, c'est l'art. Si les clients en ont envie, ils l'achèteront. Je n'ai pas besoin d'aller faire du bateau avec eux.

— Tu ne sais pas à quel point tu te trompes, ma chérie.

— Maman, je t'en prie !...

Visiblement en proie à la frustration, Temple entremêla les doigts de ses deux mains, puis les sépara. Une expression de cruauté déforma brièvement son visage, tandis qu'elle tendait la main vers sa mère pour épousseter le col de son chemisier, articulant en silence le mot *pellicules*.

— Oui, ma chérie, juste ce qu'il en faut.

Il fallait reconnaître cette qualité à Helen Rennseler : elle avait le sens de la repartie qui fait mouche. Je regardai de nouveau le jeu des Trente, dont l'assassin de Rennseler connaissait les règles. Tuer Tommy, puis bouger une pièce de façon qu'il perde... c'était faire preuve d'un cynisme délibéré. Peut-être Tommy avait-il été encore en vie, empoisonné lentement par le venin, lorsque son meurtrier, le sourire aux lèvres, avait posé son petit cobra sur la case de la Renaissance.

— Mme Rennseler, votre mari a-t-il jamais évoqué le nom d'un certain Rex ?

Elle eut un mouvement de recul, à peine perceptible, et se reprit aussitôt.

— Non, je ne crois pas.

Elle mentait. J'entendis un léger tintement, et tournai la tête. Dans le vestibule, un carillon de verre bleu oscillait doucement, agité par un courant d'air en provenance de la fenêtre située à l'autre bout de l'appartement. Le Vent Inquisiteur voulait-il me faire découvrir quelque chose ? Angelina apparut dans le vestibule, sous le carillon. Je me tournai vers Helen.

— J'aimerais parler à votre bonne.

— Elle a dit tout ce qu'elle savait à la police.

— Mais vous n'y voyez pas d'objection ?

— Peu m'importe ce que vous faites, du moment que vous n'intimidez personne, répondit la spécialiste de l'intimidation.

Laissant la mère et la fille en découdre, je rejoignis Angelina dans le vestibule.

— Excusez-moi, Angelina, je peux vous poser une question ?

Son regard s'esquiva, apeuré, et je m'empressai de la rassurer :

— Vous n'avez rien à craindre, d'accord ? Personne ne va vous prendre votre place. Simplement, j'ai l'impression que vous savez peut-être quelque chose qui pourrait m'aider. J'essaie de découvrir qui a tué M. Rennseler. Vous l'aimiez bien, n'est-ce pas ?

— C'était un bon patron. J'étais bien traitée, avec lui.

— À votre avis, a-t-il fait quoi que ce soit qui ait pu lui valoir de se faire assassiner ?

Angelina changea d'attitude, et je vis nettement qu'elle me jaugeait. À ce moment précis, je compris qu'elle n'avait pas tout dit à Manning, le commissaire à la bouche en cœur. Je jetai un regard aux baguettes de verre bleu suspendues derrière Angelina, prêtant l'oreille à leur léger murmure, et elle me déclara soudain :

— M. Rennseler savait comment fonctionnent les portes secrètes de la pyramide. C'est lui-même qui me l'a dit. (Le regard qu'elle me lança alors venait tout droit de Haïti, et c'était celui d'une femme qui a grandi dans une atmosphère de magie.) C'est ça qui lui a coûté la vie, de se frotter à ces pyramides. *Les invisibles* se sont fâchés.

— *Les invisibles* ?

— Les esprits. Regardez de quelle façon il est mort. Par la morsure du cobra. Pas de traces. Mais quelqu'un était là. Quelqu'un qui est entré sans peine, exactement comme un *bokor*. Un magicien vaudou. (Un léger frisson la parcourut, et je vis qu'elle s'était imprégnée de l'atmosphère ambiante, tout comme l'aurait fait un inspecteur de la Criminelle, mais Angelina était d'une autre étoffe : la sienne possédait la riche trame de la magie. La plupart du temps, elle était seule dans cet appartement, et traversait sans relâche les lieux du crime, passant et repassant sur cet endroit du tapis où Rennseler avait agonisé, dans les relents tenaces que son meurtre avait laissés. Elle reprit :) Les *bokors* ont une crécelle qui fait un bruit maléfique. Vous savez ce qu'il y a dans la crécelle ? Des os de serpent. C'est le pouvoir du serpent qui a aidé l'assassin à entrer ici. (Elle baissa la voix.) Mais M. Rennseler a bien roulé le *bokor* au serpent. Lui aussi, il avait un pouvoir. C'était un homme très puissant. Il avait déjà caché ce qu'ils étaient venus chercher.

— Qu'est-ce qu'il a caché ?

Angelina me regarda intensément, à travers ses paupières mi-closes, tandis que les morceaux de verre, derrière elle, s'agitaient davantage dans la brise qui pénétrait dans l'appartement.

— Quelque chose de merveilleux, je ne sais pas quoi. Il revenait d'Égypte, et il était excité. Il avait un trésor. Je l'ai entendu au téléphone, quelques jours avant sa mort. Il disait : *Ne t'inquiète pas, il est plus en sûreté que dans la pyramide.* Et il a ri. *Plus en sûreté que dans la pyramide.* Vous voyez ce que je veux dire ?

Me tournant brusquement le dos, elle s'éloigna dans le couloir. Temple venait vers moi.

— Angelina a pu vous aider ?

— Oui. Et le Vent Inquisiteur aussi.

Elle sourit.

— Deviendriez-vous un adepte du jeu des Trente ?

— Il semblerait que ce soit déjà fait.

Je la suivis jusqu'aux grilles de l'appartement, où les énormes chiens de porcelaine montaient la garde. Temple posa un ongle au vernis brillant sur l'une des têtes émaillées.

— Ils sont censés prévenir leur maître si un esprit maléfique s'approche.

Baissant les yeux, j'affrontai la gueule grimaçante du molosse.

— Tu n'as pas bien fait ton travail, mon vieux.

Temple appuya sur le bouton de l'ascenseur. En attendant la cabine, je regardai le Matisse, mais je ne parvenais pas à me concentrer. Je pensais aux serpents, au bruit que leurs vertèbres doivent produire quand elles s'entrechoquent dans une calebasse. Et je me demandais ce que cela pouvait représenter de vivre dans un appartement comme celui des Rennseler, avec ses chiens chinois et ses trésors. D'y vivre, ou d'y mourir. Surtout d'y mourir. Tous ces objets d'art si chèrement convoités deviendraient-ils brusquement grotesques ? Perdant toute valeur, comparés au dernier souffle de l'agonisant, seraient-ils tout à coup méprisables, créations ridicules d'une espèce aveuglée par ses illusions ? Parfois, je me surprends à me demander comment je peux ne serait-ce que tenir une conversation, étant donné que j'habite un caillou sphérique flottant dans un vide infini, mais je bafouille les paroles nécessaires pour la poursuivre. L'appartement de Rennseler, avec ses objets d'art, son papyrus, sa vue sur le parc, me rendait terriblement conscient de mes propres tendances à me recroqueviller sur moi-même dans un cocon d'hypothèses confortables. Quant à Rennseler, il s'était cru intouchable, mais il avait perdu au jeu des Trente.

L'ascenseur s'ouvrit. Je pénétrai dans la cabine, et j'eus la surprise de voir Temple y entrer à son tour. La porte se referma et nous descendîmes ensemble.

— Ma mère veut récupérer l'affaire. Avec l'aide de Mlle Groome, elle espère bien me déloger.

— Qu'aurait-elle à y gagner ? N'a-t-elle pas déjà hérité de plus d'argent qu'il ne lui en faudra jamais ?

— *Rez-de-chaussée*, annonça la voix synthétique de l'ascenseur.

Les portes s'ouvrirent. Je me retrouvai en compagnie de Temple dans une réplique de patio à l'espagnole. En son centre, bruissait une fontaine en marbre près de laquelle nous nous assîmes. Le murmure de la fontaine masqua notre conversation.

— Ma mère veut récupérer l'affaire, parce que cela flatterait son orgueil de passer pour une autorité dans le domaine de l'art antique. Mais elle est incapable de voir la différence entre Dyonisos et Demis Roussos. (Plongeant la main dans l'eau, Temple porta à son front ses doigts humides.) Mlle Groome veut m'évincer parce qu'elle pense que je ne sais pas ce que je fais. Elle m'espionne pour le compte de ma mère, et elle a entrepris un travail de sape pour me détruire.

— Virez-la.

— Elle adorait mon père, et elle a sacrifié sa propre vie pour l'aider à créer cette affaire. Je ne peux pas la mettre à la porte. (Elle se massa l'épaule, puis la fit tourner lentement, comme pour se débarrasser d'un torticolis.) Parfois, quand l'angoisse me prend, j'ai l'impression que mon corps a été endossé par quelqu'un d'autre. Il ne me paraît pas à ma taille.

— Vu de l'extérieur, il a l'air taillé sur mesure.

La porte du hall s'ouvrit, et une femme entra avec

son chien. C'était un caniche, et il marchait timidement près de sa maîtresse. Temple me confia, d'une voix que couvrait presque le ruissellement de la fontaine :

— Dans l'immeuble de ma mère, les chiens doivent passer un examen devant l'assemblée des copropriétaires. S'ils ne savent pas se tenir, ils sont recalés, et leurs maîtres ne peuvent pas emménager dans l'immeuble. Je suis étonnée qu'on me laisse venir lui rendre visite.

Le chien nous lança un regard méfiant. Il semblait avoir ravalé des tonnes d'aboiements. Je me tournai de nouveau vers Temple. Elle fixait les projecteurs allumés au fond du bassin, comme si elle avait envie de s'évader en plongeant dans le tourbillon de la fontaine. L'atmosphère chargée d'humidité exaltait l'odeur de vaseline de mon Beretta, et les relents d'huile de pied de bœuf de mon étui en cuir.

Temple reprit :

— Je n'aurais jamais dû m'occuper du magasin. Mais l'art antique exerce un pouvoir puissant. Je ne pouvais pas lui tourner le dos, il m'avait donné la seule chaleur que j'avais jamais reçue. Je me suis blottie contre lui.

Tandis qu'elle parlait, je posai les yeux sur la fontaine, mon regard suivant les contours du marbre noir et luisant. À chaque fois qu'une femme fait appel à mes services, elle m'aide à son insu, en m'obligeant à revoir mes idées préconçues sur ses semblables. C'est toujours un choc brutal, pour moi, quand la présence tangible d'une femme m'apparaît, lumineuse, à travers le voile que j'avais inconsciemment jeté sur elle lors de notre première rencontre. Avec Temple, j'attendais encore que cette présence se manifeste. Elle était très agréable, très compréhensive, et je m'habituais à sa personnalité, mais je continuais à penser que notre conversation aurait pu prendre un tour complètement différent. Je reportai mon attention sur elle.

— Angelina prétend que votre père a été assassiné parce qu'on voulait lui voler un objet de valeur. Quelque chose qu'il tenait caché, à l'abri des regards de l'assassin.

— Comment pourrait-elle le savoir ?

— Elle a le sens de l'observation, et elle sait se fondre dans le décor. Votre père se sentait en confiance avec elle. Et il était très excité au sujet de quelque chose qu'il s'était procuré en Égypte. Elle l'a entendu parler au téléphone d'un objet qui se trouvait, d'après lui, plus en sûreté que dans la pyramide. De quoi pourrait-il s'agir ?

— Je n'en sais rien. La plupart des pièces égyptiennes proviennent des tombeaux.

— Vous avez une idée de l'endroit où il aurait pu cacher un objet d'une valeur inhabituelle ?

— Vous avez vu le petit temple qu'il avait fabriqué, avec son mécanisme secret. Il pouvait cacher n'importe quoi sous votre nez même sans que vous vous en doutiez.

— Pensez-vous que votre mère puisse être au courant de l'existence de cet objet précieux ?

— Si c'était le cas, elle ne voudrait jamais le dire. (L'humeur de Temple changea une fois encore, et je sentis sa peur, aussi tangible que l'humidité de l'air de la fontaine. Elle ajouta :) Cette lettre de menaces que j'ai reçue, me donnant le choix entre me débarrasser de vous ou mourir… Vous croyez que je suis vraiment en danger ?

— Probablement, si l'assassin de votre père n'a pas trouvé ce qu'il cherchait. Vous voulez que je vous fournisse des gardes du corps ?

— Non ! Je ne supporterais pas d'être surveillée.

— Je parle d'une protection tout à fait bienveillante.

— Cela ne change rien. Me savoir sous surveillance serait un supplice pour moi.

— Pourquoi ?

Au lieu de me répondre, elle me confia :

— Je m'inquiète au sujet de ce fax que vous avez reçu, avec le cobra. Je ne vois pas comment je pourrais vous laisser continuer cette enquête si vous êtes, vous aussi, en danger.

— Je sais surveiller mes arrières. C'est pour vous que je me fais du souci. Et, bien que je ne sois pas fou de votre mère, je me préoccupe de sa sécurité à elle, également.

— J'ai du mal à imaginer ma mère en victime. (Temple se leva, son reflet s'allongeant sur l'eau du bassin.) Répondez-moi franchement : en vous confiant cette enquête, est-ce que je fais courir un risque à chacun d'entre nous ?

— Avec ou sans moi, le risque est là de toute façon.

Je lui tendis la main pour prendre congé. Traversant les dalles de marbre du hall, je gagnai la sortie, et me retrouvai sur la Cinquième Avenue, au cœur du vacarme dont je m'étais temporairement évadé en gagnant les hautes sphères de

Rennselerland. La circulation s'écoulait à un train d'enfer ; les taxis kamikazes se montraient intraitables. Des sirènes mugissaient au loin, annonçant divers drames et catastrophes. Je laissai mon regard escalader le flanc de l'immeuble, dépassant les pilastres en pierre sculptée ornés de motifs floraux, les fenêtres à balcons, et comptant les étages en cours de route. Les rideaux d'Helen Rennseler étaient encore ouverts, et je repérai sans peine la lumière du salon. Le silence, là-haut, avait eu une qualité surnaturelle. Je parcourus à pied les quelques centaines de mètres me séparant de ma voiture. Quelqu'un avait craché sur le pare-brise. Pas de doute, j'étais bien redescendu dans mon univers.

Je passai une nuit agitée. Quand je parvins enfin à dormir, je fis des cauchemars. J'étais loin de me sentir reposé en arrivant au bureau, et Ranouka s'en aperçut.

— Vous avez dû rentrer tard, semble-t-il.

— J'ai très mal dormi. Quelqu'un m'a suivi, hier.

— C'est très désagréable. Vous devriez lui flanquer une claque.

— Si je l'attrape, oui, je lui flanquerai une claque.

— Très bien. En attendant, voici les contrats d'assurance que vous m'avez demandé de photocopier.

Ranouka portait un chemisier en crêpe de soie rouge et or par-dessus un pantalon à rayures, rouge et or également. Une écharpe de soie rouge entourait sa gorge brune. Les contrats d'assurance avaient un jour de retard. J'hésitais à lui en faire la remarque, car elle était davantage la secrétaire d'Henderson que la mienne, et ce lien même était fragile ; l'unique raison pour laquelle elle travaillait pour nous, à l'en croire, était l'espèce de dette karmique qu'elle estimait avoir envers Henderson. « Dès que le Dr Henderson aura trouvé un mari digne de ce nom, je donnerai ma démission », avait-elle conclu. Elle posa les contrats sur mon bureau ; ses longues boucles d'oreilles en argent tintinnabulèrent quand elle se pencha. Où qu'elle aille, Ranouka se déplace en musique. Le père de son mari était roi en Inde, d'où son nom de Maharaj. J'avais donc une princesse pour secrétaire. Je regardais s'éloigner les formes rondes de son postérieur royal moulées dans un petit pantalon tout simple, et mon regard n'avait rien de méprisant.

Je n'avais pas fini d'examiner les contrats quand elle fit sonner mon interphone.

— *J'ai un détective égyptien en ligne. M. Rafik Shaddi, du Caire.*

Je décrochai.

— McShane.

Une voix ténue, nasale, se fit entendre à l'autre bout de la ligne.

— *Allô, M. McShane ? J'ai des renseignements pour vous.*

— Combien ça va me coûter, et où dois-je envoyer le chèque ?

— *Deux mille dollars à la banque Riggs de Washington, s'il vous plaît, sur le compte du cabinet juridique Lowell et Connors.*

— Il part aujourd'hui même.

Soulevant le couvercle du terrarium, j'y laissai tomber une mouche morte et quelques croûtes de pain. Du haut de sa pierre chauffante, mon lézard, mon petit espion de l'enfer, releva la tête.

— *M. Hassanein Hamid est incontestablement en affaires avec un individu réputé pour sa violence, un certain Alsahir Azar. J'ai recueilli des informations de première importance de la bouche même d'Azar, bien que j'aie eu à plusieurs reprises des craintes pour ma propre sécurité.*

Refermant le terrarium, je m'assis à mon bureau.

— Qu'avez-vous découvert ?

— *Votre mort, Tommy Rennseler... Azar le connaissait bien. Ils ont passé un marché entre eux, qui s'est mal terminé.*

— Sans Hamid ?

— *C'est Hamid qui les a présentés, au cours d'une somptueuse soirée offerte par la Société des Antiquaires au Hilton du Nil. Des transactions colossales ont été conclues sur place, dans la plus extrême discrétion.*

Je hochai la tête. La voix de Rafik était aussi poisseuse qu'une figue, et j'imaginai sans peine que les transactions discrètes étaient sa spécialité.

— Quel genre de marché ?

— *Azar offrait à la vente le sceptre cérémonial du pharaon Akhenaton. De l'or massif, représentant le visage du pharaon et celui de sa femme.*

— Deux têtes pour le prix d'une.

— *Ce sceptre vaut dix millions de dollars, et votre défunt, Tommy Rennseler, l'a volé à Azar.*

— Comment ?

— *Il l'a emprunté pour le faire expertiser. Mais en oubliant de le rendre, il a démontré qu'il appartenait plus à la famille des escrocs qu'à celle des érudits. Je suis très impressionné par votre défunt, bien qu'il soit mort.*

— Et Azar a vu rouge.

— *Il aime répéter que sa famille pille des tombes depuis 1414 avant Jésus-Christ. Il est prouvé que c'est bien eux qui ont volé la momie du fils d'Amenhotep quand elle fut découverte en 1881. Personne, jusqu'à ce jour, n'avait réussi à leur voler quoi que ce soit. C'est pourquoi il était fou de rage contre votre défunt, autant pour le préjudice moral que pour le préjudice financier. Après tout, l'honneur de la famille compte pour quelque chose.*

— Alors, il a tué Rennseler ?

— *Ses ancêtres tuent au venin de cobra depuis des siècles. C'est une carte de visite familiale.*

— Bien sûr, ce serait dommage de perdre les bonnes traditions.

— *Pour cette raison, les gens de la rive ouest du Nil l'appellent affectueusement Haja Naje — le Cobra. Mais il m'a affirmé que ce n'était pas lui qui avait tué Tommy Rennseler. Tout ce qu'il demande, c'est de récupérer son sceptre. Quelqu'un, prétend-il, a essayé de faire peser les soupçons sur lui.*

— Qu'est devenu le sceptre ?

Il y eut un long silence de la part de Rafik Shaddi.

— *Mais n'est-ce pas ce que vous essayez de découvrir, M. McShane ?*

Je regardai l'intérieur du terrarium. Mon lézard grignotait ses croûtes de pain. Rafik reprit :

— *M. McShane, si vous retrouviez le sceptre d'Akhenaton, vous pourriez mettre du beurre dans vos épinards. Le Cobra paiera un bon prix pour le récupérer. À propos, qui vous emploie ?*

— Désolé.

— *Simple question de ma part*, reprit Shaddi d'un ton enjoué. *Enfin, n'oubliez quand même pas : le Cobra est le propriétaire légitime du sceptre.*

— Rafik, vous ne travailleriez pas pour le Cobra, par hasard ?

— *Au revoir, M. McShane.*

Rafik raccrocha, et je regardai de nouveau l'intérieur de mon terrarium pour consulter mon lézard. Il braqua ses yeux sur moi, une pulsation régulière gonflant son cou. Un magasin d'animaux où j'avais installé un nouveau système de surveillance me l'avait donné en acompte sur le paiement. Il valait cent dollars. C'était un brave lézard. Le fixant, je lui demandai :

— Qui a le sceptre ?

Son regard resta évasif. Je tapotai la vitre.

— Dix millions de dollars. C'est ça qui a coûté la vie à Rennseler.

*
* *

Après le déjeuner, je me rendis dans Central Park, et je me promenai le long de la rive sud du lac depuis le hangar à bateaux de la Soixante-douzième rue. Des gerbes d'eau étincelaient au soleil autour d'un groupe d'adolescents qui essayaient de tuer un canard à coups d'aviron. Des sportifs faisaient le tour du parc en petites foulées, tandis que des drogués poursuivaient leurs hallucinations dans les allées, leur royaume cotonneux flottant dans l'air tiède. Sous mes pieds, la terre semblait d'autant plus meuble qu'elle était cernée par l'acier et le ciment dans toutes les directions. J'empruntai un passage souterrain en dalles de pierre, sur lesquelles mes pas résonnèrent comme dans le labyrinthe des trépassés ; la pierre est solennelle, elle favorise la réflexion. C'est au sceptre que je pensais, à son passage à travers les siècles. Akhenaton avait commandé à un artisan un rêve en or massif, qui devait rester enfoui à ses côtés pour l'éternité. Mais les pilleurs de tombe aussi ont des rêves.

Parvenant à Bethesda Terrace, j'en traversai le pavage en briques délavées, me dirigeant vers la foule massée autour de la fontaine. Elle était déjà là, le regard perdu au cœur de la gerbe d'eau. Levant les yeux vers moi, elle me sourit. Helen Rennseler portait un pantalon blanc, et une veste de lin, blanche également, par-dessus un petit rien en dentelle qui mettait en valeur la sveltesse de sa silhouette. Elle me tendit sa main.

— Merci d'être venu.

— Tout le plaisir est pour moi. Vous aimez bien venir ici ?

Elle désigna les statues de la fontaine.

— La Santé, la Sérénité, la Pureté, la Tempérance.

Elle avait prononcé le nom de ces qualités sur le ton de quelqu'un qui les possède toutes.

— De quoi vouliez-vous me parler, Mme Rennseler ?

— Je vous en prie, appelez-moi Helen. Si nous devons devenir amis...

— Le devons-nous ?

— Devenir amis ? Je l'espère. Vous m'avez prise au dépourvu lors de notre première rencontre, et je n'ai pas su réagir comme il aurait fallu. Je vous ai peut-être paru réticente. Je ne m'attendais pas à voir un homme cultivé, ce que vous êtes manifestement. Je ne pensais pas non plus que vous seriez si séduisant. (Elle avait accompagné ces mots d'un regard qu'on aurait pu qualifier d'enjôleur, si ce n'était le soupçon de manipulation qui l'accompagnait, et qu'Helen n'avait pas appris à masquer.) Temple m'a dit que vous aviez servi dans l'armée de l'air. J'aurais pu le deviner à la façon dont vous vous tenez — très droit, très rigide. Cela ne vous messied pas.

— Ma foi, Helen, j'aime beaucoup la façon dont vous vous tenez vous-même.

Jimmy McShane est toujours poli, même avec les dames qui le manipulent.

— Eh bien, merci, M. McShane. Vous m'avez d'ores et déjà remonté le moral.

— Que puis-je faire d'autre pour vous ?

— Je m'inquiète de la santé de ma fille.

— Je ne soupçonnais même pas qu'elle puisse avoir des problèmes de santé. Je crois savoir que c'est une sportive accomplie.

— Oh, oui, elle est très forte... physiquement. Mais je parle de sa santé mentale. Temple n'a jamais été très robuste sur le plan émotionnel. Je ne vous raconterai pas tout ce que j'ai enduré à cause d'elle au fil des années, mais vous aurez remarqué, j'en suis sûre, à quel point elle est instable.

— Elle est jeune, Helen. Elle a le droit d'être un peu instable.

— Elle n'est pas si jeune. Mais là n'est pas la question. Il y a des aspects de sa personnalité que vous ne connaissez pas. Vous ne l'avez pas vue rouler à moto à cent soixante kilomètres à l'heure, comme si elle ne désirait rien d'autre au monde que de se tuer. Et c'est une alcoolique.

— Vous en êtes sûre ?

— En tout cas, elle boit beaucoup trop. C'est dans l'alcool qu'elle puise son courage. Elle pratique le parachutisme, plus précisément le saut en chute libre. Elle a participé à des courses de stock-cars. Elle fait tout cela pour me contrarier, bien sûr.

— Elle y prend peut-être du plaisir.

— Temple est aujourd'hui propriétaire d'une affaire importante. Elle la conduira à la faillite si elle ne se reprend pas en main. Ses... lubies — appelons-les comme cela — finissent par l'épuiser. Et elles m'épuisent aussi. Cette enquête qu'elle a déclenchée est l'une de ces lubies. Un nouveau caprice, comme le parachutisme. Un détective séduisant, pour l'aider à élucider un meurtre... Mon Dieu, que nous réserve-t-elle la prochaine fois ?

— C'est sans doute pour elle une façon de pleurer son père. La seule façon qu'elle ait trouvée.

— Il faut qu'elle me fasse confiance. Je peux l'aider à épancher son chagrin. Je peux l'aider à faire tant de choses... J'ai de l'expérience, et certaines personnes pensent même que je possède la sagesse. Temple a besoin qu'on la guide. Elle a besoin de mon amour attentionné. (Helen leva les yeux vers l'Ange ailé des Flots surmontant la fontaine, comme pour prendre conseil auprès de l'un de ses semblables.) Je crois que je peux la guérir.

— Mais qu'est-ce que vous attendez de moi ?

— Vous a-t-elle dit que j'essayais de m'approprier l'affaire ?

— Ce qu'elle me dit est confidentiel.

— Je me moque bien d'Antiquités Internationales. Mon premier souci, c'est la santé de Temple. Elle a besoin de repos, dans un environnement où elle n'aura rien à craindre.

— À quel genre d'environnement pensiez-vous ?

— Une clinique privée. Pas très loin de New York. Le médecin qui la dirige est un ami. Avec votre aide...

— Vous m'impliquez dans l'opération, évidemment.

— Temple a confiance en vous. Moi, en toute une vie, je n'ai jamais réussi à gagner sa confiance. Si je l'avais, les choses auraient pu tourner autrement pour nous, parce que je possède une énergie peu commune, M. McShane. Une énergie qui provoque souvent des commentaires. Je veux la partager avec Temple — ainsi que mes intuitions, ma capacité à entrer en résonance avec les gens. Elle a besoin de cela. Le magasin aussi en a besoin. Quand Temple était toute petite, nous passions de si bons moments ensemble. Je chéris ces merveilleux souvenirs. C'est cela qui est au cœur de notre relation, et que je veux ressusciter, pour nous deux. (Helen leva de nouveau les yeux vers l'Ange des Flots.) Si vous saviez combien de fois, au cours des années, je me suis demandé ce que j'aurais dû faire pour empêcher la maladie de Temple. Et la seule idée qui me vienne à l'esprit, c'est que j'aurais dû l'emmener plus tôt chez un psychiatre. Cela lui aurait peut-être fait du bien.

— En consulte-t-elle un actuellement ?

— Non, mais j'ai parlé au directeur de la clinique. Il affirme qu'il peut aider Temple, mais à condition de pouvoir s'occuper d'elle vingt-quatre heures sur vingt-quatre. Il préconise une thérapie énergique, qui nécessite l'emploi d'une médication puissante dont le dosage doit être surveillé en permanence. Le docteur préconise un programme de soins d'une année entière.

— Il ne fait pas les choses à moitié, on dirait.

— C'est un excellent homme. Un vrai thérapeute. Je lui ai peint un portrait émotionnel complet de Temple. Je ne sais pas quelles facettes de son comportement aberrant elle vous a montrées, mais en ce qui me concerne, je les connais toutes. Il est impossible de la raisonner. C'est un problème chimique.

— Vous avez remarquablement supporté l'épreuve.

— Je suis d'une nature résistante. Je reconnais avoir été terriblement contrariée par votre irruption parmi nous ; mais quand j'ai fait votre connaissance, j'ai compris que cette difficulté imprévue cachait peut-être un bienfait.

— Si on arrivait à la faire entrer en clinique.

— Oui.

— Et à la calmer un peu.

— Exactement. Avant de reprendre sur de nouvelles bases.

— Et qui dirigerait l'affaire ?

— Je m'en occuperais, bien sûr, avec l'aide de Mlle Groome, et Temple superviserait la bonne marche de l'ensemble depuis la clinique. Je ne prétends pas être une érudite. C'est Temple qui possède tous les diplômes en matière d'histoire de l'art.

C'est cela, sa véritable vocation — pas les motocyclettes, les sauts en chute libre, ou Dieu sait quoi d'autre. Son discernement fait merveille dans le domaine des arts. Cela ne devrait-il pas lui suffire ? Loin de moi l'idée de la déposséder de l'affaire. Elle en a besoin. Pour Temple, c'est la meilleure occupation qui soit. Encore faut-il qu'elle s'en rende vraiment compte, et le seul moyen de l'aider à y voir clair est de recourir aux services d'un psychiatre.

— Voilà un plan qui me paraît fort bien pensé.

— Je suis si soulagée que vous soyez de cet avis.

— Je crois que c'est la voie de la Santé, de la Sérénité, de la Pureté et de la Tempérance. J'en suis même convaincu.

— Vous vous moquez de moi ?

— C'est la seule chose qu'il me reste à faire, Helen, à part vous pousser dans le bassin.

Lui tournant le dos, je la plantai là, près des eaux frémissantes de la fontaine.

*

* *

Assis dans le magasin de Temple, je la regardais travailler. Je devais lui consacrer une heure, et j'avais fini par passer là le reste de l'après-midi. Si votre consumérisme n'est pas pathologique, pratiquement tous les magasins perdent de leur attrait à vos yeux au bout de quelques heures, lorsque le charme des articles s'estompe et que vous vous retrouvez dans un local rempli d'étagères, entouré de vendeurs quasi hagards. Antiquités Internationales, en revanche, était un petit musée, et

Temple son conservateur. Elle était de ces commerçants qui hypnotisent leurs clients ; ses manières étaient envoûtantes parce qu'elle était elle-même envoûtée. Mlle Groome n'avait rien d'envoûtant. Elle possédait autant de charme qu'un ibis momifié, mais elle était compétente. Les clients la respectaient, et Temple la traitait avec déférence. Cependant, c'était Temple qui donnait de la vie aux statues. Lorsque Temple parlait d'elles, les marbres semblaient perdre de leur rigidité, et retrouver leur éclat ancien. Quand le magasin ferma en fin de journée, j'eus l'impression qu'une essence ancienne et vénérable avait imprégné l'atmosphère de la boutique, que c'était Temple qui avait su la faire surgir, et que cette essence allait replonger pour la nuit au cœur des statues et des flacons hermétiques, en attendant que Temple l'invoque de nouveau.

Il y avait un jeu des Trente dans le magasin, et il m'avait distrait pendant un bon moment. Les règles étaient reproduites dans un livre relié en cuir, qui contenait une reproduction du plateau, la signification de chaque case, et une brève description de la divinité qui régnait sur elle. J'avais joué quelques coups contre un adversaire imaginaire, progressant de la case du Vent Inquisiteur à celle de Maât, la déesse de la Vérité. C'est là que les dés me bloquèrent jusqu'au moment où les lumières s'éteignirent, et où Mlle Groome ramassa son sac et son *New York Times*.

— Est-ce que M. McShane reviendra demain ? demanda-t-elle comme si je n'étais pas là.

— C'est à lui d'en décider, répondit Temple.

— Le magasin est très petit, dit Mlle Groome.

— Oh, je pense qu'il y a assez de place pour M. McShane, fit Temple avec une pointe d'humour bon enfant.

— Bien sûr, vous savez ce que vous faites, dit Mlle Groome, passant devant nous pour atteindre la porte, son journal sous le bras et son sac serré entre ses longs doigts maigres.

Elle sortit, tournant en direction du centre-ville, enveloppée dans sa bulle de malveillance. Je la suivis des yeux jusqu'au coin de la rue.

— Joyeux caractère, n'est-ce pas ?

— Elle vit seule. Mon père était tout pour elle.

— Et maintenant, elle est remplie de haine ?

— Elle n'est remplie de rien. Elle est creuse. Et seule.

— Elle ne vous souhaite pas du bien. Si j'étais vous, je les flanquerais à la porte, elle et ses airs sinistres.

— J'espère résoudre le problème autrement.

— Oui. Et si ça continue, c'est *vous* qui travaillerez pour *elle*.

— J'ai l'impression que c'est déjà le cas.

— Donnez-lui une indemnité de licenciement d'un an de salaire, et des références dithyrambiques.

— J'ai des obligations envers elle, à cause de mon père. C'est difficile à expliquer.

— Je vous ai vue à l'œuvre, aujourd'hui. Vous n'avez pas besoin de Mlle Groome.

— Peut-être. Mais elle a besoin de moi.

Les femmes éprouvent des sentiments qui m'étonnent parfois, particulièrement ceux qui les lient entre elles, leur compassion dépassant les mésententes apparentes pour atteindre à une entente plus profonde. Mais l'affection de Temple pour Mlle Groome persistait en dépit des projets évidents de cette dernière pour l'évincer. Je sentis que je n'arriverais à rien en insistant sur ce sujet, et je me contentai donc de demander :

— Votre père était-il aussi doué que vous pour le commerce d'antiquités ?

— Bien plus doué. Il avait voyagé davantage, vu plus de choses. Pour lui, l'an 200 avant Jésus-Christ, c'était hier. Je n'ai jamais connu personne qui fût plus sensible que lui aux témoignages du passé.

— Votre père a traité avec un homme surnommé le Cobra, qui a la réputation d'injecter du venin à ses ennemis.

— J'ai entendu parler du Cobra.

— Vraiment ? Et vous ne m'en avez rien dit ?

— Je ne voulais pas vous faire perdre votre temps.

Les clients qui prennent des décisions à ma place n'éclaircissent jamais la situation. Je ne pouvais rien faire d'autre que de lui demander :

— Alors, que savez-vous de lui ?

— C'est un amateur d'art, un collectionneur. Riche et puissant. Mais personne ne le rencontre jamais. Tout passe par des intermédiaires.

— Votre père l'a rencontré et l'a escroqué de dix millions de dollars.

— Qui vous a dit ça ?

Les coins de sa bouche s'affaissèrent, et l'espace d'un instant elle parut avoir vieilli de dix ans.

— Je l'ai appris d'un confrère égyptien. Il

semble tenir ses informations de source sûre. Votre père a volé au Cobra un sceptre en or massif, qui appartenait au pharaon Akhenaton.

— Mon père a volé le sceptre d'Akhenaton ?

— Plus ou moins. Vous connaissez l'objet ?

La tension quitta peu à peu ses traits, et elle redevint le conservateur de musée qu'elle était.

— Les Allemands sont censés l'avoir découvert en même temps que le buste de Nefertiti, au cours de l'expédition de 1912. Vous connaissez ce buste, j'en suis sûre ; c'est le plus beau profil de femme de tous les temps.

— Je l'échangerais contre le vôtre n'importe quand. Oui, je connais Nefertiti. C'était la femme d'Akhenaton.

— Vous avez bien appris votre leçon, M. McShane.

— L'histoire de l'humanité est accessible via les banques de données, Mlle Rennseler. Mais mon ordinateur n'a trouvé aucune trace du sceptre.

— C'est parce que le sceptre n'a jamais été répertorié. Nefertiti est au musée de Berlin, mais le sceptre a disparu. Les Allemands affirment qu'ils ne l'ont jamais découvert, en fait, et qu'ils n'ont rien trouvé de plus qu'une peinture qui le représente, sur le mur de la salle du trône. En revanche, l'un des volumes du journal de l'expédition donne du sceptre une description tridimensionnelle, comportant des détails indécelables sur une peinture.

— Eh bien, c'est le Cobra qui a fini par se l'approprier. Et il était prêt à le vendre. À votre père. Mais celui-ci le lui a volé, en fait.

— C'est ce que prétend le Cobra. Vous ne savez

pas quel genre de marché mon père et lui concoctaient. Dix millions de dollars, c'est donné, pour le sceptre d'Akhenaton.

— Comment ça, donné ?

— Il vaudrait cinq fois plus que ça pour un musée comme le Metropolitan, mais le gouvernement égyptien n'accepterait jamais de délivrer un permis d'exportation pour un objet pareil. Si jamais il devait refaire surface au Metropolitan, ou dans n'importe quel autre musée, les Égyptiens exigeraient qu'on le leur restitue. Donc, il fallait qu'il soit confié à quelqu'un comme mon père, qui pourrait le proposer à un collectionneur privé.

— Vous ne pensez pas que c'est le Cobra qui a tué votre père ?

— Je sais que ce n'est pas lui. Pourquoi aurait-il tué l'un des rares hommes au monde capables de l'aider ?

— Vous ne dites pas ça en connaissance de cause, n'est-ce pas ? Vous laissez plutôt parler vos sentiments ?

— Les sentiments peuvent nous apprendre beaucoup de choses.

— Je ne le nie pas. Mais je ne peux pas ouvrir un micro devant des sentiments et obtenir un enregistrement audible.

— En ce cas, croyez-moi sur parole : ce n'est pas le Cobra qui a tué mon père.

— Pensez-vous que le tueur puisse être ce type qui vous a laissé la lettre de menaces ? Rex ?

— Mon père s'est rendu en Égypte juste avant sa mort. S'il a vraiment fait l'acquisition du sceptre, il a dû avoir besoin d'aide pour le sortir d'Égypte et l'introduire aux États-Unis. Il y a des gens qui facilitent ce genre de démarche. Ce ne sont pas exactement des criminels, mais ils sont constamment sur la corde raide. On les trouve partout dans le monde des arts, particulièrement dans le domaine des antiquités, où la contrebande est florissante.

— Rex est donc un contrebandier ?

— Ce n'est pas impossible. Ce pourrait être aussi quelqu'un qui connaît tel capitaine de navire, ou tel responsable des douanes. Ces intermédiaires internationaux sont très prospères.

— Vous semblez tout connaître d'eux.

— Mon père tenait à ce que je sois bien informée, au cas où j'aurais eu très envie d'un objet qu'il ne m'aurait pas été possible d'importer légalement. Mais je n'aurai jamais assez de cran pour ça, et je le lui ai dit. Il n'a pas insisté. Je n'ai jamais su qui étaient ses correspondants.

— L'idée que je me faisais de votre père se modifie rapidement.

— Oui, c'est vrai, il a pris des risques à la limite de l'illégalité. J'ai été stupide de vous brosser de lui un portrait idéalisé. Je regrette de l'avoir fait. Mais j'aimais mon père. Je l'aime toujours.

Nous nous tenions près du jeu des Trente, et Temple vit où mon pion avait atterri : sur la case de Maât, la déesse de la vérité. Elle sourit.

— Le jeu des Trente ne se trompe jamais. Vous avez entendu la vérité, aujourd'hui.

— J'aimerais l'entendre tous les jours.

— Mais vous pourriez vous trouver sur une autre case demain. Ou même dans une minute. Si nous regardions ce qui vous attend ?

Elle me tendit les dés en os, et je les fis rouler. Je comptai les cases, et mon pion se retrouva sur celle d'un autre personnage féminin. Temple posa le doigt sur la case.

— Hathor, la déesse-vache de l'amour.

— Ça me convient parfaitement.

— Je tiens à vous l'offrir.

— À m'offrir quoi ?

— Le jeu des Trente.

Elle rangea les dés et les pièces dans leur petit compartiment. Je protestai :

— Je ne peux pas accepter un cadeau aussi précieux.

— Si, vous le pouvez. Vous courez des risques à cause de moi. J'avais envie de vous donner quelque chose de toute façon, et vous aimez les jeux de société. (Repoussant le tiroir, elle ferma le loquet — un mince morceau d'os sculpté en forme de tête de chacal.) Tenez... (Elle posa le coffret ancien sur ma main.) C'est mieux que d'être propriétaire de la Rue de la Paix.

— Merci. Merci beaucoup.

— Une case à la fois, dit-elle avec un sourire. Bon, vous ne pensez pas que nous devrions fermer la boutique ?

Ce que nous fîmes, nous retrouvant bientôt dans Madison Avenue.

— Où allez-vous ? lui demandai-je.

— Je vais rentrer chez moi à pied.

— Vous voulez que je vous tienne compagnie ?

— J'en serais ravie. Mais que devient Saul ? Vous ne deviez pas l'accompagner jusqu'à sa voiture ?

— Il ne transporte rien de précieux, aujourd'hui. C'est sa femme qui va le chercher. Elle commence à l'équiper pour l'Amazonie.

Elle me lança un regard oblique, ses yeux jouant avec une pensée que je ne parvins pas à déchiffrer, mais qui devait me concerner, et j'entendis la déesse-vache de l'amour mugir dans mon esprit.

Temple calqua son pas sur le mien, et nos corps se touchèrent un moment, légèrement déséquilibrés l'un et l'autre par notre proximité. Elle me regarda de nouveau.

— Je veux que les choses reprennent leur cours normal. Je veux avoir une vie à moi.

— Vous l'aurez.

— À partir de quand ?

— Pourquoi pas dès maintenant ?

— Maintenant, tout est en suspens.

Nos corps oscillaient ensemble de nouveau ; ni elle ni moi ne tentions de retrouver notre équilibre, et je sentis la déesse-vache de l'amour me pousser de son mufle humide et chaud. Arrivés au carrefour, nous nous séparâmes en descendant du trottoir ; même l'amour doit regarder des deux côtés en traversant au feu vert. J'acquiesçai :

— Oui, tout est en suspens.

Mais ce que je voulais dire, c'était que j'étais en suspens à ses côtés, et que son point de vue devenait peu à peu le mien. Un aspect du meurtre avait échappé à la police, Temple avait raison à ce sujet, et j'avais le sentiment que je finirais par le découvrir. Mais je voulais que cette parenthèse s'éternise. J'avais envie de rester suspendu aux côtés de Temple. Le problème, quand on travaille avec des femmes, c'est que la beauté a sa propre raison d'être, qui est de capter notre attention et d'obscurcir tout le reste.

Nous poursuivîmes notre chemin dans Madison. Notre oscillation reprit, et j'étais hypnotisé par le cliquetis de ses talons sur le trottoir, le chuchotement de ses vêtements, et les bouffées d'*Envoûtement* qui parvenaient jusqu'à moi, un soupçon de la propre essence de Temple se mêlant au parfum lorsqu'il exhalait d'elle pour remplir sa mission, qui était d'obscurcir l'esprit des hommes.

— Allons-nous devenir amis ? demanda-t-elle brusquement.

— Votre mère m'a posé la même question.

— Oh, mon Dieu, je déteste faire comme elle. D'ailleurs, pour quelle raison voulait-elle vous parler ? A-t-elle essayé de vous enrôler sous sa bannière ?

— On peut présenter les choses de cette façon, effectivement. Elle pense que vous avez besoin de l'aide d'un psychiatre.

— Vous a-t-elle dit pourquoi ?

— Elle estime que vous ne devriez pas sauter d'un avion en vol. Ni engager un détective privé. C'est curieux, mais vous avez engagé l'un des rares détectives privés de Manhattan qui ait sauté d'un avion en vol.

— Cela vous a plu ?

— Ce n'est pas désagréable.

— Elle pense que je le fais pour la contrarier.

— Ce n'est pas le cas ?

— Peut-être que si.

— Vous êtes quelqu'un de bon, de doux.

Comment se fait-il que je perçoive parfois une bouffée de colère émanant de vous ?

— Nous avons tous des pensées haineuses. C'est inévitable quand on vit à Manhattan.

— C'est leur seule raison ? Il me semble que vous vous sentiriez beaucoup mieux si vous mettiez Mlle Groome à la porte.

— Je ne peux pas passer ma colère sur Mlle Groome. Elle est seule et triste.

Nous traversions un autre carrefour, devant une voiture qui piaffait comme un cheval de course dans sa stalle de départ. Le soleil du soir déversait une lumière de bronze entre les immeubles, baignant le visage de Temple. Il est impossible d'être aussi belle qu'elle l'était sans connaître sa place dans la hiérarchie, et pourtant elle n'avait pas réclamé son dû. J'eus le sentiment qu'elle avait été malmenée, dans sa vie sentimentale, par des types qui étaient loin d'avoir sa valeur.

— Vous arrive-t-il de le perdre ?

— De perdre quoi ?

— Votre calme.

— Jamais. Je ne pense pas avoir jamais élevé la voix envers quelqu'un. À part envers ma mère, peut-être.

Elle regarda son reflet dans une vitrine et se passa la main dans les cheveux. C'était un geste assez anodin, mais je le trouvai provoquant. J'étais sur la case d'Hathor, déesse de l'amour, et la journée se terminait bien autrement qu'elle n'avait commencé.

Me voyant la regarder dans la vitrine, Temple se tourna vers moi.

— J'aimerais en savoir plus sur votre compte,

dit-elle. Je veux connaître quelques-uns de vos secrets.

Je songeai à mes secrets, qui sont justement une partie de moi-même que personne, me semble-t-il, ne pourrait comprendre. Je lui répondis :

— Quand j'étais gosse, j'allais m'asseoir dans l'escalier de secours et j'écoutais les voix des passants qui montaient de la rue. Ce qu'ils disaient n'avait pas d'importance. Ce que j'aimais, c'était la façon dont leurs voix se rapprochaient, puis s'estompaient peu à peu. Je me souviens que j'avais fini par en conclure, avec un certain saisissement, que la vie était une énigme, et les voix des passants, des indices. Et que j'étais venu sur terre pour résoudre des énigmes. (J'observai un silence, alors que la circulation s'écoulait péniblement devant nous au carrefour, les automobilistes anxieux tendant le cou pour repérer une brèche où ils pourraient s'engouffrer. La main de Temple vint se poser au creux de mon coude, s'y nichant avec un plaisir discret, d'une sensibilité encore timide, mais qui m'aida à puiser en moi d'autres mots. Je repris :) Quand vous m'avez parlé des objets anciens, du pouvoir qu'ils exercent, j'ai compris : ils sont pour vous ce qu'étaient pour moi les voix des passants venues de loin.

Le ciel virait à l'or sanglant, transformant les fenêtres de Madison Avenue en un lac de feu chatoyant. On aurait dit que des poissons siamois se reflétaient sous leur surface, nageant de l'une à l'autre.

Temple me demanda :

— Vous rappelez-vous cette ronde enfantine qui

s'appelle « Le fromage reste tout seul » ? C'est un jeu dans lequel un gosse est entouré par un cercle de ses petits camarades. L'un de mes amis prétendait que c'est exactement ce que je suis : le fromage qui reste tout seul. Il ne parlait pas de ma vie mondaine, de ma vie amoureuse, ni de rien de ce genre. Simplement du fromage, qui reste seul.

— Vous n'êtes pas seule.

— Je ne peux pas vous demander de rester près de moi indéfiniment. Vous aurez d'autres clients qui vous confieront des enquêtes. Il y aura d'autres voix venues de loin.

Je continuai de marcher près d'elle. Nos pas s'accordaient, nous donnions probablement l'image d'un couple, et le jeu des Trente semblait penser que nous en formions un. Mais c'était un meurtre qui avait stimulé nos sentiments. Lorsque je l'aurais élucidé, l'influence qu'il exerçait sur nous s'évanouirait, et l'occasion nous serait enfin donnée de faire réellement connaissance.

Assis dans mon bureau, je disputais une partie de jeu des Trente contre Ranouka. Selon Temple, le jeu préparait ses adeptes à la rencontre décisive qu'ils devraient disputer dans les enfers contre la mort, à l'aide de dés confectionnés avec leurs propres os. Apparemment, j'allais avoir besoin de nombreuses heures de pratique. J'avais pris les chats, Ranouka avait les cobras, et elle me bloquait complètement.

— Je pense, M. McShane, que vous devrez rester un bon moment sur cette case.

C'était celle de Tayt, la déesse des tisserands, qui tisse nos existences de la naissance jusqu'à la mort.

*
* *

Quand j'entrai dans son bureau de l'Avenue A, Barbara « Puce » Jensen détacha son regard de son ordinateur. Des écrans, des modems, des unités centrales et des imprimantes s'étalaient sur une table circulaire, derrière laquelle Puce virevoltait sur son siège pivotant ; les murs du local étaient lézardés, les vitres sales, et les dalles du carrelage ébréchées, fendues, voire absentes par endroits. Puce n'avait pas besoin, comme moi, d'un décor dans le style des années vingt ; elle vivait et respirait dans le halo multicolore de ses écrans haute définition. Sur le panneau du hall de l'immeuble, rien ne permettait d'identifier son bureau, et dans celui-ci, rien ne permettait non plus d'identifier Puce elle-même. Car, comme tous les gens qui vendent et achètent des renseignements hors de la légalité, elle est paranoïaque. Elle sait que le plus sûr moyen d'éviter les ennuis, c'est de n'avoir aucun point de repère lié à son nom de famille : pas d'adresse, pas de numéro de sécurité sociale, pas de carte de crédit.

Puce leva les yeux vers moi, à travers ses grosses lunettes à monture d'écaille. Il m'avait fallu un certain temps pour me rendre compte qu'elle était plutôt jolie, parce qu'elle n'avait pas le moindre chic. Ses vêtements, qui avaient l'aspect défraîchi des articles achetés dans les friperies, ne la mettaient jamais en valeur ; sa coiffure évoquait les « coupes au bol » faites à la maison ; ses gestes étaient maladroits, mécaniques. C'était une excentrique. Elle semblait quelque peu irritée par mon intrusion, préférant les rencontres qui passaient par le filtre d'un modem. Dans son métier, il était plus élégant de tout régler par le biais de l'électronique, mais j'aimais me rendre à son bureau, et la regarder agiter ses tentacules. Elle travaillait avec une joie féroce, louant ses services à des détectives privés, des espions industriels, des avocats, et à tout individu tirant profit du trafic des renseignements. Pour se détendre, elle s'amusait à s'introduire dans les fichiers d'une compagnie bancaire, y découvrir un parfait inconnu dont le compte était sérieusement débiteur, et en modifier le solde pour le sortir du rouge. Elle appelait cela une « remise à niveau ». Elle aimait aussi se brancher sur les fichiers informatiques d'un établissement scolaire, dénicher un gosse en difficulté dans toutes les matières, et en faire un élève modèle. C'était, selon ses termes, des « progrès scolaires fulgurants ».

Sans quitter son écran des yeux, elle me demanda :

— Qu'est-ce qui t'amène ?

— Je veux conquérir l'univers, Puce. Je veux le secret de l'existence.

— Pas de problème. Tout ce qu'il nous faut, c'est le mot de passe.

Elle continua de taper sur son clavier. Les mots de passe sont les clés de tout programme informatique, car ils empêchent l'accès des intrus aux fichiers des banques, des entreprises, ou du gouvernement. Puce possède des programmes de piratage qui suppriment les mots de passe des systèmes dans lesquels elle s'introduit ; d'autres qui injectent un à un dans les barrières électroniques d'un système tous les mots d'un dictionnaire entier, jusqu'à ce que l'un d'entre eux fasse tourner la clé.

— À quelle manœuvre insidieuse suis-je en train d'assister ? demandai-je en regardant par-dessus son épaule.

— J'essaie les noms de tous les cadres supérieurs de cette compagnie, parce qu'il arrive souvent que lesdits cadres supérieurs, en toute modestie, utilisent leur propre nom comme mot de passe. (Puce avait une liste des huiles de la firme qu'elle voulait infiltrer, tirée d'un fichier de référence intitulé : «Répertoire des cadres et directeurs de sociétés», et elle entrait leurs patronymes l'un après l'autre.) C'est peut-être le premier nom qui leur vient à l'esprit ; à moins que, comme beaucoup de cadres, ils ne connaissent rien d'autre. Attends... nous y voilà. Gagné !

Le verrou venait de sauter. Une fois de plus, Puce se retrouvait à l'intérieur du cerveau d'une compagnie. Quand elle ne parvient pas à trouver un mot de passe depuis son ordinateur, Puce soudoie un intermédiaire, qui s'introduit dans un bureau pour examiner les écrans des terminaux, sur lesquels les mots de passe sont souvent scotchés. Mais elle estime qu'il s'agit là d'un procédé un peu trop fruste, à n'employer qu'en dernier ressort.

Je déposai le nom de Richard Rennseler sur sa table. Elle y jeta un coup d'œil et me demanda :

— Dans combien de temps ?

— J'attends les résultats.

— Le service express coûte plus cher.

— La piste refroidit.

— Ne bouge pas.

Bien que ce soit un plaisir pervers, j'aime voir étalée sur un écran, dans les moindres détails, la vie intime d'un individu. Le modem de Puce composait déjà un numéro de téléphone pour pénétrer dans le réseau complexe des renseignements qui concerne chacun de nous, cet enchevêtrement de fils qui tisse notre image et notre destin. Le jeu des Trente savait à l'avance où j'allais passer la journée : chez la déesse des tisserands.

Cela prit du temps ; suffisamment pour que nous puissions commander des sandwichs et les manger tandis que Puce travaillait. Cela nous permit aussi de disserter sur le vingt-et-unième siècle ; Puce prophétisait que chaque individu y serait enfermé dans une prison de données chiffrées, érigée autour de lui au nom du respect des lois, chacun de nous venant au monde avec un matricule qui le suivrait toute sa vie. Envisager un tel avenir rendait Puce optimiste.

— Notre gouvernement prend soin de nous, et nous surveille comme le ferait notre propre mère. C'est pourquoi il n'arrête pas de recueillir des renseignements sur notre compte. Tiens, voilà Richard Rennseler. Il a un compte à la Banque de New York. Fondée par Alexandre Hamilton en 1790, tu le savais ? C'est lui qui a déclaré qu'il devrait y avoir une ligne de démarcation entre les honnêtes gens et les filous. (Puce frappa quelques touches.) J'ai acheté le mot de passe de la banque à un petit employé vénal. Un filou, si tu préfères.

Puce composa un nouveau numéro. Le programme lui demanda le mot de passe de la Banque de New York. Elle le tapa, et regarda l'écran. « Excelsior ». La barrière s'ouvrit, et le portier électronique nous accompagna en silence jusqu'au compte de Richard Rennseler.

— Il a des ennuis, dit Puce en montrant l'écran. Le service des impôts a ordonné une saisie-arrêt sur son compte. Il n'est pas en règle non plus en ce qui concerne le remboursement de son hypothèque... Regarde le montant des versements ! Où habite-t-il ?

— Dans un hôtel particulier, près de Park Avenue.

— Il n'en a plus les moyens. Voyons ses cartes de crédit. (Puce fit apparaître les comptes Visa, MasterCard et American Express de Richard Rennseler.) Ton type est lessivé. Il est aux abois. Qu'est-ce qu'il fait, dans la vie ?

— Il est agent de change.

— Bon. Qui est dans le pétrin à Wall Street en ce moment ?

Profitant de la connexion d'un utilisateur régulier, Puce s'insinua dans la banque de données de la commission des agents de change. En très peu de temps, elle obtint un portrait intéressant de Richard Rennseler, frère de Tommy, décédé. Richard Rennseler, semblait-il, était lui-même une espèce de filou.

*
* *

— Jimmy, pourquoi les vitres de ta voiture sont-elles recouvertes d'un film transparent ?

— C'est pour les empêcher de voler en éclats.

Je trouvai une place sur la Cinquième Avenue et j'y garai la Shadow. Henderson abaissa le pare-soleil pour s'examiner dans le miroir.

— Est-ce que je ressemble à un détective ?

Elle portait ce qu'elle appelait son uniforme d'enquêteur, un pantalon ajusté bleu marine, et une veste assortie. Elle me présenta son poignet pour que je le sente.

— *Poison.*

Elle acquiesça.

— Cela m'a semblé de circonstance.

Nous sortîmes de la voiture, remontant l'avenue vers la Soixante-dix-neuvième rue. Mon ancienne fiancée appartenait à la commission de préservation des sites new-yorkais ; lors de nos promenades, j'avais glané une foule de renseignements pittoresques sur l'architecture de la ville, et j'avais eu à cœur de m'en souvenir. Si je dois surveiller un immeuble pendant des heures, cela m'aide à passer le temps de savoir ce que je regarde. Je montrai l'ancienne résidence van Horn Stuyvesant au carrefour.

— Peu de gens savent, ou ont envie de savoir, que cet immeuble est construit dans le style gothique français. (Sa façade haute de trois étages grouillait de sculptures, les fenêtres étaient entourées de décorations ailées s'élevant vers le ciel. Des entrelacs et des fioritures ornaient les balcons et les toits pointus des mansardes.) Tu vois la petite gargouille là-haut, à l'angle ? Elle protège l'édifice. C'est l'un des premiers systèmes de sécurité.

— Une petite gargouille toute seule là-haut. Elle est comme toi. Elle veille.

Henderson passa son bras sous le mien, et nous reprîmes notre route, tournant à droite vers Madison Avenue, où je m'arrêtai de nouveau.

— Post-moderne. Le cylindre de chrome fait décoller l'ensemble.

— Jimmy, c'est la boutique Hanae Mori, bon sang ! On vient ici pour faire des achats, pas pour examiner les détails architecturaux. Tu aimes cette robe noire en vitrine ? Le noir est la couleur la plus protectrice, psychologiquement parlant, que l'on puisse porter. Yves Saint Laurent a dit que tout ce dont une femme avait besoin pour être belle, c'était une robe noire et un homme amoureux à son bras.

— Alors, tu n'as besoin que de la robe.

— Tu crois m'aimer, seulement. Ce que tu aimes, en fait, c'est ta solitude. Et j'aime la mienne. Pourquoi aurions-nous envie de former un couple ? Enfin, nous sommes dans le même bureau toute la journée. Nous ne serions jamais loin l'un de l'autre.

— Je trouverai un autre bureau.

— Tu as des épaules bien carrées, tu es agréable à regarder, et j'apprécie ta compagnie. Et après quelques manipulations supplémentaires des cervicales, ta tête sera convenablement alignée avec ton torse. Mais malgré tout cela…

— Oui ?

— Toutes les femmes devraient pouvoir vivre seules pendant cinq ans. C'est important pour développer sa personnalité.

Nous traversâmes Madison Avenue, tandis qu'Henderson poursuivait :

— Quand je rentre chez moi le soir, je suis épuisée, et j'ai envie de prendre mes aises. Je ne pourrais pas le faire si tu étais là.

Je désignai l'immeuble qui abritait le consulat grec.

— Un bel exemple de renaissance néo-française.

— Beaucoup de femmes redoutent ces cinq années de solitude. Mais pas moi.

Nous tournâmes dans Park Avenue, puis dans la Quatre-vingtième rue. Les arbres étaient enserrés dans des carrés de ciment sculptés qui se terminaient en pointe, pareils à des dents de requins surgissant du sol. L'hôtel particulier de Richard Rennseler possédait un jardin, protégé par une grille en fer forgé et un système de surveillance. Une vigne vierge exubérante couvrait la façade en pierre ; elle s'était entortillée autour du balcon du premier étage.

— Régence Néo-Georgienne, commentai-je en actionnant la sonnette.

Une vieille bonne irlandaise à l'air hautain nous répondit.

— Oui ?

— Agence McShane, enquêtes privées. Nous sommes attendus.

Elle nous laissa entrer avec une réticence évidente.

— Par ici, fit-elle d'un ton glacial.

Nous la suivîmes. Je me rendis compte qu'Henderson n'avait pas l'habitude d'être traitée de cette façon, et je lui glissai :

— Tant qu'elles ne sont pas armées et dangereuses, ça ne tire pas à conséquence.

La bonne nous introduisit dans le salon, dominé par une cheminée monumentale, en marbre, qui atteignait le plafond. Le foyer était flanqué de grandes urnes bleues et blanches. Il y avait un piano quart queue devant un vitrail signé Tiffany. Un brocard cramoisi couvrait les autres murs, ainsi que les dossiers des sièges et les canapés, sur l'un desquels Temple Rennseler s'était assise pour nous attendre. Elle se leva à notre entrée, et je lui présentai Henderson.

— Vous avez une broche ravissante, dit

Henderson, désignant un couple de figurines en or épinglées sur le col de Temple.

Temple défit sa broche pour la lui montrer.

— C'est égyptien. Shou et Tefnout constituent la version égyptienne des Gémeaux.

— Vous êtes Gémeaux ?

— Non, mais je devrais l'être. Je me suis toujours dit que j'avais un jumeau quelque part. (Elle épingla la broche au revers d'Henderson.) Portez-la pendant quelques semaines. Si elle vous plaît, je peux vous la laisser pour un prix très intéressant. Les Égyptiens les portaient pour se protéger. On voit circuler beaucoup de contrefaçons, des amulettes mortes, comme disent les Égyptiens. Les vraies amulettes sont censées posséder un pouvoir. Faites-le moi savoir si vous pensez que ce pouvoir est réel.

— Il existe bien ; je le sens déjà.

— Moi aussi, je le sens. (Temple se tourna vers moi.) Vous avez commencé une partie avec votre jeu des Trente ?

— Je joue avec Henderson. Je suis sur la case de la Duperie. À votre avis, qu'est-ce que cela signifie ?

— Que quelqu'un vous ment. (Se tournant vers l'escalier dont les marches grinçaient, elle baissa la voix.) Voici oncle Richard qui descend. Il ne supporte pas l'idée que j'aie pu faire appel à vous. Il est d'une humeur massacrante, parce que sa femme et lui sont en train de se séparer. Elle est partie dans leur villa de vacances, sur l'île de Martha's Vineyard.

Une villa sur laquelle Rennseler avait pris une

seconde hypothèque. Son épouse savait-elle qu'il était au bord du gouffre ? Avait-elle choisi de partir tant qu'il y avait encore quelques miettes à ramasser ? Je glissai mon stylo émetteur dans un pot, parmi d'autres stylos, sur un petit secrétaire situé dans un angle de la pièce, juste avant que Richard Rennseler n'apparaisse dans l'encadrement de la porte.

— Bonsoir, me dit-il d'un ton froid.

Quand il découvrit Henderson, son attitude se transforma.

Je fis les présentations.

— Mon associée, Ann Henderson.

— Enchanté de vous connaître. (Richard Rennseler lui tendit la main.) Je ne m'attendais pas à rencontrer une femme détective. Est-ce courant ?

— Les travaux d'investigation conviennent très bien aux femmes. Nous sommes plus observatrices que les hommes, et plus méticuleuses.

Henderson ne manque jamais d'aplomb, mais le sourire de Rennseler n'en manquait pas non plus. C'est alors que je découvris une ressemblance avec son frère : dans son charme désinvolte, ses manières affables, sa voracité sexuelle. Les vrais séducteurs ne déclarent jamais forfait. Ils nous pria de prendre place sur les divers divans et fauteuils disposés en cercle, s'installant pour sa part en face d'Henderson. Puis il regarda Temple.

— Eh bien, ma chérie, à toi d'ouvrir le bal.

— M. McShane et Mlle Henderson connaissent mes sentiments sur cette affaire, oncle Richard, et tu les connais aussi. Je suis persuadée que nous pouvons aller plus loin que la police ne l'a fait.

— Je suis partisan de tout ce qui pourra t'apporter l'apaisement.

Rennseler s'adressait à sa nièce, mais son regard revenait sans cesse vers Henderson et s'attardait sur elle. Derrière son dos, la bonne apparut, lui présentant sur un plateau un verre de liqueur et un unique chocolat. Ici, il suffisait de lever la main pour qu'on vous y dépose tout ce dont vous aviez envie. Quelle impression cela ferait-il de sentir tout ce luxe vous glisser entre les doigts ? Cela vous donnerait-il envie d'assassiner quelqu'un ?

— Vous désirez quelque chose ? Non ? Excusez-moi si je me permets de boire en votre présence, mais je me suis promis, il y a longtemps, que rien ne viendrait jamais déranger ce moment de détente.

— Je vous en prie, détendez-vous, M. Rennseler.

— J'ai découvert que les plaisirs simples régénèrent l'âme.

Rennseler engloutit son chocolat, non pas comme un homme qui court à la faillite, mais avec un air de profonde satisfaction. Peut-être essayait-il de tromper les dieux.

— M. Rennseler, étiez-vous très proche de votre frère ?

— Très.

— À votre connaissance, était-il à couteaux tirés avec qui que ce soit ?

— Certainement pas.

— Un ennemi de longue date ?

— En affaires, Tommy était très correct avec tout le monde. Il gagnait beaucoup d'argent, mais sans léser personne.

Richard Rennseler prononça ces mots sans quitter Henderson des yeux.

Je poursuivis :

— Votre frère a-t-il jamais mentionné le nom d'un certain Rex ? Quelqu'un qui pouvait l'aider à importer discrètement des objets d'art ?

Temple intervint.

— Mon père faisait entrer certaines pièces illégalement. Je suis sûre que cela ne te surprend pas.

— Tommy ne me parlait jamais de ses affaires.

Temple se pencha en avant avec un mouvement d'impatience.

— Richard, ne joue pas les naïfs. Mon père était partie prenante dans un trafic d'objets d'art. Tu le savais. Ma mère le savait. Nous essayons de découvrir par qui il se faisait aider.

— Je n'en sais absolument rien.

Je reviens à la charge.

— M. Rennseler, cela pourrait servir vos propres intérêts de retrouver la mémoire, car Rex s'imagine sans doute que vous détenez un objet de valeur que vous aurait confié votre frère.

— Je ne vois pas de quoi vous parlez.

— Vraiment ? Tant pis pour vous. C'est à cause de cet objet que votre frère a été tué.

Rennseler n'eut aucune réaction ; son regard ne se déroba pas. Puis, tranquillement, il reporta son attention sur Henderson, en connaisseur, comme s'il n'avait pas d'autre souci que de faire plus ample connaissance avec cette charmante jeune femme. Mais Temple intervint de nouveau :

— Richard, mon père a fait quelque chose de vraiment stupide. Il a volé un objet de très grande valeur. Et il a reçu de l'aide, de la part de quelqu'un qui l'a peut-être assassiné afin de s'approprier l'objet à son tour.

— Et de quoi s'agissait-il ?

— D'un sceptre de l'Égypte ancienne. S'il te plaît, Richard, je te le demande : es-tu au courant de cette histoire ?

— Absolument pas.

— Si c'était le cas, M. McShane pense que tu pourrais bien courir un danger.

— Je remercie M. McShane de se faire tant de souci pour moi. Je suis sûr que mon existence lui est précieuse.

Après ce sarcasme, Rennseler se radoucit de nouveau, se rappelant que cette réunion avait pour intérêt premier la présence de la charmante jeune femme assise en face de lui — un piment des mieux venus pour son heure de détente. Henderson, pour ne pas être en reste, afficha à son tour un large sourire, qui la fit ressembler à un pékinois malicieux. Elle prit la parole.

— Nous savons si peu de choses sur cette dernière acquisition de votre frère. Cela pourrait être la clé de toute l'affaire.

D'un geste étrange, elle tendit le bras devant elle, comme si elle balayait d'un revers de main une toile d'araignée invisible tendue entre eux. Rennseler répondit :

— Je ne sache pas que Tommy ait jamais enfreint la loi dans l'exercice de son métier. Son univers, c'était celui des réceptions dans les musées, des ouvertures de galeries d'art, des galas de bienfaisance. Dans son magasin, il ne se considérait pas comme un commerçant, mais comme un maître de maison. Votre hôte, Tommy Rennseler ; voilà comment il se présentait à ses clients. Il vous recevait en ami. Il dénichait pour vous un objet qui saurait vous séduire, et qui se révélerait un excellent investissement. Si vous aviez la bonne idée de suivre son conseil, vous ne le regrettiez jamais. Je n'ai jamais eu vent de la moindre irrégularité dans ses affaires.

Arborant toujours son sourire de pékinois, les paupières plissées, Henderson demanda :

— Que pouvez-vous nous dire d'Hassancin Hamid ?

— M. Hamid était un ami de Tommy, et c'est toujours un ami d'Helen. Je n'ai *absolument* pas pensé à lui quand j'ai appris la mort de mon frère. Je ne remets pas en cause l'hypothèse de la police, concluant à l'existence d'un réseau de fournisseurs du Moyen-Orient liés à la pègre locale. (Richard Rennseler se tourna vers sa nièce.) Excuse-moi, Temple, mais je ne pense pas que cette enquête puisse donner quoi que ce soit.

Il mentait. Pour lui soutirer un renseignement valable, nous allions devoir compter sur mon micro-stylo, caché dans son pot à crayons. Mais cela ne serait peut-être pas inutile de secouer un peu la cage du lion pour voir s'il en sortait une souris.

— M. Rennseler, quelles sont vos relations avec Gordon Ferriter ?

Pour la première fois de l'après-midi, Rennseler exprima une émotion véritable : une surprise totale, teintée d'inquiétude.

— Eh bien, à vrai dire, c'est... C'est un client.

— Ses affaires marchent plutôt bien, non ? Vous lui donnez de bons conseils ?

— Cela ne vous regarde pas. (Rennseler rebondissait vite. Il se tourna vers Temple.) Je pense qu'il est inutile d'aller plus loin.

Elle ne répondit pas tout de suite ; elle donnait l'impression d'être absente, et je ne l'en blâmais pas. Puis elle eut un petit sursaut, comme si la colère de son oncle venait seulement de la toucher. Elle demanda :

— Est-ce que j'ai provoqué des turbulences ?

— Oui, fit Rennseler, c'est le moins que tu puisses dire. (Il s'était levé. Temple bondit en même temps que lui, comme une marionnette. Ils se comportaient tous les deux comme s'il n'y avait personne d'autre dans la pièce. J'avais gâché le moment de détente de Rennseler, et la rage déformait ses traits.) Oser amener un individu pareil chez moi ! Mais ce n'est qu'un vulgaire maître chanteur ! Tu peux sans doute te permettre ce genre de chose avec ta mère, mais certainement pas avec moi. Je ne tolérerai jamais ça. Tu m'entends ?

Le triste mufle commençait à perdre les pédales. La faillite financière peut faire perdre la tête à certains hommes. Il agrippa sa nièce aux épaules et la secoua comme si elle était la cause de tous ses malheurs. Temple se raidit un instant, puis son corps parut s'allonger — grâce à cette étrange modification de sa posture qu'Henderson avait remarquée. Cela ressemblait un peu aux mouvements que font certains oiseaux, pour paraître plus imposants ; mais elle ne fit rien d'autre pour se défendre, ce qui rendit Rennseler encore plus enragé. Il la secoua de nouveau, en hurlant :

— Je ne me laisserai pas traiter de cette façon par quelqu'un comme toi !

— Et par quelqu'un comme moi ?

Je l'agrippai par l'un de ses poignets, que je tordis en arrière.

— Qu'est-ce qui vous permet...

Ses paroles furent étouffées par la douleur quand mon pouce écrasa les nerfs de son poignet.

Je lui dis, d'un ton calme :

— Temple est ma cliente.

Je l'obligeai à rester courbé devant Temple, dans une position inconfortable. Fascinée, elle regardait son cher oncle, sans esquisser le moindre geste pour m'empêcher de le jeter à terre. Je trouvai ce détail intéressant.

— Brigid ! s'écria Rennseler. Appelez la police !

Je le lâchai avant qu'il ne tombe.

— Ce ne sera pas nécessaire, Brigid. Votre patron n'a pas vraiment envie de voir la police. N'est-ce pas, M. Rennseler ?

— Sortez ! (Il se tourna vers Temple.) Tu es contente ?

Détournant les yeux de lui, elle regarda une antique tête de femme en marbre, aux traits presque totalement effacés, et l'espace d'un instant Temple parut usée, elle aussi, par la famille impériale des Rennseler. Je me dirigeai vers la porte, avec Henderson à mes côtés et Temple sur mes talons. Brigid affichait une arrogance satisfaite, à présent que ses soupçons à mon égard se trouvaient confirmés. Je lui dis en passant :

— Vous me faites penser à ma sainte femme de mère.

— Ce sera tout, Brigid, fit Temple. (Quand la bonne fut partie, elle ajouta :) Je peux aller avec vous ? Quelque part ? N'importe où ?

— Venez, dit Henderson en lui prenant le bras.

Nous sortîmes ensemble dans la Quatre-vingtième rue. La soirée était douce, et les fleurs du jardin de Rennseler embaumaient l'air, que venaient à peine vicier les gaz des bus et autres poisons flottants.

— Je regrette d'avoir envenimé la situation, dis-je à Temple, mais vous ne devriez pas vous laisser malmener de cette façon. Est-ce que je travaille toujours pour vous ?

— Oui, toujours.

Henderson garda son bras sous celui de Temple. Laissant les deux jeunes femmes prendre de l'avance, je branchai mon récepteur de poche, qui capta un signal franc du stylo-émetteur que j'avais laissé dans le salon de Rennseler : « *C'est la dernière fois que je vous verse de l'argent, et je veux que vous me débarrassiez de ce privé... Il s'appelle McShane... Comment ça, le laisser faire ? Je veux qu'on lui barre la route* ». Il était au téléphone avec son avocat, ou quelqu'un de plus influent. L'entendant raccrocher rageusement, je rangeai mon récepteur et rattrapai Temple et Henderson. Les nuages bas absorbant les lumières de la ville donnaient au ciel nocturne une radiance argentée, et les silhouettes sombres des hautes tours d'habitation semblaient défiler devant ces nuages tels des géants trapus d'une autre planète. Un vent léger nous accueillit à la hauteur de Lexington Avenue. Je m'aperçus que nous passions devant l'ancienne résidence de Vincent Astor. La façade en travertin est remarquable, mais je me gardai de faire des commentaires sur le sujet. L'architecte d'Akhenaton l'aurait appréciée ; en revanche, cela n'intéressait pas Henderson, et Temple était trop déprimée.

Poursuivant jusqu'à la Troisième Avenue, nous entrâmes dans un bar.

— J'ai l'air d'une vraie loque, dit Temple, rajustant les épaules de sa veste en passant devant le miroir du bar.

Elle portait l'une de ses vestes amples en soie, et un chemisier à larges revers, que son oncle avait chiffonné. Henderson la conduisit jusqu'à une table, pendant que je passais un coup de fil à un type avec qui je travaillais régulièrement ; un spécialiste de la surveillance. Il était cher, et on ne louait ses services, en général, que pour les grosses affaires d'espionnage industriel. Mais à présent que dix millions de dollars étaient en jeu, il me semblait que nous pouvions nous offrir ses compétences. Bobby Booker était chez lui, à Harlem. Quand il répondit, j'entendis ses perroquets en fond sonore.

— *Ouais, c'est pour quoi* ?

— Bobby, c'est Jimmy.

— *Ah, salut. Attends que je fasse taire ces putains d'piafs. Vos gueules, bordel* ! (Les perroquets se calmèrent.) *Excuse-moi. Qu'est-ce qui t'amène* ?

— J'ai planqué un micro au numéro 170 de la Quatre-vingtième rue Est. Il est dans une pièce du rez-de-chaussée, face à la rue ; le signal sera donc net. Capte-le entre sept heures et minuit tous les soirs, jusqu'à ce que je te dise de laisser tomber.

Je raccrochai, puis je rejoignis Henderson et Temple à leur table. Celle-ci se trouvait sous un ventilateur de plafond qui tournait lentement. L'éclairage du ventilateur jetait des reflets sur les cheveux bruns, lisses et plaqués, de Temple. Elle pivota vers le miroir mural, près de nous, essayant toujours de rectifier sa tenue ; pour autant que je pouvais en juger, celle-ci était déjà impeccable, mais c'était sa propre image que Temple tentait de remettre en place. Détournant les yeux du miroir, elle me regarda.

— Pourquoi avez-vous interrogé Richard sur l'un de ses clients ?

— C'est votre oncle qui gère ses investissements.

— Et alors ?

— La commission des opérations de bourse a ouvert une enquête à son sujet. C'est confidentiel, mais ma courtière en renseignements a levé le lièvre. Votre oncle gère des portefeuilles selon le principe de la carte blanche ; il décide lui-même des ordres, sans avoir à consulter ses clients. Mais depuis un an, quand il achète des valeurs en leur nom, c'est son propre portefeuille qui en bénéficie. En d'autres termes, c'est lui qui empoche l'argent. Le client dont je parlais a fini par s'apercevoir du manège, et maintenant, c'est le système tout entier qui se retourne contre votre oncle. Il est remarquable qu'il ait pu pratiquer ses malversations pendant aussi longtemps, dans le cadre de l'une des professions les plus réglementées qui soient. Il commettait des faux en écriture, et rédigeait des relevés bidons. C'est un type plutôt brillant. (Je buvais un quelconque extrait de fruit pétillant. Sans la croisade d'Henderson pour me désintoxiquer, j'aurais commandé cocktail sur cocktail, me noircissant systématiquement. En présence de deux femmes, cela n'aurait pu que mal se terminer. J'examinai en transparence la bouteille d'extrait de fruit. Le verre teinté était d'un joli bleu pâle, la couleur de la vertu.) Voilà donc les dernières aventures d'oncle Richard.

J'attendais une réaction de la part de Temple, mais je ne vis rien. J'aurais aussi bien pu lui faire une conférence sur la vie des abeilles.

— Votre père a été assassiné à un moment où votre oncle a des ennuis. Je ne comprends pas ce qui s'est passé, mais ma devise a toujours été : quand on ne comprend pas, il faut chercher le mobile du côté du profit. (Je regardai passer l'ombre du ventilateur sur la chevelure de Temple.) Alors, quel bénéfice oncle Richard attend-il de la mort de votre père ?

— Il est sur son testament, bien sûr. Mon père et lui avaient des investissements communs, de diverses sortes. Les policiers étaient au courant. Pour eux, cela ne constituait pas un mobile, car oncle Richard est — ou était — à la tête d'une grosse fortune.

— Alors, que fait-on de lui ? Dois-je chercher des preuves ?

— Si c'est lui l'assassin, répondit Temple, je veux le savoir. (Elle se tut un moment, avant de reprendre :) Je fais des cauchemars au sujet de mon père. Dans mon rêve, il me supplie d'attraper son assassin. (Elle avait déchiré sa serviette en papier en petits morceaux, qu'elle s'efforçait de rassembler, comme les pièces d'un puzzle.) Il me dit de me rappeler Canopus. Canopus était un dieu du delta du Nil. Je possède quatre urnes canopiennes provenant du temple mortuaire de Ramses III. Elles ont contenu, autrefois, les entrailles momifiées du pharaon. Comme vous le savez, les entrailles de mon père... (Elle laissa sa phrase en suspens.) Je n'ai pas vu son corps. Quand ma mère m'a prévenue, la police l'avait déjà emmené. Mais dans mon rêve, je suis dans le salon avec lui. Il gît sur le sol, je le regarde, et il revient à la vie et commence à me parler. C'est terrifiant.

J'observais le visage de Temple, ses traits irréprochables qui passaient si vite de l'excitation à un manque total d'expression. Elle reprit :

— J'ai peur de ce Rex. Je suis certaine qu'il m'espionne.

— Oui, je pense que vous avez raison, il est aux aguets. Mais comme vous n'avez pas le sceptre, vous n'avez rien à craindre.

— Pourquoi me regardez-vous de cette façon ? Je vous ai dit que je ne l'avais pas.

— Excusez-moi. Je suis sur la case de la Duperie. Cela m'incite à penser que tout le monde me ment. Ce qui était certainement le cas pour oncle Richard.

Se tournant vers Henderson, Temple désigna d'un signe de tête la broche qu'elle avait épinglée à son col.

— Elle vous va très bien. Gardez-la, je vous en prie.

— Oh, mon Dieu, non, dit Henderson. Je ne pourrais pas.

— Si, je tiens à vous la donner.

Temple rectifia la position du bijou, le replaçant méticuleusement.

— Merci, fit Henderson. Je ne sais pas quoi dire de plus.

— Je sens que vous avez de l'affection pour moi. Et la broche a vraiment un effet bénéfique sur vous.

— Elle en aurait sur n'importe qui, dit Henderson.

— Non, c'est une question de compatibilité. Quand mes objets sont heureux, je le sais. Cette broche avait envie de se retrouver sur votre col.

Je sirotai mon eau gazeuse. Temple se frottait la lèvre avec le bord de son verre, comme elle l'avait fait plus tôt avec sa main, d'un mouvement de va-et-vient nerveux.

— Nous avons une maison à Fire Island, qui est presque toujours vide. Si l'un de vous deux veut aller y passer un week-end, dites-le-moi.

Elle avait besoin de tendre la main, de donner aux autres. Elle était bien, selon ses propres termes, le fromage qui restait tout seul, et cela la minait. Je me demandai si elle ne finirait pas par faire cadeau de toute sa boutique, un jour ou l'autre. C'était peut-être la question qui tracassait Helen et Mlle Groome. Elle descendit son second scotch dès qu'il lui fut servi, et reposa le verre vide avec un sourire.

— Qu'elles aillent toutes se faire foutre, pas vrai ?

— Qui ? demandai-je.

— Toutes les grandes dames. Les amies de ma mère. Je me suis plusieurs fois couverte de honte en leur présence. C'est pratiquement le seul plaisir que j'aie jamais eu dans la vie.

Je savais qu'elle ne plaisantait pas, mais il est difficile d'admettre que des femmes riches et belles puissent souffrir aussi ; on ne les imagine pas aux prises avec des problèmes plus graves que leur coiffure ou leur maquillage. J'avais l'impression, comme tous les imbéciles depuis la nuit des temps, qu'elle n'avait besoin de rien de plus que ma compagnie. Mais quand ses yeux d'un bleu étrange se posèrent sur moi, je découvris la douloureuse profondeur de sa solitude. Lisant mes pensées, elle me dit :

— La seule chose vraiment suicidaire que je fasse encore ces temps-ci est de garder le contact avec ma mère.

— Rompez les ponts.

— Je ne pourrais jamais !

Elle me parut soudain un peu collet monté, et très semblable à sa mère. Elle repoussa son verre vide.

— Je crois que je ferais mieux de rentrer. Richard doit m'attendre, qu'il soit ou non… (Elle se leva.)… l'assassin de mon père.

Je me levai à mon tour.

— Temple, votre oncle vous avait-il brutalisée avant aujourd'hui ?

— Non. Nous avons toujours été très proches.

Quand j'étais petite, il m'emmenait au musée tous les dimanches.

Elle se tourna de nouveau vers le miroir mural ; la glace était recouverte d'un entrelacs de fils d'or qui provoquait une légère fragmentation de son image, et cela me mit mal à l'aise.

Je sortis de ma poche un document sorti d'une imprimante d'ordinateur.

— Voici un compte rendu du style de vie d'oncle Richard. Il dépense un million de dollars par an pour son hôtel particulier et sa maison de Martha's Vineyard ; les études de ses enfants, aux universités de Yale et d'Hotchkiss, lui coûtent deux cent mille dollars par an. Ses cotisations et ses notes au Racquet Club, au Brook Club et au Piping Rock Club représentent aussi deux cent mille dollars. Il possède une vedette de cent mille dollars ancrée à la marina de la Soixante-douzième rue, et toutes ces petites dépenses finissent par faire un chiffre. À présent, il n'a plus la licence qui lui permettait d'acheter des actions des Centrales Électriques de Chine à quatre dollars pièce et de les revendre à six. Peut-être pense-t-il à tuer quelqu'un. Réfléchissez à la question.

— D'accord, j'y réfléchirai.

— Votre père aimait les cachettes secrètes. Voici un inventaire de ses coffres de dépôt.

Temple parcourut la liste des yeux, puis me regarda de nouveau, stupéfaite.

— Comment les avez-vous découverts ?

— C'est ma courtière en renseignements qui les a dénichés.

— Je suis très impressionnée.

— Pourquoi ?

— Il y en a deux dont j'ignorais l'existence.

— Vous devriez aller voir ce qu'ils contiennent. Il me semble que vous pourriez y trouver de l'argent. Ou même un sceptre en or.

— Peut-être avez-vous déjà mérité vos honoraires.

Elle nous regarda comme si elle avait envie de nous serrer dans ses bras, et je m'en voulus de ne pas faire la moitié du chemin vers elle, car l'instant d'après, elle nous tournait brusquement le dos et sortait. Je la suivis des yeux ; elle retrouvait l'asphalte et les lumières de l'avenue. Le vent dérangea ses cheveux lisses. D'un geste impatient, elle les remit en place. Elle traversait la rue, à présent, devant une rangée de voitures attendant le feu vert, et dont les phares donnaient à son visage le masque froid et blafard d'une photographie en noir et blanc. Elle atteignit l'angle opposé, où elle se retourna pour regarder dans notre direction, comme si elle regrettait de ne pas finir sa soirée avec nous. Elle se trouvait au pied d'un immeuble d'acier bruni et de verre sombre. La silhouette de Temple se détacha momentanément devant cette façade anonyme, avec l'agressivité d'une illustration publicitaire. C'était la personne la plus solitaire que j'eusse jamais rencontrée, prisonnière d'un isolement qui semblait impénétrable. Elle finit par faire demi-tour, et repartit chez un oncle qui venait de la brutaliser. Pourquoi était-elle si attachée à une famille qui se montrait cruelle envers elle ? Henderson et moi aurions été heureux de passer la soirée avec elle, et je savais qu'elle nous aimait bien. Au lieu de quoi elle retournait chez Richard Rennseler. Était-ce un personnage si agréable ? Je demandai à Henderson ce qu'elle pensait de lui.

— Tout le temps où je suis restée là-bas, il m'a déshabillée du regard.

— Tout comme moi.

— Non ; toi, c'est différent. Tu me regardes avec un air de chien battu, ce qui est presque touchant. Mais M. Richard Rennseler est un satyre.

— Dans quel genre ?

— Un satyre visqueux. J'ai senti sa verge ectoplasmique me sonder dans mon intimité.

Je repoussai mon chapeau en arrière. Ça, c'était nouveau.

— Une queue immatérielle ?

— Les femmes qui ont une perception sensorielle développée en ont déjà fait l'expérience.

— Je ne suis pas né d'hier, Henderson, mais c'est la première fois que j'en entends parler.

— Eh bien, maintenant, tu es au courant.

— Henderson, si jamais tu sens ma verge ectoplasmique te sonder, je veux que tu me le dises.

— Cela n'arrivera jamais, Jimmy. Tu es un gentleman.

— Je ne pourrais peut-être pas l'en empêcher.

— Si, justement, et c'est toute la différence. Un homme est un satyre ou il n'en est pas un. Richard Rennseler en est un. Il prend plaisir à mettre les femmes mal à l'aise. Il n'est pas assez évolué pour sentir le moment où sa verge ectoplasmique sort de lui, mais il en tire une sensation qui lui plaît. Et il en tirait beaucoup, ce soir, dans son salon. J'avais envie de hurler.

Je commandai un autre extrait de fruit à l'eau gazeuse. Il me semblait que j'en avais besoin, à présent.

— Que se passe-t-il quand tu marches dans la rue, et que des types te regardent ?

— Si l'un d'entre eux est un satyre, je sens son ectoplasme m'explorer les fesses.

— À quelle distance ?

— De très loin.

— Il n'existe aucune défense contre ça ?

— Pas que je sache. J'aimerais bien, pourtant.

Henderson me sonda du regard, pour savoir si je partageais ses vues sur ce délicat sujet des rapports entre les sexes. Son fard à paupières était légèrement irisé, et j'étais assez près pour voir les délicats dégradés de couleurs qu'elle avait réalisés. C'était sur cela que je me concentrais, cette teinte subtile autour de ses yeux, plutôt que sur la faible distance séparant sa jambe de la mienne. La dernière chose au monde que j'aurais souhaitée, c'était que ma queue immatérielle se fasse remarquer pendant que nous étions en parfaite communion de pensée.

— Donc, Richard Rennseler est un satyre. Cela en fait-il l'assassin de son frère ?

— Je suis sûre que c'est lui. Tu as vu à quel point il est violent.

— Hier, tu étais persuadée que c'était la veuve.

— Ma foi, ils s'y sont peut-être mis à deux. À moins qu'il soit complice avec ce fameux Rex. Jimmy, on peut sortir d'ici ? J'ai envie de purifier mon aura avec un peu d'air d'été.

Je posai deux billets sur l'addition, notai le montant dans mon carnet de comptes, et me dirigeai vers la porte en compagnie d'Henderson. Dehors, un vent tiède nous accueillit ; sous nos pieds, le béton restituait la chaleur accumulée pendant la journée. Nous nous promenâmes un moment, passant devant les hôtels particuliers rouge rosé de style Georgien, avec leurs façades convexes et leurs grilles en fer, puis, en allant vers la Deuxième Avenue, devant le Boccace, le restaurant où Irwin « Gros Lard » Schiff s'était fait tirer deux balles dans la tête par un tueur anonyme, après avoir avalé son dessert et balancé quelques chèques en bois à la Mafia. Au moins, il avait eu le temps de prendre le dessert. Je ne mentionnai pas l'anecdote à Henderson, car elle purifiait son aura.

— Alors, lui demandai-je, qu'est-ce que tu penses de Temple ?

— Eh bien, il faudrait que j'examine sa langue.

— Mais sans examiner sa langue ?

— Son foie est surmené. Et pas seulement parce qu'elle boit trop, mais à cause de sa colère rentrée. Si oncle Richard m'avait secouée comme il a secoué Temple, je lui aurais défoncé le crâne. Tu étais derrière elle quand il l'a agrippée, tu ne voyais pas son visage. J'ai cru que sa tête allait exploser, si forte était la vague de rage rentrée qui l'a traversée. Son front a subi une telle pression que les pariétaux ont vraiment bougé. C'est l'un des spectacles les plus tristes que j'aie jamais vus. Les gens comme Temple ne vivent pas vieux.

— Est-ce que je dois craindre qu'elle tente de se suicider ?

— Pas pour le moment. Elle veut d'abord découvrir qui a tué son père. (Henderson fit tourner son petit sac au bout de sa bride.) Le problème, c'est qu'elle est du genre caméléon, en perpétuel changement, essayant sans cesse de se fondre dans la masse. Les caméléons tentent toujours d'être tout pour tout le monde. Temple n'est sans doute jamais aussi heureuse que lorsqu'elle est épuisée, parce qu'elle n'a plus, alors, assez d'énergie pour jouer les caméléons. C'est le moment où elle est vraiment elle-même, mais aussi celui où elle dort déjà, ou presque.

Nous retournâmes à la voiture. En chemin, j'examinai les immeubles à la recherche d'autocollants de systèmes de sécurité, comme les gosses qui comptent les plaques d'immatriculation : Holmes, TAC, Central Station... Henderson reprit :

— C'est le genre de femme qui ferait n'importe quoi pour nouer des liens avec quelqu'un. Il y a probablement des années qu'elle rampe devant sa famille. Tu as remarqué à quel point elle a été choquée que tu lui suggères de couper les ponts avec sa mère. Je suis sûre qu'elles se chamaillent sans arrêt, mais aussi qu'elles ne se sont jamais dit leurs quatre vérités en face. (Henderson me planta son index dans le dos.) Redresse-toi !

J'obéis. Elle m'expliqua :

— Parfois, j'ai envie d'aborder les gens dans la rue et de leur remettre les vertèbres en place. Ils vivraient tellement mieux ensuite...

Je trouvai ma voiture et j'y fis monter Henderson. Je pris un cure-dent à la menthe dans la boîte à gants et le coinçai entre mes mâchoires. Puis, par habitude, j'enfonçai l'allume-cigare. Quand il ressortit de son logement, je le pris machinalement.

— Tu as déjà essayé de fumer un cure-dent ?

— La cigarette te manque toujours ?

— Seulement quand je respire.

Glissant la Shadow dans le flot de la circulation, je pris la direction de l'ouest.

— Ce qui me ferait vraiment plaisir, dit Henderson, c'est qu'un homme me brosse les cheveux dix minutes tous les soirs pendant que je lui raconte ma journée.

— Cela ne me paraît pas une mission trop difficile.

— Mais il faudrait qu'il m'écoute vraiment, au lieu de simplement penser à faire l'amour.

— Donne-moi la brosse. Je suis prêt.

— Ce que je veux dire, c'est qu'il faudrait qu'il soit réellement attentif. S'il faisait seulement semblant de m'écouter en attendant que les préliminaires commencent, ce ne serait pas quelqu'un de responsable.

— Les hommes n'aiment pas les responsabilités, Henderson.

— Je regrette, mais c'est la règle du jeu. (Je sentis qu'elle m'examinait. Elle ajouta :) Tu es solide comme un roc, je le sais.

— Merci.

— Et les hommes sur qui on peut compter sont rares.

— Continue, continue…

— Mais l'agressivité de ton foie me fait peur.

— Il n'y a pas que le foie dans la vie.

— Je te soupçonne de ne pas pouvoir te passer de la violence.

— Si on cherche à me posséder, j'ai des envies de meurtre. Tu trouves ça violent, comme réaction ?

— Quand tu as agrippé le poignet de Richard Rennseler, j'ai vu tout ce qu'il y avait de rage en toi. C'est pour ça que nous devons *absolument* faire quelque chose pour ton foie. Dans l'état où tu es, tu me fais trop peur pour que j'envisage une idylle avec toi. Même si tu me brossais les cheveux en m'écoutant te raconter ma journée, je sentirais toujours ta brutalité rôder derrière moi.

— La brutalité est partout. Tu vois cette BMW qui roule devant nous ? C'est la voiture d'un revendeur de drogue.

Plissant les paupières, Henderson examina la voiture, pour essayer d'apercevoir le conducteur à travers la lunette arrière.

— Non, tu ne regardes pas au bon endroit. Regarde le coffre. Il y a un impact de balle dans la tôle. Une BMW trouée par une balle, c'est une voiture de revendeur de drogue.

Mais Henderson ne s'intéressait plus à la drogue, ni à mon foie. Elle caressait la broche antique de Shou et de Tefnout, sur son col.

— Ce cadeau de Temple. C'était un geste tellement étrange, et d'une générosité si exagérée... (Henderson abaissa le miroir fixé au pare-soleil pour regarder la broche.) Je crois que c'est elle qui se trouve sur la case de la Duperie. Elle se dupe elle-même, d'une façon ou d'une autre. J'aimerais savoir comment. C'est bizarre, mais quand elle m'a donné ce bijou, je me suis dit : voilà la réponse. Elle te donne la réponse. (Henderson examina la broche dans le miroir.) Voilà la clé de Temple, je serais prête à le parier.

— Elle vous attend, m'annonça Mlle Groome.

Installée derrière son bureau, elle avait autant de présence qu'une tablette cunéiforme, comme si elle avait été sculptée dans la pierre et passée au four. Tommy Rennseler l'avait sans doute engagée précisément pour cette qualité. Mlle Groome était parfaite pour le commerce des antiquités ; jamais il ne vous viendrait à l'idée de mettre sa parole en doute quand il s'agissait d'authentifier un objet, parce qu'elle donnait l'impression d'avoir été exhumée en même temps que lui. Mais elle était susceptible, et je l'avais prise à rebrousse-poil.

— Et comment allez-vous aujourd'hui, Mlle Groome ? Tout se passe comme vous l'entendez ?

— Je vais bien, merci.

Mon intrusion ne représentait rien de plus, pour elle, qu'une irritation passagère, comme celle que l'on ressent à cause d'une poussière dans l'œil — et dont on se débarrasse de la même façon, en clignant les paupières. Les détectives privés, s'était-elle dit avec juste raison, ne sont que de passage, alors que pour sa part, elle était la maîtresse de la chambre du pharaon. Cette boutique allait finir par lui appartenir.

J'empruntai le couloir, passant devant une rangée de masques en terre cuite, dont les visages m'adressaient des sourires narquois par-delà leurs rêves anciens. Il n'était pas difficile d'imaginer un moule en terre cuite du visage de Mlle Groome, accroché au mur avec les autres. Je frappai à la porte du bureau avant d'entrer. Temple était assise à sa table de travail. Les yeux cernés, elle paraissait vidée. Surprenant mon regard, elle m'expliqua :

— Je me suis noircie avec oncle Richard hier soir. Il m'a présenté ses excuses pour m'avoir brutalisée, et il a versé des larmes amères sur ses ennuis d'argent. Ma famille est supportable quand nous sommes tous soûls. (Ouvrant le tiroir de son bureau, elle en sortit un agenda.) Ceci appartenait à mon père. Je l'ai déniché dans l'appartement, quand oncle Richard est tombé ivre mort. J'étais bien mûre, moi aussi, mais encore assez consciente pour fouiller son bureau. J'ai pensé que c'était ce que vous m'auriez demandé de faire. C'est pour ça que je suis retournée chez lui. Il avait plusieurs objets appartenant à mon père, je ne sais pas pourquoi.

L'agenda était vierge, à part certains jours marqués des initiales C.B., suivies d'un chiffre à trois zéros.

— Qui est C.B. ?

— Charles Brand. C'était un client de mon père.

— Ces chiffres doivent être des sommes en dollars.

— Oui, dit-elle, sa voix indiquant qu'elle était parvenue, à regret, à la même conclusion.

Je feuilletai l'agenda de nouveau.

— Le total atteint deux cent mille dollars. C'est donc de l'argent qui a changé de mains. Nous ne savons pas dans quel sens.

— Si. Je le sais.

Elle avait hésité un instant avant de le dire, et son regard exprimait à présent la plus grande prudence. Se levant de son fauteuil, elle s'approcha d'une haute plante grasse qui déployait ses branches dans un angle de la pièce, comme une divinité tropicale aux bras noueux et multiples. Temple caressa les feuilles caoutchouteuses. Sa nuit de libations n'avait pas laissé de traces sur sa tenue vestimentaire. Son ensemble en lin, qu'elle aurait dû froisser en restant longtemps assise, était impeccable. Elle maîtrisait son corps de telle façon qu'elle pouvait s'asseoir sans rien friper. Comparé au sien, mon costume semblait fait en papier d'alu usagé. Ses cheveux, séparés par une raie austère, brillaient dans le faisceau lumineux du spot braqué sur la plante grasse. Elle se retourna vers moi.

— J'ai ouvert les coffres que vous avez découverts. Ils contenaient deux cent mille dollars en liquide. Si je n'avais pas un tel mal de tête, je vous gratifierais d'un sourire de reconnaissance.

— Qu'est-ce qui vous fait croire qu'il s'agit de la somme inscrite dans cet agenda ?

Elle regagna son fauteuil, derrière le bureau.

— Charles Brand a probablement acheté à mon père des objets qui n'ont jamais figuré dans nos livres de comptes.

— Hors taxes.

— Oui. (Elle sortit un autre carnet de son bureau

et l'ouvrit.) Mon agenda personnel indique que ces jours-là, mon père a déjeuné avec Charles Brand.

Je regardai son agenda par-dessus son épaule. Son écriture était minuscule, précise, presque calligraphique. Chaque créneau d'un quart d'heure comportait une inscription, pour la plupart des instructions d'une précision maniaque destinées à elle-même : *9.15 — commander des fleurs. 9.30 — appeler le Musée de Newark. 9.45 — ouvrir les caisses arrivées de Londres.* L'agenda présentait une autre particularité : en plusieurs endroits, l'écriture penchait vers la gauche et non vers la droite.

— Quelqu'un d'autre que vous remplit les pages de votre agenda ?

Elle parut déconcertée, jusqu'à ce que je lui montre les lettres inclinées vers la gauche. Puis elle sourit, m'expliquant :

— Je sais écrire des deux mains. Depuis toujours. J'étais gauchère de naissance, mais ma mère a insisté pour que je devienne droitière. Quelle délicate attention de sa part ! Elle estimait qu'être gaucher constitue un handicap. J'ai donc appris à écrire des deux mains. C'est l'une des raisons pour lesquelles j'ai imaginé que j'avais un jumeau. C'est lui qui est gaucher. Et il mène une vie très différente de la mienne.

— En quoi est-elle différente ?

— Elle est plus aventureuse. Et mon jumeau se défend mieux que moi. Il n'a pas peur de ma mère.

— Contrairement à vous ?

— Je crois ma mère capable de…

Elle laissa sa phrase en suspens.

— De meurtre ?

— Ma mère n'a aucun sens moral. Cela ne veut pas dire qu'elle pourrait tuer quelqu'un.

— Revenons-en à nos deux cent mille dollars. Vous pensez que votre père a vendu des objets à Charles Brand sous le manteau ?

— Oui, mais ils ne provenaient pas de notre magasin. C'est moi qui tiens l'inventaire, et rien ne peut être perdu, ni déplacé, et encore moins vendu sans que je le sache.

— Votre père aurait-il pu vendre à Brand des pièces de sa collection personnelle ?

— Je connais les objets qui appartenaient à mon père. Je les connais depuis mon enfance. Je jouais même avec, en prenant beaucoup de précautions. J'avais une statue de Callisto sur ma table de nuit quand j'avais cinq ans, et je l'ai toujours, parce que mon père n'aurait jamais vendu les objets qu'il aimait. Ils faisaient partie de notre vie, comme de vieux amis. (Temple observa une pause, avant d'ajouter :) Ils m'ont mieux traitée que mes vrais amis.

— Comment cela ?

— Les statues sont patientes. Elles attendent.

— Elles attendent quoi ?

— Que nous parvenions à les égaler. Elles veulent nous voir acquérir la sagesse qui est la leur. Et même quand on leur arrache la tête, elles n'en veulent à personne.

— Vous avez déjà arraché des têtes ?

— J'ai fait tomber Callisto. Je n'avais que sept ans. J'ai eu un cauchemar, et j'ai renversé la statuette dans mon sommeil. Ma mère était furieuse, mais Callisto m'a pardonné. Quand elle est revenue, après avoir été réparée, elle ne m'a jamais accusée. (Temple sourit.) Cela vous paraît absurde ?

— Je parle à mon lézard. Il pourrait aussi bien être une statuette. Alors, à quoi correspondent ces deux cent mille dollars ?

Temple rangea les deux agendas, se tourna vers son ordinateur, et fit apparaître le compte de Charles Brand.

— Voilà ce que Brand nous a acheté, en toute légalité : un collier romain — une chaîne de médaillons en or représentant une déesse-enfant. (Son ongle toucha l'écran luminescent.) Mais c'était il y a deux ans. (Elle fit défiler la description de l'article, pour arriver à l'achat suivant.) Voici le seul autre objet qu'il nous ait acheté, une pièce de valeur : une statue de la même déesse. Et cela remonte presque à trois ans. Apparemment, mon père lui a vendu d'autres objets plus récemment, mais ils n'ont jamais été répertoriés par l'ordinateur. Je n'ai pas la moindre idée de leur nature.

Temple fit pivoter sa chaise dans l'autre sens ; son visage exprimait la déception que lui causait ce père adulé dont certaines transactions avec Brand ne figuraient nulle part dans les archives de la société.

Je m'assis près d'elle, dans un fauteuil aux accoudoirs en forme de lions accroupis, sur lesquels je posai les mains. Ce fauteuil connaissait les secrets de Tommy Rennseler, comme le connaissaient toutes les statues de la pièce, mais leurs esprits de pierre regorgeaient de secrets : ceux de tous leurs propriétaires. Que leur importait un secret de plus ? Pourquoi se donner la peine de briser le silence des siècles ?

— Nous savons donc maintenant avec certitude que votre père vendait des objets dont vous ignoriez l'existence. Je me demande si Rex n'était pas son associé occulte, quelqu'un qui s'occupait des transactions frauduleuses.

— C'est possible. (Ses yeux allèrent se poser sur le masque d'un acteur romain accroché au mur. Les orbites noires et vides n'exprimaient rien.) Quand j'y pense, ce Rex pouvait très bien organiser des ventes illicites depuis des années. Mais je ne sais plus où j'en suis. Les seuls éléments que je possède sont ceux que me donne cet ordinateur.

Se tournant de nouveau vers son clavier, elle frappa la touche « Impression ». L'imprimante restitua les renseignements que Temple possédait sur Brand, et je pris le document.

— Vous avez autre chose pour moi ?

— Rien de vraiment utile.

— Pouvez-vous m'en dire plus sur le sceptre d'Akhenaton ?

— C'est l'œuvre du sculpteur qui a créé le buste de Nefertiti. Cela suffit à le rendre inestimable. La finesse des détails, sur le sceptre, est censée être de toute beauté. Il montrait Akhenaton et son épouse prépubère, qui était aussi sa fille.

— Il a épousé sa fille ?

— Pour préserver sa lignée. C'était politiquement nécessaire. Sinon, le pharaon aurait pu perdre le pouvoir.

— Voilà ce que j'appelle un monstre de la politique. Ou peut-être un monstre tout court.

— Il faut considérer ces coutumes dans le contexte de leur époque.

— Ils sautaient leurs filles et déifiaient les crocodiles. Vous parlez d'un contexte.

— Si vous déifiez les crocodiles, vous ne risquez pas d'en faire des sacs à main et d'exterminer l'espèce. Ne jugez pas les Anciens trop sévèrement.

Elle ouvrit son agenda, et je la regardai écrire mon nom dans le créneau du quart d'heure qui venait de s'écouler.

— Eh bien, dis-je, vous saurez que j'étais là.

Elle leva les yeux, et parut surprise de constater que j'étais effectivement présent.

*
* *

Puce se heurta à un mur en se branchant sur la Banque municipale de Ridgefield, dans le Connecticut, qui gérait les comptes de Charles Brand. Elle m'avertit qu'il lui faudrait peut-être vingt-quatre heures pour trouver le mot de passe. Je n'avais pas envie d'attendre. Je fis donc une petite incursion dans le comté de Fairfield, le comté le plus riche par habitant de tous les États-Unis. Sur la route 33, je longeai vingt kilomètres de manoirs pseudo-classiques, certains de taille raisonnable, d'autres démesurés, dont l'un avait des drapeaux rouges dans la cour pour les invités arrivant dans un hélicoptère de location. J'entrai dans la ville avec ma modeste Shadow et me garai devant un vendeur de hot-dogs dont le menu était en français. Pour deux dollars, je m'offris *Le Hot Dog Choucroute Alsacienne Suprême*. Puis je me rendis à pied à la banque, muni de ma mallette, dont les charnières ont la particularité de dissimuler des objectifs de caméra vidéo. Je portais un costume mal coupé que je garde pour ce genre d'occasions, quand je veux me faire passer pour un inspecteur fédéral mal payé. Je franchis la porte d'entrée en traînant les pieds, de la démarche d'un fonctionnaire fatigué et légèrement à cran. Quelqu'un qui a servi comme sergent dans l'armée de l'air peut prendre l'air mauvais sans trop forcer. Je me dirigeai vers la première secrétaire qui porta les yeux sur moi et je sortis mon portefeuille de flic en cuir noir.

— Enquête officielle, annonçai-je, brandissant le rectangle plastifié de huit centimètres sur treize qu'est ma licence de détective, juste assez longtemps pour qu'elle y voie ma photo, et les mots *Département d'État* en grosses lettres au beau milieu.

— Je dois examiner le compte de Charles Brand. Informez-en votre patron.

Je frappai ma paume avec ma licence et refermai mon portefeuille d'un coup sec. La secrétaire cligna des yeux, à moitié endormie. C'était le milieu de l'après-midi, elle était fatiguée, l'air était à peine respirable, et je surgissais devant elle comme la Mort armée de sa faux.

— Un moment, je vous prie.

Elle entra dans le bureau du directeur, et annonça que j'étais envoyé par le gouvernement. Le directeur lança un coup d'œil dans ma direction, et je le regardai à mon tour d'un air qui voulait dire : Oui, je suis un de ces salauds de contrôleurs fédéraux, et si tu ne te montres pas coopératif, c'est *toi* que je viendrai contrôler la prochaine fois.

En très peu de temps, j'obtins ce que j'étais venu chercher. Brand avait retiré de grosses sommes en liquide à chacune des dates où son nom figurait dans l'agenda de Tommy Rennseler.

*
* *

Henderson était assise dans mon bureau, à la fin de la journée, vêtue d'une robe courte de couleur rouge ; elle disait qu'elle avait eu besoin de porter du rouge, aujourd'hui, pour stimuler sa chakra primordiale. Moi aussi, je sentais ma chakra primordiale stimulée par sa robe rouge.

Le jeu des Trente était posé entre nous, son bois ancien, fendillé, contrastant avec le vernis lisse de mon bureau. Henderson lança les dés et déplaça son pion.

— Dis-moi, demanda-t-elle, que signifie cette case ?

— Elle s'appelle « L'enfant est protégé ». C'est la case de Bès, le dieu qui veille sur les enfants.

La voix de Ranouka jaillit de l'interphone.

— *Le sergent Manning pour vous.*

Je décrochai.

— John ? Qu'est-ce que tu as trouvé ?

— *J'ai parlé à la police de Ridgefield. Il y a une famille, là-bas, qui a porté plainte contre ton Charles Brand. Ces gens-là prétendent qu'il a fait des propositions malhonnêtes à leur fillette de sept ans.*

— Brand serait un violeur de petites filles ?

— *La plainte n'a jamais abouti. Le commissaire de Ridgefield m'a dit que Brand leur paraissait coupable. Il pense que Brand a dédommagé les parents. Il est bourré de fric.*

— Rien d'autre ?

— *Tu n'as pas oublié de prendre ton sérum de macho, aujourd'hui* ?

— Je n'oublie jamais.

— *Bon, il faut que je parte, quelqu'un vient de se faire assassiner.*

La communication fut coupée, et je me tournai vers Henderson. Contemplant les pièces posées sur le plateau, elle me dit :

— Ce jeu est *vraiment* en prise directe avec nous.

— Brand collectionne les œuvres d'art représentant des enfants. Maintenant, nous savons pourquoi.

— Dans mon cours de psychologie clinique, on nous a appris qu'un homme sur dix était pédophile. Ce jour-là, j'ai regardé tous les hommes présents dans la salle, et je me suis dit : Lui, lui, et lui. (Henderson se leva et se mit à faire les cent pas sur mon tapis 1920, suivant les lignes géométriques dans ses ballerines rouges.) Si Charles Brand versait à Tommy Rennseler de grosses sommes d'argent, en échange de quelque chose dont nous ignorons tout... (Henderson virevolta, les mains sur les hanches.)... ce qu'il achetait, c'était peut-être *des enfants.*

— Tommy Rennseler lui vendait des statues d'enfants, mais il ne faisait pas le commerce des gosses en chair et en os.

— Bon, d'accord. Le chantage, alors.

— Mais pourquoi le chantage ?

Henderson revint vers le bureau et se mit à jouer avec les dés en os, les faisant rouler dans sa main.

— Rennseler a peut-être découvert le honteux secret de Brand. Supposons que Brand ait eu des remords de conscience, et qu'il lui ait tout avoué un jour. Tommy Rennseler était un gentleman si parfait, si discret. Brand aurait pu se confier à lui.

— Ou il aurait pu vendre la mèche.

— D'une façon ou d'une autre, une fois que Tommy Rennseler connaissait le secret de Brand, il était en mesure de l'exploiter. Mes idées se bousculent, il faut que je les freine un peu. (Henderson jeta un regard dans le terrarium.) Ce lézard n'est pas nourri convenablement.

— Je viens de lui donner un morceau de cheeseburger.

— Le cheeseburger n'est pas une nourriture convenable pour un lézard.

— S'il n'aimait pas ça, il n'en mangerait pas. Tu as déjà essayé de forcer un lézard à manger du cheeseburger ?

— Pourquoi ne lui donnes-tu pas des légumes ? Les iguanes sont strictement végétariens.

— Ce n'est pas un iguane. C'est un agame arlequin. Quand il se met en colère, sa gorge devient rouge. Comme la mienne.

— Est-ce qu'il fait assez chaud pour lui, là-dedans ?

— Sa pierre est chauffée.

Henderson contourna mon fauteuil et baissa la tête, afin de se trouver nez à nez avec l'arlequin.

— Le système respiratoire et circulatoire des

lézards est imparfait, dit-elle, fouillant dans le capharnaüm de ses souvenirs quasi photographiques. Ils ont juste assez d'oxygène pour ravitailler leurs tissus et entretenir le processus de la combustion des aliments, ce qui veut dire qu'ils ne peuvent élever leur température corporelle que de quelques degrés seulement.

— C'est un brave lézard.

— Ils ont au sommet du crâne une structure semblable à celle de l'œil. Un troisième œil. Tu ne trouves pas ça intéressant ?

J'observai mon lézard. Il me regardait d'un œil, et regardait Henderson de l'autre. Quant à savoir sur quoi était braqué son troisième œil, toutes les hypothèses étaient permises, mais le lézard ne disait rien.

Saul Feldman passa à Henderson un collier ras de cou en saphirs et diamants, le posa sur son chemisier de soie bleue, et l'agrafa.

— Le plus beau bijou du magasin. C'est doux, c'est aussi confortable qu'une écharpe, mais c'est d'une élégance extraordinairement discrète. Tu ne trouveras jamais ce genre de chose au cou de la femme d'un nouveau riche ; seules les grandes dames en portent.

Henderson se regarda dans le miroir du comptoir, effleurant le bijou du bout des doigts. Saul hochait la tête d'un air approbateur.

— C'est magnifique. Tout ce que je touche ici est magnifique, mais ce collier est encore plus splendide que le reste. Jimmy, qu'est-ce que tu en penses ?

— J'aimerais pouvoir te l'acheter.

— L'acheter ? fit Saul. Pourquoi l'acheter ? Tu en as besoin, tu l'empruntes, et tu en réponds sur ta vie. Je t'en supplie, Jimmy, dis-moi que tu es prêt à risquer ta vie pour lui ; s'il devait lui arriver quelque chose, mes enfants ne pourraient pas aller à l'université et devenir médecins.

— Ne t'inquiète pas, Saul.

— Je ne m'inquiète pas, je fais toujours cette tête-là. Bon, il faut qu'on donne aussi un bracelet à Henderson. (Il plongea la main dans sa vitrine d'exposition.) Tiens, j'ai vendu le même au sultan de Brunei.

Henderson glissa le bracelet à son poignet et tendit le bras.

— Je l'adore.

— Bien sûr que vous l'adorez, je n'ai que du premier choix, bien que j'aie quelques articles de second choix aussi. J'ai même quelques diamants qui sont carrément du toc. Mais on ne dit pas du toc, on dit : du cristal autrichien de première qualité. Ce bracelet, en revanche, est vendu dans un coffret scellé, avec un certificat sur microfilm à l'intérieur ; il n'est pas possible de remplacer les pierres d'origine par d'autres de qualité inférieure. Tu veux le microfilm, Jimmy ?

— Garde-le, Saul.

— Elle va jouer le rôle d'une femme mariée, il lui faut une alliance. (Saul brandit un anneau large constellé de diamants.) En provenance directe du Botswana. (Henderson le glissa à son doigt. De l'autre côté du comptoir, Saul croisa les mains sur sa petite bedaine et lui adressa un sourire.) Ces bijoux n'ont jamais paru aussi beaux. N'oublie pas de prendre une photo, Jimmy. Au flash, pour faire ressortir l'éclat des pierres. Ce sont des diamants irréprochables, de couleur pure, sans inclusions.

— Saul, je te remercie pour tout ce que tu fais.

— Ce type que vous allez voir… S'il sait reconnaître la qualité, il verra que ce n'est pas du cristal autrichien.

— C'est un collectionneur d'œuvres d'art.

— Alors, il comprendra tout de suite. Il le sentira. (Saul replongea dans sa vitrine.) On va lui faire porter une Piaget aussi. Celle-ci a quatre diamants discrets, mais ravissants sur le bracelet, et le nom Piaget ressort nettement, en grosses lettres, sur le cadran. Mettez ça, Henderson, et dites-moi l'heure qu'il est.

Posant la montre sur son poignet, Henderson réunit les deux parties du bracelet grâce au fermoir incrusté.

— Est-ce que je serai encore quelqu'un de vivable après tout ce luxe ?

— Je dis toujours à mes clients : les diamants vous rendent meilleur. Bon, vous feriez mieux de partir, maintenant, si vous allez dans le Connecticut en voiture. Mais laissez-moi vous emballer tout ça, vous n'allez pas sortir d'ici en les portant sur vous. (Saul rangea les bijoux dans des écrins, qu'il mit dans un petit sac en plastique d'aspect minable. Il le tendit à Henderson.) Voilà. On dirait que vous transportez de la camelote, non ? Mais en fait, c'est le cœur de Saul Feldman que vous avez entre les mains.

*
* *

Nous arrivâmes au village de Ridgefield dans une Mercedes de location. Henderson fit la grimace en voyant le salon de beauté local.

— Mortel. C'est dans les vieilles familles riches

qu'on trouve certaines des femmes les plus mal coiffées d'Amérique.

Elle arrangeait son collier, et un rayon de soleil faisait étinceler les diamants et les saphirs autour de son cou. Sur le siège arrière, enveloppée dans plusieurs couches de rembourrage antichocs, je transportais une figurine chinoise en porcelaine provenant du magasin de Temple. Elle représentait une enfant de six ou sept ans, et datait des environs de l'année 618. Le vernis, d'une grande délicatesse, permettait au visage de l'enfant d'irradier une teinte pâle et pleine de douceur. Une robe bleue aux plis amples drapait son corps prépubère. C'était un véritable rêve de pédophile.

La rue principale, bordée d'arbres, était paisible. Des bancs de bois agrémentaient les trottoirs, le long desquels étaient garés d'antiques breaks à armature extérieure en frêne, soigneusement entretenus par des propriétaires conservateurs. Il y avait un parc, une bibliothèque, et une caisse d'épargne municipale.

— Voilà une femme qui est tombée de cheval quand elle était jeune. (Henderson désignait une vieille dame qui marchait dans la rue paisible.) Sa vertèbre C-7 est coincée. Tu vois à quel point les mouvements de ses bras sont restreints ? Je pourrais arranger ça en quelques heures.

Parvenu au bout de la rue principale, je tournai au vieux cimetière, dans North Salem Road. Henderson façonnait le fond de son chapeau noir à larges bords.

— Les études démographiques montrent que des

communes comme celle-ci n'achètent pas beaucoup de poudres contre les démangeaisons du pubis.

Je remarquai une plaque commémorative indiquant qu'un certain David Wooster avait été mortellement blessé à cet endroit, puis je m'enfonçai dans les collines, passant devant un homme et une femme qui promenaient vingt-cinq chiens de chasse, dont chacun me regarda d'un œil soupçonneux. Appuyant vers la droite, je pris la route de Ridgebury, et à présent je découvrais des mares, des ruisseaux, des belvédères, et des allées discrètes menant à des résidences cachées dans les bois. J'engageai la Mercedes dans une allée de graviers, passant devant une loge de gardien grise en bois. La loge était vide, ses bardeaux couverts de mousse. De grands chênes bordaient l'allée. Un mur de pierres sèches apparut, semblable à ceux que montent les fermiers quand ils défrichent un champ, puis le champ lui-même se déploya sous nos yeux, transformé en jardin à la française : haies de buissons fleuris et allées circulaires. Au-delà, s'élevait la demeure de Brand, un bâtiment de pierre de deux étages partant dans tous les sens. À droite de la maison, un garage, en pierre également, abritait plusieurs voitures, dont un ancien break à carrosserie boisée.

J'ouvris la portière pour Henderson, puis je plongeai à l'arrière pour prendre la statuette de porcelaine, mes doigts se refermant en douceur sur la petite figurine à travers le rembourrage. Notre visite avait été facilitée par un ami de Temple, un confrère antiquaire qui vendait parfois à Brand ; il nous avait rendu le service de lui téléphoner pour lui dire qu'une pièce très rare avait fait surface. Derrière Henderson, je traversai l'allée de gravier qui crissait sous nos pas, tenant la figurine emmaillotée comme s'il s'agissait d'une de ces bombes dont le détonateur est sensible à la pression.

— Les maisons de pierre ont une vibration très difficile, Jimmy.

— Je t'en supplie, ne parle pas de vibrations à Brand.

La porte d'entrée du manoir s'ouvrit, et apparut une jeune bonne en uniforme bleu, un *B* brodé sur la poitrine.

— Bonjour, fit Henderson. Je suis Mme Breedlove.

— Oui, bien sûr, Mme Breedlove. M. Brand vous attend.

Pour sa mission, Henderson avait choisi le nom de Breedlove, synonyme de fortune ancestrale. À mon avis, c'était un peu forcer la dose, mais elle affirmait qu'il y avait eu une famille Breedlove très en vue à Manhattan au début du siècle, propriétaire d'un hôtel particulier sur la Cinquième Avenue. J'espérais seulement que les Breedlove n'avaient pas joué au polo avec les Brand. Je remarquai avec satisfaction la petite voix flûtée qu'Henderson avait adoptée pour se présenter.

La bonne nous conduisit dans un vaste hall, dont les murs lambrissés de chêne s'ornaient des portraits équestres de divers personnages — les premiers Brand, sans doute. Ils avaient tous un air maussade, et leurs chevaux me lorgnaient avec hostilité. La jeune femme nous fit ensuite entrer dans une bibliothèque aux rayonnages garnis de livres reliés en cuir. Dès qu'elle fut partie, Henderson me montra du doigt deux photos voisines sur le mur : des petites filles nues de l'époque victorienne, armées d'arcs et de flèches à la manière de Cupidon. Les portraits étaient du meilleur goût, et les petits derrières dénudés des fillettes d'une innocence charmante. Les pédophiles victoriens avaient la partie belle.

— Et là ! fit Henderson, montrant un vase peint qui représentait des nymphettes nues jouant de façon provocante avec un satyre subjugué. Au prix où se vend la vaisselle du siècle dernier, qui oserait appeler ça de la pornographie ?

La porte s'ouvrit et Charles Brand entra — grand, bronzé, ses cheveux à peine grisonnants retombant négligemment sur son front, comme dans l'attente d'une main affectueuse qui les repousserait en arrière. On l'avait prévenu qu'un agent de sécurité accompagnerait Mme Breedlove, et il me frôla en passant devant moi, sans me prêter plus d'attention qu'à une plante en pot.

— Mme Breedlove, dit-il avec empressement, je crois savoir que vous m'apportez un trésor.

— Je vous en prie, appelez-moi Ann.

Henderson tendit mollement la main pour que Brand la prenne, mais sa voix tremblait.

— Je suis ravi que vous ayez pu venir, dit Brand. Il n'est pas fréquent qu'un objet tel que vous l'avez décrit soit vendu en privé. J'ai le sentiment de précéder la meute.

Il s'assit en face d'elle, puis lança un signe de tête dans ma direction, pour me faire comprendre qu'il était grand temps pour les plébéiens de laisser entre elles les personnes de qualité. Cependant, j'avais envie de traîner encore un moment, pour donner à Henderson une chance de retrouver toute son assurance ; je voyais bien qu'elle tremblait encore, comme une actrice qui ne sait plus son texte. J'intervins, de mon accent new-yorkais le moins raffiné :

— 'Scusez-moi si j'me mêle de c'qui m'regarde pas, M. Brand, mais vot'installation de sécurité, elle est pas terrible pour une collection de c't'importance. L'autocollant, là, sur la porte, il date de vingt-cinq ans. La technique, elle a fait des progrès depuis qu'vous avez équipé vot'maison.

— Oh ? (L'expression de Brand était de celles qu'on affiche quand le chien de la maison lâche un pet sous la table pendant le dîner.) À vous entendre, dit-il avec un mince sourire, il ne m'étonnerait pas que vous vendiez vous-même des installations de sécurité.

— Mme Breedlove peut vous dire que j'fais du bon travail.

— Je n'en doute pas. (Il me regarda avec une irritation somme toute légère, car je n'étais pas censé savoir me conduire en élégante compagnie.) Je lui demanderai plus tard. Pour le moment, nous avons d'autres sujets de discussion.

— J'voulais pas vous interrompre. Seulement, ça m'fait mal au cœur d'voir des gens risquer d'perdre les choses qu'ils aiment vraiment.

— Je vous remercie de votre sollicitude.

Ses manières étaient semblables à celles d'Helen Rennseler ; elles exprimaient un certain agacement devant l'opportunisme des classes inférieures. Que j'essaie de lui vendre une installation de sécurité ne le surprenait pas, et il attendait que je refrène l'instinct malencontreux qui me poussait à gagner de l'argent sale.

— C'est une maison tellement pittoresque, dit Henderson d'une voix plus assurée à présent. (Le regard qu'elle me lança signifiait qu'elle était en pleine possession de ses moyens. Elle enchaîna avec un geste, destiné à Brand, qui semblait sous-entendre qu'elle était habituée à des demeures beaucoup plus vastes.) Ces maisons de campagne sont si amusantes. Celle-ci a été construite par Stanford White, n'est-ce pas ? Ma grand-mère l'a très bien connu, peut-être trop bien, étant donné la réputation du personnage. Il a essayé de la faire monter sur sa fameuse balançoire, vous savez, celle où les dames se balançaient toutes nues ? Mais Grand-mère lui a dit : « Stanny, vous allez avoir des ennuis, avec cette balançoire », et il a bel et bien fini abattu de plusieurs balles dans la tête, non ? (J'essayai de lui faire signe de mettre la pédale douce, mais Henderson était lancée.) Je crois que votre famille et la mienne étaient amies il y a longtemps, Charles. Je jurerais que je suis venue dans cette maison quand j'étais petite fille.

— Quelle charmante idée, dit Brand. (Son accent était aussi étrange que celui d'Henderson ; il manquait d'homogénéité d'une phrase à l'autre. C'était une sorte d'accent britannique improvisé. Quand vous êtes riche, vous pouvez vous rendre ridicule de toutes sortes de façons, et personne n'y trouve à redire. Mais sa voix s'était faite plus prudente.) Vous n'habitez plus à New York, en ce moment ?

— Non, répondit Henderson. Il y a des années et des années que nous sommes à Villa Stefano. C'est une île minuscule, on peut la survoler sans soupçonner qu'elle existe, mais c'est justement ce qui fait tout son charme, vous ne trouvez pas ? En fait, je préfère notre maison de Londres, mais aux yeux de Bertie, rien ne compte autant que ses pépinières, et ma foi, pour les tomates, rien ne vaut le soleil d'Italie.

— Je crains de ne pas avoir beaucoup de chance avec les tomates, dit Brand.

À présent, il examinait Henderson plus attentivement. J'espérais qu'il allait se contenter de la classer parmi ces jeunes filles de la bonne société qui n'ont qu'un petit pois dans le crâne — une catégorie qu'il connaissait bien.

— Je vous comprends, reprit Henderson. En ce qui me concerne, jamais je ne m'approcherais d'une tomate. Vous savez que les Incas en faisaient manger aux Espagnols pour les rendre plus vulnérables à la syphilis.

— Non, je ne le savais pas.

Brand haussa ses sourcils aristocratiques.

— À moins que ce ne soit le contraire, dit Henderson. En tout cas, Porto Ecole est divin, juste à deux heures de Rome. C'est là, en fait, que je passe le plus clair de mon temps. À moins que je me rende aux thermes de Montecatini, où j'ai d'ailleurs rencontré Ruffie Pietromarchi, et c'est pourquoi il se trouve que je voyage avec cette figurine d'une valeur considérable, et un détective pour la protéger.

Elle fit un signe de tête dans ma direction.

— Voilà qui m'intéresse beaucoup, dit Brand, jetant un regard au paquet matelassé posé sur la table basse.

— Je me suis fait un sang d'encre à son sujet, ajouta Henderson. (Elle était assise bien droite dans son fauteuil, les mains sur les genoux.) Ruff est merveilleuse, vraiment, et je l'adore. Mais elle est très imprudente avec les hommes, si ce genre de rumeur vous intéresse, et qui cela n'intéresse-t-il pas ? (Henderson se pencha en avant avec aplomb.) Mais avant tout, je suis censée vous dire que cet objet qu'elle m'a confié a été soumis aux examens les plus poussés — ultraviolets, rayons X, thermoluminescence — et qu'on n'a pu détecter la moindre réparation ni restauration. La robe de la petite fille est bleue et vernissée, ce qui, comme vous le savez, est très rare pour la période Tang. Et j'ai passé la douane en la transportant *dans mon sac à main*, vous imaginez cela ? Mais Ruffie a dit que le seul endroit pour la vendre, c'était New York, les Romains n'apprécient pas l'art chinois.

Elle avait ferré Brand, à présent, et je voyais bien qu'il était impatient de déballer l'objet. Je croisai le regard d'Henderson, rendu brillant par l'excitation de l'épreuve qu'elle s'imposait. Elle savait que Brand était à sa merci, j'étais fier d'elle, et j'aurais aimé la voir achever le travail, mais mon rôle dans l'affaire nécessitait que je me trouve autre part. Je lui adressai un léger signe de tête, et elle embraya aussitôt :

— M. McShane, pourquoi n'allez-vous pas faire un tour dans le jardin ? (Elle se tourna de nouveau vers Brand.) Il adore les jardins, il a hâte de sortir.

Brand s'adressa à moi du ton que l'on prend pour un animal domestique.

— Vous trouverez la sortie tout seul ?

— Certainement. J'passerai par la chatière. Merci, Mme Breedlove. Vous êtes sûre que...

— La statuette ne risque absolument rien aux mains de M. Brand. (Elle se tourna vers lui.) Ces agents de sécurité sont tellement paranoïaques. Mais après tout, cela fait partie de leur fonction, n'est-ce pas ?

Je sortis à reculons et fermai la porte derrière moi. Les Brand des tableaux me toisèrent depuis leurs cadres. Je n'enviai pas son enfance, à Charles.

Dans le hall, je trouvai le livre d'or de la maison. Je parcourus les pages du mois précédent, mais sans trouver de noms familiers. Puis, poussé par un démon malicieux, j'ajoutai le mien sur la dernière page.

En pénétrant dans la salon, je remarquai d'autres objets d'art représentant des fillettes prépubères, disséminés discrètement parmi des trésors plus anodins. Aucun invité n'y aurait vu le signe de goûts dépravés, mais seulement un peu de fantaisie dans une vaste collection. Je me dis que Brand devait prendre plaisir à étaler ouvertement son secret, tout en sachant que celui-ci demeurait bien caché.

Je traversai la salle à manger, dont la table longue portait un vase rond rempli de fleurs coupées. Les chaises en noyer étaient capitonnées de rouge, et les tapis orientaux si précieux qu'on en voyait la trame.

Le vaisselier croulait sous les pièces en argent massif, et une pendule en or égrenait les secondes dans la maison Brand.

J'entrai dans la salle de billard. Le soleil pénétrait par des fenêtres cintrées aux petits carreaux sertis dans du plomb. Des sièges en bois, construits dans le style de ceux des missions espagnoles, trônaient aux quatre coins de la pièce ; tout en hauteur, ils permettaient de bien voir la partie en cours. Chacun des objets patinés par le temps que contenait la pièce proclamait que ses occupants n'avaient rien à craindre. En tant qu'installateur de systèmes de sécurité, je ne me fiais pas à cette impression. Mais si vous entriez ici en pantoufles, sans rien de plus urgent à faire que de vous entraîner au billard, avant de passer dans la bibliothèque pour lire votre gazette au coin du feu, vous pouviez être tenté de vous croire invulnérable, à l'abri de tout — sauf de ce salaud de maître chanteur, Tommy Rennseler.

Sortant de la salle de billard, je trouvai discrètement le chemin de la cuisine. Elle comprenait deux cuisinières, pour nourrir un Charles Brand célibataire, et un second escalier, idéal pour un détective privé irlandais. Les marches grincèrent sous mes pas, mais le soleil d'été entrait à flots par la fenêtre du palier ; comment croire que je violais un territoire interdit ? Traversant les rais de lumière, je poursuivis mon chemin jusqu'au premier étage.

Les maisons des autres ont des yeux quand vous les explorez clandestinement. Le couloir exprimait son hostilité ; je vis un fauteuil en bambou qui regrettait de ne pas pouvoir me sauter dessus, et un grand vase oriental qui espérait me dévorer.

Première étape : l'armoire à pharmacie, l'objet le plus révélateur, après la poubelle, des habitudes d'une maisonnée. Comme Henderson l'avait prédit, elle ne contenait pas de poudre contre les démangeaisons du pubis. Mais j'y trouvai une boîte de seringues hypodermiques de trois centimètres cubes, à côté d'une fiole de préparation pharmaceutique au nom de Brand. Il s'injectait de l'extrait de glande surrénale, ce qui n'avait rien d'extraordinaire. Mais avait-il aussi injecté à Tommy Rennseler du venin de cobra ?

J'examinai de nouveau le couloir. Quelqu'un se déplaçait au rez-de-chaussée, et je devais faire vite. Me glissant de la salle de bains dans la chambre principale contiguë, je commençai à ouvrir les tiroirs de la commode. Les chemises de Brand avaient été soigneusement pliées par la bonne, les crocodiles sur le dessus. Avant que mon ex-fiancée ne décore mon appartement, je rangeais mes chemises dans des caisses de thé de chez McNulty. Tout ce que je portais sentais le thé ; il me suffisait de tremper ma manche dans de l'eau bouillante pour avoir ma dose d'excitant.

J'ouvris le secrétaire. Le sous-main était immaculé, le papier à lettres intact. Les compartiments du secrétaire révélèrent des enveloppes, des timbres de l'année dernière, et un stylographe français dont l'encre avait séché. Le meuble se trouvait entre deux fenêtres donnant sur le jardin, d'où montait le parfum des chèvrefeuilles et du jasmin. La porte de communication avec la pièce voisine était fermée à clé. Sortant de mon portefeuille mon rossignol à torsion, j'eus vite raison de la serrure. La pièce comportait un canapé aux coussins moelleux, une cheminée, et un placard en bois, verrouillé lui aussi. C'était un meuble ancien. Il possédait un type de serrure encore utilisé de nos jours sur les coffres-forts, parce qu'il est très difficile à forcer — à moins d'avoir suivi les leçons de Willy Fil-de-fer. Patiemment, je ratissai les gorges d'arrière en avant, sans précipitation, n'exerçant qu'une pression minimum sur le cylindre, et le pêne finit par bouger. Le meuble s'ouvrit. Pour ma récompense, j'y découvris plusieurs exemplaires d'une charmante publication intitulée *Le Pays des Merveilles*, la revue trimestrielle de la Guilde des amis de Lewis Carroll. Au sommaire : « Les délices de l'amour trans-générationnel », et un dossier photographique étiqueté « Nus préadolescents ». Les articles vantaient les mérites des « plaisirs en famille ». Les collaborateurs de la revue y expliquaient que « l'inceste est un jeu auquel toute la famille peut se livrer ». Sous les magazines se trouvait un assortiment de photographies d'hommes s'accouplant avec des fillettes prépubères. Les prises de vue étaient faites de façon à focaliser l'attention sur les visages des petites filles, leur expression devant ajouter à l'érotisme de la scène. Sans exception, elles paraissaient figées, le regard vide, la bouche pendante ; si c'était cela, les plaisirs en famille, elles n'en prenaient pas beaucoup.

Quand vous pénétrez de force dans la vie secrète des gens, vous devez accepter la découverte de détails très intimes que cette violation vous impose ; mais à cet instant, j'avais l'impression d'avoir touché un escargot par une matinée humide. C'était comme si une pellicule gluante me salissait les doigts. Je rangeai les magazines et fermai le meuble, sans oublier de réenclencher la serrure. Il y avait un écran vidéo géant, dans la pièce, et une collection de cassettes garnissait plusieurs étagères. Je passai les titres en revue. Ils étaient tous d'une moralité exemplaire. Je vérifiai les encoches protégeant les cassettes contre l'effacement. Celle de *La Petite Sirène*, de Disney, avait été bouchée à l'aide de ruban adhésif.

Je chargeai *La Petite Sirène*, coupai le son, et enfonçai le bouton LECTURE. L'écran montra le dessin animé des studios Disney. Je fis avancer la bande jusqu'à son milieu, appuyai de nouveau sur LECTURE, et découvris Charles Brand devant la caméra, avec une fillette qui ressemblait aux petits Cupidons de sa bibliothèque — âgée de huit ans environ, et nue. Seulement, elle ne posait pas avec l'innocence d'un agneau de l'époque victorienne, un rayon de soleil dans les cheveux. *Mon ange, mon ange pervers*, disait Brand sur la bande son. *Comme tu es délicieuse*. Le spectacle de ces deux êtres sur le même lit, sous la lumière crue d'un projecteur, me frappa avec une telle violence que je fus incapable de les regarder directement ; au lieu de cela, je m'attachai à détailler le décor. La pièce était meublée avec goût. Le cadrage incluait l'une des fenêtres, par laquelle on apercevait un angle saillant de l'extérieur de la bâtisse. La façade était en bois, et le dessous du toit décoré de branches entrelacées, dans le style des chalets suisses — de toute évidence, cela ne correspondait à aucune partie de la propre maison de Brand, à l'imposante façade de pierre. Se trouvait-il chez un ami millionnaire partageant les mêmes perversions ? Mais aucun ami, aussi riche fût-il, ne pouvait héberger une enfant destinée à satisfaire les besoins de Brand.

Je me forçai à regarder Brand. Ses actions semblaient programmées, soigneusement mises en scène pour donner vie à un fantasme qui devait sans doute très peu varier d'une fois sur l'autre. Soudain, j'eus le sentiment bizarre que le décor était celui d'une maison de prostitution enfantine. À contrecœur, je concentrai mon attention sur la fillette. Blonde, le teint clair, c'était une enfant prise dans les mailles d'un filet auquel elle ne pouvait pas comprendre grand-chose.

— *Vous allez m'emmener chez vous ?*

— *Ce n'est pas possible, ma chérie.*

— *Pourquoi ?*

— *Parce que tu ne m'appartiens pas.*

— *Vous pourriez m'adopter.*

J'ai vécu beaucoup de moments pénibles au cours de ma carrière, mais celui-là me frappa tout droit au creux de l'estomac. Tandis que je regardais le visage pitoyable de la petite fille, je sentis quelque chose se refermer autour de mes doigts. Baissant les yeux, je vis que j'avais plié en deux le rossignol en fer qui me servait à crocheter les serrures.

— *Ta peau est parfaite. Tu te rends compte de ce que cela représente ? Mais une peau comme la tienne ne dure pas. Elle va tellement vite devenir rugueuse. Dans quelques années à peine, tu seras perdue à jamais pour moi.*

Je redressai mon rossignol, le mis dans ma poche, et tâchai de contenir ma rage. Malgré mon envie de redescendre et de cogner la tête de Brand contre le mur, j'avais un meurtre à élucider d'abord.

— *Je pourrais être votre petite fille.*

— *Tu es ma petite fille.*

— *Seulement si vous m'emmenez avec vous.*

— *Nous en parlerons plus tard.*

— *Quand ?*

— *Plus tard.*

— *Plus tard, vous serez parti.*

— *Oui, et plus tard tu seras vieille. Tu vieillis à chaque seconde.*

Ma fureur devint une sorte de nausée, et un sentiment d'impuissance me gagna tandis que je regardais Brand faire plier le caractère de la petite fille comme j'avais fait plier la tige de fer. Mais l'enfant n'était pas de fer, elle était douce et malléable. Et pourrait-on jamais lui redonner sa droiture ? Ma devise n'a jamais été : « œil pour œil », mais je voulais que cet homme riche et puissant se retrouve en prison pour viol de mineure, et qu'il devienne à son tour une victime — que ce soit lui qui se fasse violer, chaque soir, par les détenus qui méprisent les délinquants sexuels.

— *Tu sais ce que je suis en train de faire ?* demanda Brand.

— *Oui*, répondit la fillette, avant de montrer le papier peint, près du lit. *Vous voulez savoir combien il y a de fleurs sur le mur ? Je les ai comptées.*

Elle était petite, avec une voix menue, un nid d'oiseau à la place du cœur, et ce privilégié la forçait à épancher ses grossières énergies d'homme. Sa jeunesse se dissolvait dans la débauche de l'adulte. Je désirais désespérément mettre fin à ce qui se passait, mais la vie n'est pas une bande-vidéo que l'on peut faire défiler à l'envers ; ces images appartenaient à un passé indélébile. La seule chose que je pouvais faire, c'était de les regarder, en essayant de trouver un lien entre la pédophilie de Brand et l'assassinat de Tommy Rennseler.

— *Tu es mon adorable petite fille.*

— *Je ne suis pas votre petite fille. Sauf si vous m'emmenez avec vous.*

— *Tu es la plus jolie petite fille du monde.*

— *Je... Je vous déteste.*

— *Ça ne fait rien.*

— *Je vais vous dénoncer.*

— *À qui ?*

— *À Dieu.*

— *Dieu n'entend pas les méchantes petites filles.*

— *Vous allez avoir des ennuis.*

— *Et pourquoi, ma chérie ?*

— *Parce que.*

— *Si tu pleures, je te ferai renvoyer.*

— *Ça m'est égal.*

La cruauté exerce une sorte de fascination malsaine, comme les néons de Times Square dont la lumière semble pénétrer sous la peau des passants, leur donnant le teint maladif des vampires. La vidéo de Brand irradiait ce genre de lumière, une phosphorescence verdâtre qui ajoutait à ma révulsion.

— *Je t'achèterai un beau cadeau si tu arrêtes de pleurer.*

— *Quel genre de cadeau ?*

— *Un poney. Tu aimerais avoir un poney ?*

La petite le regarda avec un mépris non dissimulé.

— *Il n'y a pas de poney.*

J'entendis un bruit dans l'escalier. Me figeant aussitôt, j'échafaudai une explication plausible pour justifier ma présence. Les conseils de Willy me revinrent en mémoire : *Dis toujours que tu cherchais les toilettes.*

Les pas atteignirent le palier, puis avancèrent dans le couloir, se rapprochant de moi. Sans perdre une seconde, j'éjectai la cassette et la fourrai dans ma poche, puis je remis le boîtier vide sur l'étagère, dans une rangée de productions Disney sur lesquelles, sans doute, Brand avait enregistré d'autres souvenirs heureux. Les pédophiles de l'époque victorienne ne connaissaient pas la vidéo ; chaque époque apporte ses innovations.

Les pas dans le couloir étaient ceux d'une femme. Je me préparai à une situation extrêmement embarrassante, ce qui n'aurait rien de nouveau pour moi. Puis je m'aperçus qu'une gouttière passait juste à côté de la fenêtre ouverte. Ce ne serait pas la première fois non plus que je jouerais les acrobates. Enjambant la rambarde, je m'accrochai à la gouttière ; elle était solidement fixée et en excellent état, propre à recueillir toutes les eaux de pluie d'Aristoland. Je me laissai glisser en souplesse jusqu'au sol, atterrissant sur un carré de pelouse tondue de près, à l'arrière de la maison. L'air d'été m'entoura de toutes parts, mais ses parfums trop chauds me coupaient le souffle. *Vous voulez savoir combien il y a de fleurs sur le mur ?*

Je luttais toujours pour ravaler ma rage. Le maître

de maison était un homme libre, alors que l'enfant qu'il avait violée était prisonnière d'une maison close infernale où d'autres privilégiés venaient prendre du plaisir chaque jour. J'avais envie de démolir Brand, mais c'était un suspect de choix, et le fait de lui briser la mâchoire ne ferait pas avancer mon enquête. Pour le moment, j'avais surtout besoin de respirer. Je suivis une allée de gravier qui me mena à un vaste jardin fleuri, aussi complexe qu'un labyrinthe, où travaillait une domestique noire. Elle portait un panier et un sécateur. Tandis que je m'approchais, elle me fit comprendre que ma conversation ne l'intéressait pas. Mais on ne peut pas empêcher un Irlandais de bavarder. J'attaquai :

— Nos patrons parlent affaires. Ils m'ont dit d'aller faire un tour.

Elle me jeta un coup d'œil, puis reprit son travail. Elle coupait des grandes fleurs pourpres. Je lui demandai :

— Vous avez des fausses aralias ?

Elle tourna la tête.

— Des quoi ?

— Des fausses aralias. C'est une plante.

— Qu'est-ce qu'elle a de faux ?

— Je ne sais pas ; un air perfide, peut-être.

Elle m'examina une seconde fois. Nos paroles semblaient avoir brisé la glace ; j'eus droit à un regard plus tolérant. J'enchaînai sans attendre :

— Vous devez vous plaire, ici, en pleine nature.

— Vous êtes le gars de la sécurité qui est venu avec la dame, c'est ça ?

— C'est bien ça.

Elle posait les fleurs pourpres dans son panier,

l'une après l'autre, sans se presser. Je regardai un papillon se poser en douceur, replier ses ailes, et disparaître entre les feuilles, comme un bon détective. Je repris :

— M. Brand m'a l'air d'un type bien.

La domestique passa des fleurs pourpres à un massif d'œillets rouges.

— Il est mieux que certains autres que je connais.

— Comment ça ?

— Il est un peu plus coulant. (Elle coupa un œillet, le porta à son nez, et me regarda, les pétales rouges contre sa peau.)

J'insistai :

— Brand est un homme qui sait s'amuser, non ?

— Tous ces gens-là... (Elle eut un geste, l'œillet à la main, pour désigner d'autres résidences, trop lointaines pour être visibles, avec un dédain que leurs hautains occupants auraient pu admirer.)... ils savent s'amuser. Ils savent faire que ça. Mais M. Brand, ça le dérange pas si je m'amuse aussi.

— Vous savez, c'est ce que je me suis dit en le voyant, insistai-je, en essayant de paraître aussi stupide que je crois l'être par moments.

— Si je veux m'asseoir dans le jardin mon travail fini, pas de problème, ajouta-t-elle d'un air pince-sans-rire. À condition que ce soit là où personne me voit.

— Il vous laisse vous servir de la piscine ?

— Seulement si je tombe dedans. (Elle s'approcha d'une grosse fleur rose en forme de boule.) Celles-là, les abeilles les adorent. J'en coupe pas trop, parce que les abeilles en ont plus besoin que

M. Brand. (Elle me montra un gros bourdon qui avançait en titubant sur les pétales.) Vous savez que ces bêtes-là, on peut les prendre dans sa main sans qu'elles vous piquent ? Un bourdon, c'est très amical.

— Je vous crois sur parole.

— Les abeilles, par contre, il faut s'en méfier. Elles ont une sécurité maximum. (Elle eut un sourire narquois.) Le seul ennui, avec M. Brand, c'est qu'il oublie parfois de me payer. Alors, je suis obligée de lui rappeler. On dirait qu'il sait plus très bien où il en est, par moments.

— Ça peut arriver.

— La personne avec qui il est vraiment gentil, c'est Mlle Garcia, la cuisinière. Y'a pas beaucoup de gens, dans le coin, qui hébergeraient une mère célibataire avec son enfant.

— Pourquoi ?

Elle m'agita son sécateur sous le nez.

— Parce qu'ils ont pas envie de voir un gosse qu'est pas à eux cavaler partout. (Elle hocha la tête en regardant le vaste jardin soigneusement entretenu.) Ils sont chez eux, ils font ce qu'ils veulent.

Elle avait dit cela comme si la vie des riches lui paraissait risible. J'attendis un peu, observant le bourdon ivre, avant d'ajouter :

— Mais M. Brand, lui, ça lui est égal de voir le gosse de quelqu'un d'autre se promener partout ?

— Il est très gentil avec la petite Natalie. Il la traite presque comme sa fille. Je peux vous le dire, c'est pas courant. Parce que les gosses des autres, c'est une sacrée plaie. (Elle se remit au travail, et les fleurs roses tombèrent dans son panier, sur un lit d'œillets.) M. Brand, il achète des cadeaux pour la petite Natalie. Il l'emmène en ville manger des glaces. Il parle même de lui acheter un poney. (Elle se tapota l'aile du nez avec une fleur rose.) On peut dire qu'elle est bien tombée, avec M. Brand.

Je me penchai pour humer l'une des fleurs.

— Quel âge a Natalie ?

— Elle vient d'avoir huit ans. (Elle souleva son panier.) Il y a assez de fleurs pour un homme seul. (Elle se tourna vers moi.) Comment vous vous appelez ?

— McShane.

— Moi, c'est Louise, et j'ai pas besoin qu'on s'occupe de ma sécurité. Vous avez faim ? (Elle m'entraîna à sa suite, ses chaussures blanches faisant crisser le gravier. Dans la cuisine, elle posa ses fleurs sur un plan de travail, à côté d'un alignement de vases. Elle regarda ma poche gonflée par la vidéocassette.) Vous avez un flingue ?

— Je ne m'en sers jamais, mais ça rassure les clients.

— C'est quel genre ?

— Un automatique calibre 25. Le modèle « petite sirène ».

— Jamais entendu parler.

Ouvrant le réfrigérateur, Louise en sortit un rôti de bœuf. Je m'appuyai contre le rebord du plan de travail.

— Où est Mlle Garcia ?

— En ville. Elle fait des courses. (Elle plaça quelques tranches de roast-beef entre deux morceaux de pain, y ajouta de la laitue, et me tendit le tout.) Ça devrait renforcer votre sentiment de sécurité.

Je soulevai mon sandwich et le regardai amoureusement.

— Ma patronne n'aime pas que je mange de la viande rouge.

— Ces grandes dames qui roulent sur l'or, elles ont tout le temps des lubies, comme ça. Mais un homme qui fait votre métier, ça a besoin de manger de la viande rouge pour prendre des forces.

*
* *

J'étais appuyé contre la Mercedes quand Henderson ressortit de la maison, Brand à ses côtés. Elle souriait, et Brand semblait content de lui.

— Venez nous voir, lui disait-elle. Si vous descendez à l'hôtel Il Pellicano, vous êtes sûr de rencontrer tous les gens que vous connaissez.

J'ouvris la portière de la voiture, et Henderson se glissa à l'intérieur. Elle tendit la main à Brand à travers la fenêtre ouverte.

— Nous avons notre propre club de polo, je suis sûre que cela vous plaira. Eh bien, au revoir, et profitez de votre acquisition.

Je montai à mon tour et démarrai la voiture. Brand contourna la Mercedes pour venir de mon côté et me dire :

— Faites attention à la pelouse. En arrivant, vous avez roulé sur le bord.

Il désignait une bande d'herbe coupée au millimètre que la voiture de quelqu'un d'autre avait dû écraser.

— Excusez-moi, M. Brand, je n'ai pas fait attention.

Et je vais revenir saccager le reste de ta pelouse, mon petit vieux, compte sur moi.

Je fis demi-tour et descendis l'allée. Henderson me lança le regard de l'actrice qui attend son rappel. Je la félicitai.

— Beau travail. Tu m'as presque convaincu que tu connaissais cette Ruffie Pietromarchi.

— En fait, je lui ai remis les vertèbres en place. Alors, qu'est-ce que tu as trouvé ?

Je sortis la cassette de ma poche.

— On voit Brand, là-dedans, le poireau en l'air.

— Dans *La Petite Sirène* ?

— Il a réenregistré sur la bande, vers le milieu.

— Et qu'est-ce qu'il fait, le poireau en l'air ?

— Il essaye de le planter dans une petite sirène.

— Petite comment ?

— Dans les huit ans.

Les yeux d'Henderson lancèrent des éclairs.

— On va tout droit à la police.

— Il ne faut pas mêler la police à cette affaire tant qu'on n'a pas appris tout ce qui s'est passé entre Brand et Rennseler.

— Tu sais combien il est facile de détruire un être humain à cet âge-là ? demanda-t-elle.

Je ne répondis pas. Le visage de la fillette était gravé dans mon cerveau.

— Quel porc immonde ! (Henderson frissonna.) Et quand je pense que j'étais là-bas, à bavarder avec lui.

— Tu faisais ton boulot, et tu le faisais bien. (Je passai devant la loge du gardien, et retrouvai la route.) Il a des seringues hypodermiques. Il se fait des piqûres d'extraits de glande surrénale.

— Je ne pense pas que les extraits de glande lui conviennent tant que ça, pour parler franchement.

— On n'est pas venus pour lui faire un bilan de santé.

— Non, mais cela montre quand même qu'il ressent un déséquilibre. Il s'imagine peut-être que les petites filles de huit ans sont une fontaine de jouvence. Y a-t-il un moyen de découvrir l'identité de la gamine ?

— Aucune chance. Tous les après-midi, vers trois heures, il y a des gosses de cet âge-là qui se font enlever pour finir comme elle. Brand l'appelait son petit ange. Il lui faisait des compliments sur la douceur de sa peau.

À travers la fenêtre, Henderson regardait la forêt, où le soleil couchant teintait les arbres d'un or profond, mais je compris qu'elle n'était pas d'humeur à apprécier la nature ; une expression de dégoût durcissait ses traits. Elle fit cette réflexion :

— Je me demande si l'objet même de la pédophilie, ce n'est pas ça, justement : la texture satinée d'une peau d'enfant. Posséder quelque chose dont la pureté est si fragile, puis le souiller. C'est l'expression d'un pouvoir absolu. (Ses traits se durcirent encore plus.) Comme un petit garçon qui arrache les ailes d'un papillon.

— Brand n'est pas un petit garçon. (Je pensais à une enfant que je connaissais, une petite fille du même âge que la victime de Brand. Comme Henderson, j'étais en proie au dégoût et à la rage, mais ce n'est jamais un atout dans la poursuite d'une enquête.) Tu lui as vendu la statue ?

— Je l'ai vendue.

— Tu as obtenu le prix fixé par Temple ?

— Et même dix mille dollars *de plus*.

Je traversai de nouveau le village. En passant devant le parc, j'aperçus un uniforme familier, porté par une femme assise sur un banc. Une fillette jouait dans l'herbe près d'elle.

— Je crois que c'est la cuisinière de Brand, Mlle Garcia. La gamine est sa fille, Natalie. Brand est très gentil avec Natalie. Il lui offre des cadeaux. Il va lui acheter un poney.

— Elle se tient d'une façon épouvantable. Tu vois de quelle façon elle arrondit les épaules, comme pour se protéger la poitrine ? Et son bassin est terriblement désaxé. Je parierais qu'elle a déjà été traumatisée sexuellement.

Garant la voiture le long du trottoir, je regardai fixement le tableau de bord. Je pouvais ne rien changer à la situation, ou bien laisser parler mon impétuosité irlandaise, ce qui amenait généralement des complications indésirables. Mais j'avais en tête la voix arrogante de Brand, qui disait : *Dieu n'entend pas les méchantes petites filles*.

— Retire tes bijoux, le moment est venu de nous faire passer pour des fonctionnaires.

Sortant de la voiture, nous entrâmes dans le parc. Nous tournions le dos à la lumière cuivrée du soleil. Au moment où la femme regarda dans notre direction, je brandis brièvement ma licence de détective privé.

— Mlle Garcia, nous appartenons au service de protection de l'enfance de l'État de New York.

Elle se figea en voyant ma licence, et je compris tout de suite qu'elle n'avait pas sa carte verte. Je m'assis près d'elle, Henderson prit place de l'autre côté, et Mlle Garcia fit signe à sa fille de continuer à jouer. Puis elle posa les yeux sur moi de nouveau, et son regard sombre était déjà exilé dans les plaines arides de la pauvreté.

— Mlle Garcia, nous menons une enquête confidentielle. J'ai le regret de vous dire qu'elle concerne M. Brand, et qu'il s'agit d'une affaire de sévices sexuels infligés à des enfants.

Elle tendit le bras vers Natalie, puis se ravisa. Elle ne savait plus quoi faire, comme un nageur pris dans un rapide qu'il essayait de traverser. Sa main retomba sur ses cuisses, pesamment, avec cette même apathie que j'avais remarquée chez l'enfant de la bande-vidéo, comme si le même marteau les avait frappées toutes les deux. Finalement, elle regarda Henderson, et lui demanda dans un anglais hésitant :

— Qu'est-ce qu'il a fait, M. Brand ?

Henderson posa sa main sur celle de Mlle Garcia.

— On le soupçonne de rapports sexuels avec des enfants de l'âge de votre fille.

Mlle Garcia sembla vouloir se lever, se saisir de sa fille, et fuir vers une autre vie, mais elle était clouée sur place par cette peur qui fait que les animaux se figent, dans l'espoir de se fondre dans le décor. Mlle Garcia disparaissait dans la verdure du parc de Ridgefield, de la couleur d'une carte de séjour, et elle n'osait plus bouger. J'ajoutai :

— Notre département va demander l'inculpation de M. Brand. Seriez-vous disposée à faire témoigner votre fille ?

— Non ! On ne peut pas…

Elle regarda Natalie, scrutant le corps de l'enfant à la recherche des signes de ce qu'Henderson avait déjà perçu, un esprit traumatisé. Natalie soufflait des bulles de savon autour d'elle. La lumière cuivrée du soleil couchant jouait sur la surface délicate de ces sphères miniatures, qui tremblaient un instant avant d'éclater sur les cheveux et les épaules de Natalie. Le regard de Mlle Garcia revint de sa fille vers moi, et il était lourd de soupçons. Qui étais-je, d'ailleurs ? Un monstre qui proférait des accusations épouvantables contre son patron, contre l'homme qui était si gentil avec Natalie. Je ne dis rien, lui rendant un regard compréhensif, et son expression changea de nouveau, tandis qu'elle reconsidérait toutes les petites attentions de Brand, les jeux, les cadeaux, et les caresses qui les accompagnaient ; leur véritable but lui apparut sans ambiguïté, comme il aurait dû le faire dès le départ, si elle ne s'était pas laissée aveugler par son désir de donner à sa fille toutes les chances que d'autres fillettes de sa condition n'auraient jamais. Et, assurément, Brand s'était montré malin et discret, car il avait une longue expérience. Mais Mlle Garcia voyait clair dans son jeu, à présent. Elle se tourna vers Henderson, les larmes emplissant lentement ses yeux.

— Je vais le tuer, dit-elle calmement.

Et j'eus la conviction qu'elle en serait capable ; les gens calmes le sont, en général.

Je protestai :

— Vous n'allez pas gâcher toute votre vie pour cette histoire. Nous ferons en sorte que Brand ait ce qu'il mérite.

— Il est riche. Il s'en sortira.

La rage meurtrière de son regard voyageait vite, me traversant carrément pour atteindre sa cible ; elle était déjà de retour chez Brand, pour lui plonger un couteau en plein cœur. J'insistai :

— Le soleil brille. Natalie est vivante. Si vous tuez Brand, elle viendra vous voir en prison le dimanche. (Je lui pris la main.) Brand ne mérite pas le sacrifice de votre liberté. Et je vous promets qu'il paiera pour ce qu'il a fait.

Elle lut mon regard, et vit que j'étais sincère. Elle me dit :

— Je ne peux pas être mêlée à quoi que ce soit qui concerne le gouvernement. Vous comprenez ?

— Oui, Mlle Garcia. Je comprends. (Je sortis mon portefeuille.) Notre agence travaille discrètement. Nous fonctionnons avec des fonds privés. (Je lui donnai mille dollars, en billets de cent.) Rentrez vite, et faites vos valises. Pas un mot à Brand. Appelez seulement un taxi et faites-vous héberger par des amis.

Elle me regarda sans comprendre, puis sa perplexité vira à la suspicion. J'ajoutai :

— Ne vous inquiétez pas, personne n'essaie de vous acheter. (J'écrivis un nom et un numéro de téléphone pour elle.) Quand vous serez installée, appelez cet homme. C'est un avocat qui travaille pour notre agence. Il vous aidera.

— Pourquoi est-ce qu'il m'aiderait ?

— Parce qu'il travaille pour nous, et que vous n'avez pas eu de chance.

Elle sonda mon visage, et je tournai la tête vers Natalie, en pensant à la petite fille que je connaissais, et à tous les Brand qui sont sur terre. Je sentais le regard de Mlle Garcia ; c'était une Latino-Américaine, une catholique qui croyait aux saints et à leurs manifestations mystérieuses ; quoi qu'elle pensât de la situation, elle sentait qu'il valait mieux qu'elle se laisse guider par ces deux personnes venues de nulle part pour l'aider. Sa main se referma sur l'argent, et je jetai un dernier regard à Natalie, qui lançait ses tourbillons de bulles. Puis je m'éloignai.

— Jimmy, dit Henderson en se portant à ma hauteur, c'était un acte merveilleusement généreux.

— Je dépense la même chose chaque semaine pour satisfaire mes mauvaises habitudes.

— N'essaie pas de minimiser la chose par une attitude agressivement macho. C'était formidable. (Elle passa son bras sous le mien.) Qu'est-ce que ton avocat peut faire pour elle ?

— Il va lui donner un certificat de nationalité américaine avec son nom dessus. Avec les compliments du service d'identité McShane.

— Bès, murmura Henderson, le dieu qui veille sur les enfants. Le jeu des Trente avait raison.

Remontant dans la Mercedes, nous traversâmes le petit village paisible où vont mourir les vieilles voitures à armature de frêne.

Le lit à baldaquin se trouvait près de la fenêtre ouverte. Dehors, les oiseaux chantaient, voletant de-ci, de-là comme il sied à des oiseaux, tandis que les vagues formes humaines, de l'autre côté de la fenêtre, se livraient à des actes incompréhensibles.

— *Tu es amorale. Tous les enfants sont amoraux.*

Brand s'adressait à la fillette. La caméra ne bougeait jamais, et par moments les protagonistes sortaient du cadre, preuve qu'il avait installé l'appareil lui-même et le laissait tourner en mode automatique.

— *Tu es décadente par nature, vois-tu. Tout est entièrement ta faute.* (Brand était calé contre des oreillers en satin. La petite regardait une mèche de ses propres cheveux, intensément, absorbée par son examen, tandis que Brand poursuivait :) *Tu t'en moques, je le sais. Tu ne t'intéresses absolument pas à moi. Tu restes assise là, à jouer avec tes cheveux, et je pourrais aussi bien me trancher la gorge. Cela ne te ferait ni chaud ni froid. Parce que tu es une petite sauvage.*

Il tendit la main vers elle, et je détournai la tête. J'avais envie de lui trancher la gorge de mes propres mains.

Mon interphone retentit. Je me rendis à la cuisine et pressai le bouton.

— Ouais ?

— *C'est Henderson.*

Je la fis entrer dans l'immeuble et l'attendis près de la porte. Ses pas énergiques retentirent dans l'escalier.

— Tu as l'air fou de rage, dit-elle.

J'avais laissé le magnétoscope tourner, et la voix de Brand nous parvenait depuis la pièce voisine.

— *Amorale. Tu sais ce que ça veut dire ? Tu comprends le concept ? Non, bien sûr, pourquoi en serais-tu capable ?*

Henderson fonça tout droit au salon. Quand j'y entrai à mon tour, elle était déjà assise devant l'écran, les coudes sur les genoux.

— Je veux la voir. Depuis le début.

— Le scénario est simple.

Je rembobinai la cassette. Henderson regarda la séquence de trente minutes sans bouger, sans parler, ni cligner des yeux. Quand ce fut terminé, elle paraissait au bord de la nausée.

— C'est lui qui la rend responsable, dit-elle. De son point de vue, il passait par hasard dans une maison de prostitution enfantine, et le sort a voulu qu'il tombe sur elle, qui l'a corrompu.

Je regardai, par la fenêtre, le toit de l'immeuble d'en face, et les derniers rayons de soleil découpant une ombre oblique sur la façade. Je pensais à la fillette, à la vie qu'elle avait eue, quelque part, quand son enfance était encore intacte. Elle avait cru à tous les contes de fées, puis elle avait été enlevée, et la réalité s'était vautrée sur elle, avait pénétré en elle, lui donnant cette expression qu'elle affichait dans l'enregistrement vidéo, celle d'une enfant qui sait ce que valent vraiment les adultes, et dont les jugements cyniques ne changeront plus jamais.

Henderson avait pris la télécommande et rembobinait la bande. Les gestes de Brand se répétaient à l'envers, en accéléré, tout comme ceux de la fillette ; ils étaient prisonniers d'un cauchemar se déroulant à rebrousse-temps, leur interlude tragique réduit à une pantomime heurtée.

— *Il y a en toi une cruauté exquise...*

— Il lui parle comme à une adulte. Cela accrédite son fantasme, et l'aide à croire que c'est *elle* qui le manipule. (Henderson passa la main sur sa jupe plissée, l'aplatissant sur ses genoux, puis la lissant de nouveau avec nervosité. Sa main tremblait.) C'est ça, le vrai cauchemar, la façon dont il s'approprie l'esprit en même temps que le corps de cette gamine. Il ne se contente pas de la violer. (Elle éteignit le magnétoscope.) Cette cassette me fait croire qu'il pourrait bien être notre meurtrier.

— Henderson, tu passes un peu vite d'un suspect à un autre.

— Ma foi, nous avons les paiements mystérieux de Brand à Rennseler. Et maintenant, nous savons précisément ce que Brand avait à cacher. Il aurait eu une bonne raison d'éliminer Rennseler. (Elle prit un petit portrait encadré sur la table basse.) Qui est-ce ?

— Une petite fille.
— Je le vois bien. C'est quelqu'un de ta famille ?
— Je suis son père.
— Je suis venue souvent ici, et c'est la première fois que je vois cette photo.
— Elle a à peu près l'âge de la gamine du film. Je pense beaucoup à elle, ces derniers temps.
— Où est-elle ?
— Sur une base aérienne, en Turquie, avec mon ex-femme.
— Une base militaire ?
— Oui.
— Qu'est-il arrivé à votre mariage ?
— Ma femme voulait être l'épouse d'un officier. Le jour où j'ai décidé que je n'en serais jamais un, elle m'a quitté. Ma fille avait un an.
— Elle devait avoir une autre raison de partir.
— Il y a des femmes qui veulent devenir Madame la colonelle. La mienne était de celles-là.
— Mais pourquoi ?
— Question de prestige. Pour avoir l'impression, quand elle entrait quelque part, d'être enviée par d'autres femmes mariées, plus jeunes qu'elle. Elle m'avait supporté un certain temps dans l'espoir de décrocher le gros lot — une belle villa, un bon poste, des réceptions somptueuses…
— Et aujourd'hui, elle est mariée à un colonel ?
— *Roger*.
— Pardon ?
— Oui, elle est devenue Madame la colonelle.
— Et ta fille, dans tout ça ?
— Je reçois une photo une fois par an.
— Ça t'arrive de lui téléphoner ?

— Non.

— Jimmy, ce n'est pas sain. Elle a besoin de recevoir des nouvelles de son père biologique. Et toi, tu as besoin d'entendre sa voix.

— J'ai réfléchi à la question, et il vaut mieux, je crois, qu'elle n'ait pas de liens affectifs qui s'étirent sur la moitié du globe. Je veux qu'elle grandisse dans une famille qui forme un tout telle qu'elle est constituée. Quand elle sera plus grande, et qu'elle reviendra en Amérique, on pourra apprendre à se connaître. Si elle revient un jour.

J'enfilai mon étui d'aisselle et j'en serrai la sangle. Henderson me demanda :

— Pourquoi prends-tu ton arme pour aller dîner ?

— Mon costume est coupé pour masquer mon arme. Il paraîtra bizarre si je ne la porte pas.

— Sur quelle case du jeu des Trente es-tu ?

— Celle des Exécuteurs de Sekhmet.

— Ils exécutent qui ?

— Les types qui vont dîner sans leur flingue.

J'armai l'alarme anticambriolage, et nous partîmes dans les dernières lueurs du jour vers le parc de stationnement d'Hudson Street où je garais ma voiture. Henderson se glissa près de moi sur le siège de la Shadow. Tandis que je passais la marche arrière, les plis argentés de sa jupe en crêpe diaphane s'évasèrent autour de ses jambes en vagues irisées, mais je pensais à la gosse de la vidéo de Brand, et à ma propre fille, et pour la première fois depuis longtemps, je n'essayai pas d'imaginer ce que cachait la jupe d'Henderson.

Je descendis la Septième Avenue vers le centre

ville, au milieu des embardées des taxis fous qui vibraient de toutes parts en cahotant dans les nids-de-poule. Une Buick avec deux antennes de toit et un seul phare roulait derrière moi, calquant tous ses mouvements sur les miens pendant cette course d'obstacles. Quand je pénétrai dans Chinatown, la Buick borgne nous suivait toujours, mais elle avait deux phares, à présent, ce qui signifiait qu'elle avait un tableau de bord modifié. C'est un bon moyen de faire croire aux gens qu'ils ne sont pas suivis, mais qu'ils ont vu deux voitures différentes. Sauf que mon tableau de bord personnel me permet de faire la même chose.

Je me garai au Rickshaw Garage, sur la Bowery, et jetai un coup d'œil à l'arrière de la Shadow. Je ne fus pas surpris de trouver un émetteur de repérage, fixé par un aimant à une traverse de la coque, son antenne dépassant verticalement. Je laissai le mouchard en place ; je ne voulais pas perturber le signal, et faire comprendre à ceux qui me suivaient que j'étais au courant de leur existence.

— Qu'est-ce que tu cherches, Jimmy ?

— J'ai cru qu'un de mes pneus se dégonflait.

Je conduisis Henderson jusqu'à la rue, et nous longeâmes l'immeuble de la fraternité On Leong, aux balcons peints et au toit en forme de pagode, dont le dernier étage ne serait jamais vu par personne d'autre que les doyens de la fraternité. Le pouvoir qui en émanait était palpable, et pesait comme une chape sur les rues avoisinantes. Nous tournâmes dans Mott Street, passant devant un salon de thé ; quelques jeunes gens en blouson de cuir et jeans noirs se tenaient dans l'embrasure de la porte : les Spectres, qui protégeaient les cercles de jeu de Chinatown. Aucun individu sensé ne se risquait à leur chercher querelle. Les touristes, cependant, n'avaient rien à craindre d'eux, car le tourisme était important pour les restaurants, que les Spectres protégeaient aussi.

— Jimmy, tu devrais vraiment voir ta fille, dit Henderson.

— Je me disputerais avec sa mère et le colonel. Et le colonel se retrouverait à l'hôpital.

— C'est encore ton foie détraqué qui se manifeste.

Si c'était le cas, je me sentais encore plus détraqué qu'à l'ordinaire, car la filature dont j'étais l'objet depuis quelques jours se faisait de plus en plus pressante. Notre promenade au hasard des rues nous faisait découvrir des boutiques de cadeaux, des fabriques de nouilles, avec leurs plafonds en fer-blanc et des affiches défraîchies d'opéra chinois sur les murs. Les vitrines des ateliers clandestins de confection, masquées par des planches, ne laissaient rien voir, comme la plupart des façades de Chinatown.

— C'est là que j'achète mes herbes, dit Henderson, désignant une porte ornée d'un bouquet de fleurs sculpté dans le bois. Le Docteur Chi sait dire ce qui ne va pas chez un patient simplement en respirant l'odeur de sa transpiration. Je l'ai vu jeter un seul coup d'œil à une femme et lui dire qu'elle avait contracté la tuberculose sept ans plus tôt à Hong Kong, et que le traitement qu'on lui avait prescrit n'était pas suffisant. Et il avait raison. En plus, il ne demande que vingt dollars pour une consultation. (Elle scruta la vitrine.) Regarde, c'est du *ho shou wu*, j'en prends tous les jours pour empêcher mes cheveux de blanchir. Et il y a de la réglisse chinoise, qu'on prend pour dissiper ses angoisses.

J'essayais d'apercevoir la personne qui nous suivait, mais je ne voyais que des vieux Chinois en casquette de base-ball, et des femmes en gilet de laine faisant leurs courses au marché en plein air.

Poursuivant notre périple, nous revînmes vers la Bowery. Au bout de Division Street, je vis que la circulation commençait à stagner en direction du pont de Manhattan. Dans la rue piétonnière, sous le pont, brillaient les lumières d'un restaurant où l'on pouvait manger des pattes d'ours et d'autres morceaux de choix provenant d'animaux en voie de disparition. Une statue de Confucius agrémentait le carrefour ; le sage se tenait debout sur un gros bloc de pierre grise. À ses pieds, il y avait des fleurs, en guise d'offrandes. Un vent léger jouait avec les plis de la jupe d'Henderson, la rendant plus transparente encore. La laine de sa veste blanche était très mince, et quand elle me prit le bras, je sentis qu'elle pressait son sein contre moi, avec une chaleur qu'elle voulait communicative, mais elle avait choisi le mauvais moment pour être câline. Toute mon attention se concentrait sur la foule massée au carrefour, dans l'espoir de détecter un suiveur quelconque. Un vendeur de wontons étalait sa pâte sur une boîte en carton. Un marchand de pattes de poulet et de calmar au curry poussait sa carriole vers moi. Sur l'escalier de secours, au-dessus de ma tête, une vieille femme plaça un bâton d'encens dans un encensoir, et une mince volute de fumée grise s'échappa à travers la rambarde métallique.

Nous redescendîmes Pell Street, enjambant des rigoles d'eau échappées des étals de poissons et de légumes qui encombraient les trottoirs. Au moment où nous passions devant un marchand de journaux, un éclair de lumière dorée attira mon regard. C'était le reflet de l'amulette d'Henderson, renvoyé par un miroir aux esprits placé près de la porte pour éloigner de la boutique les énergies malfaisantes. Sondant le miroir, je repérai notre homme. Il s'était arrêté sous l'auvent d'une boutique de cadeaux, de l'autre côté de la rue. Sa main n'était pas sur la poignée de son sac à provisions, mais enfouie à l'intérieur du sac, sans aucun doute autour de la crosse d'un automatique... Un Exécuteur de Sekhmet. Je l'observai tandis qu'il s'efforçait de s'attarder sous l'auvent d'un air détaché ; il était nerveux. Se dandinant d'une jambe sur l'autre, il tournait la tête de droite à gauche, redoutant une éventuelle intervention extérieure — un signe évident de son inexpérience. Un tueur chevronné fonce tout droit sur sa cible, sachant qu'une attaque subite est la meilleure solution. Celui-là rassemblait encore son courage.

Moi aussi, je transpirais, et je n'avais pas besoin d'un médecin chinois pour me dire de quoi je souffrais. On ne nous suivait pas pour obtenir des informations, mais pour nous faire la peau, et un amateur comme ce guignol signifiait une agression bestiale à la première occasion. Pour nous éloigner de la foule, j'entraînai Henderson dans Catherine Street, la gardant à ma gauche, hors de portée du tueur. Devant nous se dressait l'entrepôt d'un importateur, vaste comme une caverne et rempli de sacs et de caisses. Un vieux Chinois gardait l'entrée, assis sur une chaise pliante en bois, les mains reposant sur la poignée de sa canne, aussi immobile que la statue de Confucius.

Henderson me parlait d'un homme qui l'avait invitée un jour, et qui l'avait profondément déçue en arrivant à leur rendez-vous vêtu d'un pantalon à carreaux vert et rouge vif.

— Je lui ai à peine parlé de toute la soirée, dit-elle.

Je la fis entrer dans l'entrepôt, sortant mon portefeuille au même moment pour fourrer ma plaque sous le nez du vieux Chinois.

— Inspection des locaux.

Il me regarda, impassible ; les commerçants de Chinatown étaient sans cesse harcelés par des types brandissant des insignes. J'avais pris Henderson par le bras et je l'entraînais vers le fond du hangar.

— Jimmy, tu connais quelqu'un, ici ?

L'entrepôt sentait le thé et la toile de jute. J'entraînai Henderson entre deux piles de sacs.

— Nous sommes suivis.

Le tueur était sûrement armé d'un automatique, et nous n'avions aucune chance en restant au niveau de la rue. D'un seul élan, je saisis Henderson par la taille et la hissai en haut d'une pile, puis je la suivis, utilisant les interstices entre les sacs comme les marches d'un escabeau avant de basculer de l'autre côté.

L'atmosphère était étouffante, chargée d'une lourde odeur de grains. Déjà, la nouvelle devait être parvenue aux Spectres qu'un barbare avait franchi la ligne de démarcation. D'énormes quantités d'héroïne pure, de la Blanche de Chine, arrivaient de Hong Kong dans des entrepôts comme celui-ci. Je sentis qu'un regard plongeant était braqué sur moi. Je m'attendais à voir un Spectre armé d'un fusil à canon scié. Levant la tête, je découvris le regard menaçant d'un dragon chinois, suspendu au plafond par des cordes. Je le montrai à Henderson, lui chuchotant quelques mots à l'oreille. Elle détala parmi les sacs, comme une nymphe argentée volant au secours du dragon solitaire, et leva les bras, avec l'énergie du désespoir, pour dénouer la corde qui le retenait. Pour ma part, je chargeai un sac de riz de vingt-cinq kilos sur mon épaule, et me déplaçai sans bruit sur les autres sacs jusqu'à un endroit d'où je pourrais voir ce qui se passait en contrebas.

La chaise pliante en bois était vide ; le vieux Chinois était parti, se fiant à une forte intuition. L'exécuteur se trouvait juste au-dessous de moi. Il avait les cheveux noirs, rasés autour des oreilles ; son débardeur kaki laissait visibles, sur ses bras nus, des tatouages qui semblaient être l'œuvre d'un raton laveur attardé. Il était armé d'une mitraillette dont la crosse en fil d'acier dépliée, reposait dans le creux de son coude droit. C'était un petit tueur au rabais, capable d'arroser la rue entière dans sa nervosité. J'adressai un signe de tête à Henderson. D'un coup sec, elle fit sauter la corde de son taquet, et le tueur vit soudain s'abattre sur lui un monstre rouge, dont la gueule ouverte laissait pendre une langue énorme, rouge également. Il fit un écart et lâcha une rafale au hasard. Je lançai le sac de riz sur lui, de toutes mes forces. Le sac atterrit entre ses deux épaules, s'éventra, et aplatit le type sur le sol. Je lui sautai dessus, atterrissant sur son poignet avec mon talon, que je fis tourner en appuyant lourdement. Ses os cédèrent comme des baguettes de bois, et j'ôtai la mitraillette d'entre ses doigts ouverts. Il tenta de me saisir la cheville avec son autre main, mais je le frappai en plein front du bout de ma chaussure, pour ébranler ses hémisphères cérébraux et lui faire regretter de ne pas avoir, après tout, choisi de terminer ses études. Comme il faisait une nouvelle et timide tentative pour m'atteindre de dessous son tas de riz, j'imbriquai mes doigts dans les siens, que je retournai sèchement.

— Arrête, tu vas lui casser les doigts ! (Henderson surgit derrière la pile de sacs, les yeux aussi brillants que ceux du dragon. Elle se laissa glisser au bas de la pile et atterrit près de moi.) Tu es fou ? Comment as-tu pu faire une chose pareille ?

Le tueur gémit sous son monticule de riz. Le soulevant brusquement, je le remis sur ses pieds, et le plaquai contre le mur de sacs.

— Tu travailles pour qui ?

Je le secouai, et des grains de riz sortirent de ses cheveux. Il regardait ses mains fracturées. L'eau coulerait sous les ponts avant qu'il soit de nouveau en état d'appuyer sur la détente d'une arme.

Henderson assistait à la scène, horrifiée. Il ne lui vint même pas à l'esprit qu'elle serait déjà morte si je n'avais pas neutralisé l'individu. J'indiquai d'un signe de tête ses bras grossièrement tatoués, expliquant :

— Ce sont des tatouages faits en prison, avec des aiguilles de machines à coudre. (Je secouai le type encore une fois.) Allez, salopard, c'est le moment de cracher le morceau.

Le regard du tueur s'éclaircit peu à peu, et il me regarda avec la haine qui l'avait aidé à survivre en prison, à échafauder des plans pour l'avenir, à maintenir son cerveau et son corps en état de marche, à supporter des conditions de vie cauchemardesques. Il avait besoin d'une assistante sociale d'une grande sensibilité pour révéler le meilleur de lui-même, c'est pourquoi je lui bloquai le front avec le canon de la mitraillette.

— À Chinatown, personne n'appelle les flics quand quelqu'un se fait tuer. Je peux te descendre, et aller tranquillement manger un bol de riz après. (Je débloquai le cran de sûreté.) Tu connais le chinois ? Tu sais ce que ça veut dire, *shin sinbin* ? Ça veut dire cinglé, et c'est ce que je suis. La dame peut te le confirmer.

— Jimmy, dit Henderson froidement, il faut qu'il aille faire réduire ses fractures.

Le tueur ne lui prêta aucune attention, gardant les yeux sur moi. Son expression était un mélange de douleur et d'entêtement.

— Tirez, j'en ai rien à foutre.

— Je vais chercher le docteur Chi, annonça Henderson.

— Reste où tu es, grognai-je.

Je n'étais plus d'humeur à essayer les médecines douces. Je cognai une nouvelle fois le tueur contre les sacs, et les derniers grains de riz tombèrent de ses cheveux. Il marmonna :

— Je sais pas qui veut votre peau. Les contrats, ça vient de haut.

Je lui tordis l'avant-bras, révélant un tatouage qui était un signe d'appartenance à une bande : un nœud coulant entourant le nombre 96.

— Tu fais partie des Bourreaux, hein ?

— Et alors ?

— Alors, quelqu'un a demandé aux Bourreaux de me supprimer. Comment on s'y prend pour faire ça ? Les salauds dans votre genre n'ont pas leur adresse dans les pages jaunes.

— Je vous l'ai dit, on m'a juste refilé le boulot.

Son regard sournois d'ancien taulard exprimait toutes sortes de sentiments, mais la sincérité n'en ferait jamais partie. Le retournant comme une crêpe, je le projetai dans une caisse vide qui avait contenu des biscuits. Il atterrit durement, repliant ses mains brisées contre sa poitrine pour les protéger.

— Hé ! Qu'est-ce qui vous prend, bon Dieu…

J'agrippai deux sacs de vingt-cinq kilos et les lançai dans la caisse, par-dessus le type, lui laissant juste assez de place pour respirer. Puis j'en mis deux autres. Me disant qu'il avait dû pratiquer l'haltérophilie en prison, et qu'il devait facilement soulever une masse pareille, j'ajoutai quelques sacs de plus, jusqu'à ce que ses cris soient étouffés par le riz.

— Tu vas le laisser comme ça ? demanda Henderson.

— Les Spectres ne vont pas tarder à le trouver. Ils l'emmèneront peut-être chez le docteur Chi. Personnellement, j'espère qu'ils en feront du sushi.

Je jetai la mitraillette sur une caisse de thé, puis je pris Henderson par le coude. Elle me retira son bras aussitôt, et nous sortîmes en contournant la queue du dragon.

*
* *

D'ordinaire, quand on essaie de me tuer, je bois des cocktails extra-dry. Ce soir, je buvais de l'eau minérale, preuve que j'étais en progrès sur le plan spirituel. J'étais assis devant le long comptoir luisant du Shi King, sous une lanterne en papier. Henderson sortit du vestibule tendu de velours qui permettait d'accéder aux toilettes pour dames. Sa veste et sa jupe pâles paraissaient lumineuses sur fond de velours rouge. Je fis pivoter le tabouret de bar voisin du mien, et elle s'y glissa. Elle déclara :

— Tu me dégoûtes.

— Je t'ai sauvé la vie.

— Ce que tu as fait à cet homme est abominable.

— Henderson, il cherchait à nous tuer. S'il avait pu, il n'aurait pas hésité. Tu voulais que je lui donne la poignée de mains des boy-scouts ? Il appartient à une bande de trafiquants de drogue et de tueurs à gages. Si je lui ai brisé les mains, c'est pour qu'il y réfléchisse à deux fois avant de réessayer de me prendre pour cible.

— Tu as abusé de ta force. Il était pratiquement inconscient quand tu l'as mutilé.

— Henderson, des types comme ça sont capables de tuer en dormant.

J'étais sûr que je n'arriverais jamais à la convaincre. Elle ignorait ce que savait très bien Saul Feldman : qu'il existe un échelon supplémentaire de l'évolution, peuplé d'être dépourvus d'émotions.

Ils ont des principes, ce qui leur permet de passer pour des humains, et ces principes peuvent inclure la loyauté, l'honneur, et une sorte de piété païenne, mais leur code lui-même est inhumain. Pour eux, une vie d'homme n'a aucune valeur.

Henderson regarda la salle du restaurant.

— Je ne sais pas comment tu peux avoir envie d'avaler la moindre bouchée. (Elle me lança un regard oblique rempli de colère.) Enfin, tu en es peut-être capable. Tu es tellement primaire.

— À vrai dire, je meurs de faim.

— J'entends pratiquement les gargouillis de ton œsophage. C'est horrible. Comme un animal qui vient de tuer sa proie.

— Il y a des délicieux *dim sums* au menu.

— Tu viens de mutiler un autre être humain. Ça ne te soulève pas le cœur ?

— Henderson, quand on laisse des petits voyous nous gâcher l'appétit, on est foutu.

— Est-ce que tu imagines les souffrances que ce type endure en ce moment ? (Se tournant vers moi, elle m'examina soigneusement, d'un regard soudain clinique.) Quant à toi, tes méridiens sont profondément perturbés.

— C'est parce que je redoute les cinquante autres Bourreaux.

— L'inquiétude attaque directement le foie.

— Les balles de mitraillette aussi.

— Il faut qu'on laisse tomber cette enquête.

— Un Irlandais ne renonce jamais.

— J'ai commis une grave erreur en me mêlant de cette histoire.

— Tu m'as beaucoup aidé.

— Résoudre une énigme est assez amusant, je le reconnais. Mais les autres aspects de ton travail sont exécrables.

— Henderson, j'ai toujours aimé travailler seul. Mais il n'y a rien de mieux que de t'avoir comme associée.

— Il faut un certain type de personnalité pour devenir détective privé. Tu l'as, moi pas. (Elle pivota sur son tabouret de bar, et sa jupe épousa la courbe de sa cuisse.) J'aimerais bien avoir un beignet à la cannelle pour me remonter le moral.

— Je t'ai déjà dit que tu avais les plus belles jambes de New York ?

— De jolies jambes, Jimmy. Mais pas les plus belles. Il faut être grande pour avoir des jambes de classe internationale. Temple Rennseler a des jambes sublimes.

Le maître d'hôtel nous mena à notre table, Me baissant, j'en sortis une boîte bien ficelée. D'après l'étiquette, elle contenait des beignets chinois, mais elle était trop lourde pour ça. Je l'ouvris. La mitraillette du tueur y était proprement emballée dans du papier kraft. Henderson regarda l'objet.

— C'est le hors-d'œuvre ?

— C'est un Skorpion 61. L'ancienne arme des forces tchèques de sécurité. Celle-ci est équipée d'un silencieux, ce qui réduit la portée, mais notre homme savait qu'il ne serait pas loin.

— Comment cet engin est-il arrivé ici ?

— Les Spectres aiment bien se signaler aux gens qu'ils surveillent. Ce colis vient du Spectre qui garde l'entrepôt. Notre petite échauffourée a dû l'amuser.

Je sortis du papier d'emballage une carte de vœux chinoise. En l'ouvrant, je découvris un message inscrit avec soin et je le lus à haute voix : *Celui qui tient tête au tigre trouvera le succès.*

— Espérons que le Spectre a raison, dit Henderson.

*
* *

Nous étions devant l'entrée de son immeuble, dans Perry Street, et je m'apprêtais à la prendre dans mes bras pour presser mon foie inquiet contre le sien.

— Jimmy, excuse-moi. (Elle fixait sur moi un regard que je ne lui connaissais pas. Celui d'une petite Henderson glaciale. Elle ajouta :) J'ai failli faire quelque chose de vraiment stupide, ce soir.

— De quoi parles-tu ?

— Tu le sais bien. Cela a commencé quand nous étions devant Confucius. Tu étais si beau, au clair de lune, que je me suis sentie attirée vers toi plus que je ne l'ai jamais été. Mais c'est impossible, à présent. Nous allons rester amis, mais nous ne pourrons jamais être autre chose.

— Et pourquoi ?

— Parce que moi, je guéris les gens ; je ne les mutile pas. (Elle aplatit les revers de ma veste.) Tu m'as sans doute sauvé la vie, mais tes actes m'ont convaincue que nos chakras ne seront jamais en concordance. (Elle examina mon visage un moment, avant d'ajouter à voix basse :) Bonsoir, Jimmy.

Puis elle entra dans l'immeuble.

Apparemment, j'allais devoir trouver un moyen d'aligner nos chakras, dès que j'aurais découvert ce qu'étaient les chakras, et de quelle façon on nourrissait ces bêtes-là. Je longeai Bleecker Street jusqu'à Christopher Street, dans laquelle je tournai pour rentrer chez moi. Viola, en robe de chambre, grillait une cigarette sur le perron.

— McShane, tu as l'air crevé.

— J'ai eu des petits ennuis. C'est terminé. Comment ça va ?

— Bien. (Elle s'agrippait à la rambarde métallique, la tête dans le vide, le dos cassé, la fumée de sa cigarette serpentant entre les mèches en désordre qui pendaient sur son front.) Je prends un peu de bon temps.

Je descendis l'escalier menant à mon bureau. Quand j'allumai la lumière, mon lézard était sur son caillou, sondant l'obscurité de la rue avec sa propre interprétation reptilienne de ce qui se passait là-haut. Je rangeai la mitraillette, composai le numéro de la brigade criminelle, et demandai qu'on me passe Manning, qui assurait le service de nuit.

— John, qui dirige les Bourreaux ?

— *Un psychopathe qui s'appelle Samuel Stang, alias Le Scorpion pour ses admirateurs de la Quatre-vingt-seizième rue. Pourquoi ?*

— Je veux lui parler.

— *À quel sujet ?*

— Un contrat.

— *Tu veux faire supprimer quelqu'un ?*

— Non, ce sont les Bourreaux qui ont essayé de me supprimer. Je veux savoir qui les a engagés.

— *On travaille avec les fédéraux sur le dossier*

des Bourreaux. Ils sont sur écoute. Tu veux une copie ?

— Je veux entendre leurs appels des deux dernières semaines.

— *D'accord. Je te ferai passer pour l'un de nos intermédiaires.*

— Ils vont avaler ça ?

— *Bien sûr. Tu sais, ces enfoirés de fédéraux, ils sont recrutés parmi les avocats minables et les comptables au chômage. Ils ne sont pas foutus de se décoincer la queue quand ils se la prennent dans la fermeture éclair de leur braguette. Ils ne poseront aucun problème.*

— Merci, John. Comment se passe ta nuit ?

— *Je viens d'aller voir un type qui a pris une balle en pleine poitrine. Je lui ai demandé qui lui avait tiré dessus. Il m'a répondu : « Va te faire foutre ! », et il est mort. Tu as d'autres questions ?*

Je regardai le jeu des Trente, sur mon bureau.

— C'est tout, John. À plus tard.

Je raccrochai, sans quitter le jeu des yeux. Mon pion le mieux placé ne se trouvait plus sur la case des Exécuteurs de Sekhmet, où je l'avais laissé. Quelqu'un l'avait remis au début du parcours, sur la case appelée Crocodile (« Le joueur se fait dévorer »). Sortant mon Beretta, j'inspectai la seconde porte d'entrée de mon bureau, à l'arrière de l'immeuble. Les ombres projetées par les arbres du jardin ressemblaient aux silhouettes des tombeaux égyptiens, les bras tendus, la démarche raide. J'attendis, tendant l'oreille, mais les ombres restèrent immobiles. J'examinai le circuit de l'alarme autour des fenêtres et de la porte du jardin ; il était intact.

Je retournai dans la pièce du devant pour y ausculter les fenêtres. Une abrasion circulaire était visible sur l'un des contacts de l'alarme. On avait inséré entre eux un crochet mince en corde à piano. C'était un vieux système, que je n'avais jamais pris la peine de moderniser, sinon en installant des caméras vidéo. Les écrans de surveillance sont plus amusants à utiliser que les yeux électroniques. Quant aux grilles des fenêtres, je voyais bien, à présent, que leur serrure avait été forcée. J'aurais dû choisir des barreaux fixes, au lieu de grilles articulées, mais alors il aurait été beaucoup plus difficile de nettoyer les vitres. Et, comme tous les messieurs vous le diront, des vitres propres sont essentielles pour ces moments où passe une minijupe.

Je vérifiai l'état de l'ordinateur du bureau ; il était intact, ainsi que les serrures des armoires de rangement et des tiroirs. On n'avait touché à rien d'autre qu'au jeu des Trente.

Je regagnai la rue. Viola se trouvait encore sur le perron. Elle me regarda à travers les volutes de fumée de sa cigarette.

— Qu'est-ce qui t'arrive ?

— Tu as vu quelqu'un essayer de passer par la fenêtre de mon bureau ?

— On t'a cambriolé ? (Viola écarta une mèche folle de son front.) Si ça continue, je vais me faire enlever et violer sauvagement. (Elle alluma une autre cigarette.) Aujourd'hui, je ne suis plus qu'un vieux sac ; mais il y a deux cent cinquante ans, j'étais une vraie beauté.

— Tu as encore ton charme, Viola.

— À condition que j'arrive à remettre la main dessus. (Elle resserra sa robe de chambre autour d'elle. Les pans élimés de sa chemise de nuit traînaient par terre. Elle regarda ses pieds, puis posa de nouveau les yeux sur moi.) Tu crois que j'ai toujours été minuscule ?

— Pourquoi ? Tu t'es tassée ?

— Autrefois, j'étais aussi grande que toi. (Plissant les paupières, elle me fixa de ses petits yeux larmoyants.) À moins que mon point de vue ait changé. (Elle essaya de gratter une allumette, mais sa main tremblait. Je lui pris l'allumette et l'enflammai à sa place. Elle se pencha vers la flamme jaune.) Merci. Une vieille dame n'oublie jamais. (Se redressant, elle exhala un nuage de fumée, accompagné d'un soupir que les mucosités rendaient rauque.) Je devrais peut-être fumer de l'herbe. Tu en as ?

— Pas en ce moment.

— Un petit peu d'herbe, c'est sans doute ce qu'il me faudrait. (Scrutant l'obscurité, elle regarda un couple d'hommes vêtus de cuir qui passaient sur le trottoir, se tenant par le bras.) Quand tu es amoureux, tout va bien. Le seul ennui, c'est que ça ne dure pas. (Elle souffla un ruban de fumée dans leur direction, et il dériva vers les fenêtres de mon bureau.) Dis donc, maintenant que j'y repense, j'ai bien vu un type remonter ton escalier. J'ai pensé que c'était un client du bar. Parfois, ils en sortent beurrés, et ils descendent les marches sans savoir où ils vont.

— À quoi il ressemblait ?

— Il avait un costume noir, et des boutons de manchettes qui en mettent plein la vue. On ne voit pas beaucoup de cambrioleurs avec des boutons de manchettes.

— Non, c'est vrai.

— Et son eau de toilette se sentait de loin. Je lui ai lancé une œillade assassine. (Viola exhala un autre soupir encombré de glaires.) Il a raté la nuit d'amour la plus vicelarde de sa vie.

— Tu veux que je t'aide à remonter ?

— À moins que tu aies l'intention de me porter dans tes bras, McShane, tu ne peux pas faire grand-chose pour moi.

Je lui tins donc compagnie un moment sur le perron, et je cherchai avec elle, à travers la fumée de sa cigarette, une hypothétique solution à la vieillesse, à l'insomnie, et au jeu des Trente.

C'était la fin de la journée au bureau. Henderson et Ranouka étaient toutes les deux parties, et j'étais seul avec mon lézard, disputant une partie de jeu des Trente contre un adversaire imaginaire. Mes pièces étaient déployées sur le plateau comme la ligne d'attaque d'une armée. Je disposais d'une trouée franche vers le bord opposé, et je m'apprêtais à lancer les dés quand le téléphone sonna.

— McShane.

— *C'est Booker. Je suis dans la camionnette, devant chez Rennseler. Il vient de recevoir un coup de fil qui l'a vraiment secoué. C'était pour le convoquer à un rendez-vous, ce soir, à son bateau. Au bassin de la Soixante-dix-neuvième rue, à huit heures.*

— Tu as entendu des noms ?

— *Rex.*

— Tu as bien travaillé, Bobby. Tu es confortablement installé ?

— *Tu sais, la camionnette est entièrement équipée. J'ai un frigo plein, des toilettes, et je regardais un match des Mets quand le téléphone a sonné.*

Bobby raccrocha.

Reposant le combiné, je tapotai la vitre de mon lézard.

— Tu vois où se trouve mon pion ? Sur la case de la Barque Solaire. Celle qui mène le pharaon à sa demeure céleste.

Le lézard me fixa sans ciller, observateur impassible de la partie. Je regardai le jeu de nouveau. Il possédait une véritable présence pour moi, à présent, celle d'un vieux sage dont le savoir serait gravé dans chacune de ses cases. Je me laissais guider par lui sur le chemin du hasard, et un détective privé récolte des informations partout où il peut en trouver.

*
* *

Je me garai sur West End Avenue et me dirigeai à pied vers le fleuve. Les trottoirs de Riverside Walk sont éclairés par des réverbères dont la lueur scintille à la surface de l'eau. Près du fleuve, se trouve la rotonde, où campent les sans-abri. Non loin d'eux, à la portée d'un rêve creux, s'étale le bassin de plaisance, brillant des mille feux des yachts de luxe. Saul Feldman m'attendait à l'entrée du bassin, qui était protégée par une barrière de grillage, surmontée d'un rouleau de barbelés. Plongeant la main dans sa poche, il en ressortit la clé de la grille, qu'il ouvrit pour nous permettre d'accéder à la jetée. En plus des puissants navires de croisière, il y avait aussi des rangées de maisons flottantes, et une odeur de barbecue provenait de l'une d'elles où une soirée battait son plein.

— C'est un mode de vie tellement romantique, dit Saul. Le clapotis des vagues, les détritus qui dérivent au fil de l'eau... Quand mon père était gamin, il se baignait dans ce fleuve. Tu t'y baignes aujourd'hui, tu attrapes des maladies pas possibles.

— Je te remercie d'être venu jusqu'ici.

— Je t'en prie. Le bateau de Pinski est à l'autre bout de la jetée.

— Qu'est-ce qu'il fait dans la vie, ton ami Pinski ?

— Il est quincaillier. Dans le Queens. Il a un entrepôt grand comme un stade. Complètement rempli de boulons et d'écrous. Pinski lui-même n'en connaît pas le nombre. Mais il en a plus que n'importe qui.

Les vagues clapotaient, et je supposai que les détritus dérivaient au fil de l'eau. J'aimais l'odeur du fleuve, malgré tout ce qu'il pouvait charrier, et la nuit devenait plus fraîche à mesure que nous avancions sur la jetée. L'Hudson s'étalait, large et sombre, entre nous et les lumières de la côte du New-Jersey.

Saul s'arrêta près d'un gros bateau de plaisance de couleur blanche. La poupe portait le nom *Pinski*.

— On peut y dormir à douze. Il y a des jolies petites couchettes où tu te cognes la tête, mais Pinski te donne un valium et tu passes une bonne nuit.

— Tu as trouvé le bateau de Rennseler ?

Saul me désigna une vedette longue et effilée, semblable à celles qu'utilisent les trafiquants de drogue pour semer les garde-côtes. Elle avait été baptisée *L'Insoumise*.

Saul me dit :

— Vas-y, fais ce que tu as à faire. Je me suis occupé du capitaine du port.

Je me dirigeai vers *L'Insoumise*. Mon premier travail était de neutraliser le système de sécurité du bateau. Il s'agissait d'un capteur Marsouin, certainement alimenté par la batterie du moteur. J'ouvris le capot arrière, découvrant un V8 Mercedes immaculé, et je débranchai les câbles électriques. Puis je démontai les bougies, pour que le bateau ne puisse aller nulle part ce soir. Laissant le capot ouvert, je sautai à bord. L'intérieur luxueux du bateau de Rennseler luisait de tous ses chromes et ses cuivres. Le tableau de bord avait un volant de voiture de course, avec une finition en fibre de carbone noire. Depuis la cabine, on découvrait le pont avant, pointu comme une flèche pour dépasser tout ce qui se déplaçait sur l'eau. Je fixai un micro à une prise d'air, près de la porte de la cabine avant ; il capterait la moindre parole prononcée à bord. Pour finir, je rebranchai le capteur Marsouin, avant de fermer le capot. Un instant plus tard, j'avais rejoint Saul sur la jetée. Il me lança un regard inquisiteur.

— Qu'est-ce qui va se passer ici, ce soir ?

— Rennseler a rendez-vous avec un type qui a menacé Temple.

— Pourquoi tu ne te contentes pas de le cravater ?

— Je ne suis que détective privé, je nc peux pas coincer les gens comme ça. Quelle que soit son identité, de toute façon, ce type se fermerait comme une huître. J'ai besoin de renseignements. Temple ne m'a pas engagé pour la protéger. Elle veut savoir qui a tué son père. Alors, je vais commencer par écouter ce qu'il dit ; après, je lui tomberai peut-être sur le dos.

— Tu penses que c'est lui qui a tué Tommy ?

— Je n'en sais rien. Richard Rennseler est tout aussi suspect. Il faut que j'entende ce qu'ils se disent. (Je regardai ma montre.) Ils ne devraient plus tarder. On ferait mieux de monter sur le bateau de Pinski.

Nous retournâmes au gros bateau blanc. Saul sortit une télécommande à infrarouge et la dirigea sur la centrale de sécurité installée à bord. Le système fut neutralisé ; Saul posa un pied sur le bastingage, mais le *Pinski* bougea sous son poids.

— Pourquoi est-ce qu'on ne boulonne pas les bateaux au quai ? Oh, que c'est pénible... Tiens la rambarde un moment... J'ai déjà mal au cœur.

Saul sauta sur le pont et je le suivis. Le pont arrière était protégé par un auvent en teck, abritant une table et des fauteuils en rotin. Saul ouvrit la porte de la cabine principale. Ce bateau n'avait rien du camping-car de retraité garni polyester. Les lambris des murs étaient en merisier verni au tampon. Une table ronde monopode, en merisier également, trônait au centre de la salle, entourée de quatre fauteuils en daim. Des banquettes en daim, discrètement éclairées par en dessous, entouraient la cabine. Saul s'approcha du bar et se servit un verre.

— Moi, je préfère la terre ferme. Avec un bon bout de ciment bien solide pour y poser les pieds. Mais chacun ses goûts.

— Pinski fait des longues croisières ?

— Jusqu'à la Statue de la Liberté. Tu as le temps de vomir une fois et tu reviens.

À travers le hublot de la cabine principale, je voyais le bateau de Rennseler. Je sortis mon récepteur et le posai sur une table faisant face à *L'Insoumise*. Quand je l'allumai, je captai le grincement des pontons et le clapotis des vagues. Saul regarda par-dessus mon épaule.

— Un système d'écoute ?

— Oui.

— Combien ?

— Deux mille dollars.

— Ça, c'est de l'écoute.

— J'aime entendre des voix de loin. C'est quelque chose qui m'est resté du temps où j'étais gosse.

— Autour de moi, quand j'étais gosse, tous les gens braillaient à pleins poumons. Ils pouvaient te crever les tympans à travers une porte en fer. (Saul s'assit près d'un hublot et contempla les bateaux alignés sous les lumières de la jetée.) Qui est ce type qui a menacé Temple ?

— Un certain Rex. Je pense qu'il a pu aider Rennseler à importer des œuvres d'art en fraude. En ce moment, il y a un objet égyptien de dix millions de dollars qui se promène dans la nature, et personne ne semble savoir où il est.

— Rex veut mettre la main dessus ?

— Et Richard Rennseler aussi.

— J'ai rencontré Richard Rennseler une fois, dans la boutique de Tommy. Tout comme son frère, grand bourgeois jusqu'au bout des ongles. Et cet objet, qu'est-ce que c'est ?

— Un sceptre égyptien en or massif.

Saul se leva et se prépara un autre verre.

— Dix millions de dollars, ce n'est pas rien. Avec ça, je pourrais m'acheter un bateau dix fois plus grand que la coquille de noix de Pinski. Je pourrais faire la course avec lui jusqu'à la Statue de la Liberté, et dégueuler avant lui. Tu veux un verre ?

— Non.

Saul s'approcha d'un hublot situé de l'autre côté du bateau, et regarda le paysage, vers le New-Jersey.

— On vient au monde, on vit le temps d'avoir quelques regrets, on meurt... À quoi ça rime, tout ça ?

Je surveillais la jetée, entre la rangée de bateaux et la rive. Les voix des gens qui faisaient une fête dans la maison flottante se mêlaient au murmure du courant entravé par la jetée. La voix de Saul s'éleva de nouveau derrière moi.

— J'aurais peut-être dû me lancer dans la quincaillerie avec Pinski. Il me l'a proposé. Il m'a dit : « Saul, si le monde tient debout, c'est grâce aux boulons et aux écrous. » Aujourd'hui, il a un yacht ; et moi, je vais au Pérou en canot. Enfin, on ne peut jamais prévoir, sur le moment.

Je vis Rennseler franchir la grille du port de plaisance. Il était seul. Il longea la jetée jusqu'à son bateau. Plongeant le bras dans la cabine, il composa le code de sécurité sur le tableau du système d'alarme, puis il monta à bord. Ses pas résonnèrent dans mon récepteur. Saul chuchota à mon oreille :

— Il peut nous entendre ?

— Non.

— Ce truc est vraiment sensible. J'entends Rennseler respirer. Il est essoufflé.

— Il est nerveux. Il est en train de perdre toute sa fortune.

— Il va devoir vendre sa vedette. Je l'achèterai peut-être. J'ai déjà un gilet de sauvetage.

— Saul Feldman, descendant l'Hudson pleins gaz.

— Et pas d'embouteillage. Tu as raison, on va aller lui faire une offre d'achat.

Je vis Rennseler mettre la main dans sa poche. Puis j'entendis coulisser la sécurité d'un automatique.

— Il a un pistolet.

— Un pistolet ? (Saul baissa la tête, se retrouvant sous le hublot, et il cala son verre entre ses genoux.) Je n'ai pas envie qu'il fasse des trous dans la coque du *Pinski*.

— On va essayer d'éviter ça.

— Pinski ne serait pas content.

— Moi non plus.

Je vis un homme franchir la grille. Il était grand, mince, en costume noir et boutons de manchettes voyants. Rennseler l'aperçut à son tour et remit le pistolet dans sa veste.

— Voilà notre homme. C'est Rex.

Les lumières de la jetée éclairaient son visage. Ses cheveux noirs étaient plaqués en arrière depuis le front. Il ressemblait suffisamment à Temple pour être ce jumeau perdu depuis longtemps qui hantait ses fantasmes. Il était plus grand qu'elle, ses pommettes étaient plus saillantes, sa bouche plus large et plus mince, et l'angle de sa mâchoire plus marqué, mais il avait malgré tout un air de famille avec les Rennseler. Je me demandai, le temps d'un bref égarement, si le fantasme de Temple n'avait pas une part de vérité. Avait-elle eu un jumeau, ou un frère illégitime ?

L'homme se dirigea tout droit vers le bateau de Rennseler, et sauta à bord d'un bond énergique. Rennseler le regarda, et la transmission de leurs premières paroles nous parvint :

— *Je ne sais pas pendant combien de temps encore tu penses t'en tirer comme ça.*

— *Aussi longtemps qu'il le faudra*, répondit Rex d'une voix profonde et rauque.

— *Qu'est-ce que tu attends de moi ?* demanda Rennseler.

— *Le sceptre. Qu'est-ce que je pourrais vouloir d'autre ?*

— *Je ne l'ai pas.*

Rex agrippa Rennseler par le col. Les pieds de Rennseler décollèrent du pont. Rex le tint en l'air, à bout de bras.

— *Espèce de salaud, tu n'as pas intérêt à me mentir.*

— *Je ne l'ai pas.*

— *Tu étais en Égypte avec Tommy quand il a mis la main dessus.*

— *Je l'ai aidé. Mais je n'ai vu le sceptre qu'un court instant.*

— *Tommy l'a caché, et tu sais où.*

— *Non, je n'en sais rien. Je le jure. Tu sais comment était Tommy. Il ne se confiait à personne.*

— *Si tu me mens, je te tuerai. J'ai bien envie de te tuer de toute façon.*

Rex accentua la pression autour du cou de Rennseler. Celui-ci donnait l'impression d'être à deux doigts de l'asphyxie. Je me dirigeai vers la porte de la cabine et Saul bondit derrière moi. Je lui fis signe de rester en arrière.

— Ça risque de devenir dangereux.

— Je me ris du danger.

Saul s'accroupit derrière moi. Je traversai le pont en courant et sautai sur le quai, Saul sur les talons. Rennseler avait réussi à sortir son arme, mais Rex la lui arracha des mains comme on retire un joujou à un enfant, et la lança dans l'eau. Puis il empoigna Rennseler par la ceinture et le col de chemise et l'expédia dans l'eau à son tour, avec une facilité impressionnante. Le bateau voisin du leur fut rabattu par le courant, et la coque frappa la tête de Rennseler. Il se retourna dans l'eau, flottant à plat ventre. Me voyant courir vers lui, Rex bondit par-dessus la proue de *L'Insoumise* et atterrit sur le pont d'un bateau dont le moteur tournait au ralenti. Le propriétaire était sur le quai, se préparant à embarquer une caisse d'alcool à bord. Bouche bée, il vit Rex larguer l'amarre, mettre pleins gaz, et traverser le bassin comme une flèche. C'était une vedette semblable à celle de Rennseler, construite pour aller très vite, qui laissait un large sillage double derrière elle. En quelques secondes, elle se retrouva au milieu de l'Hudson, comme une ombre en forme de V sur le fleuve éclairé par la lune. Je cherchai Rennseler des yeux et ne trouvai qu'une chaussure. Plongeant dans l'eau, je l'agrippai par le col et le remontai à la surface. Une vague putride nous submergea tous les deux, et je le poussai vers Saul, qui laissait pendre son bras dans le vide depuis la jetée.

— Je l'ai, Jimmy. Je le tiens... par la peau des fesses... Je le soulève... Et voilà.

*
* *

Rennseler était assis sur le pont du *Pinski*. Il s'était changé, enfilant des vêtements qu'il gardait à bord de *L'Insoumise*. Quant à moi, je portais un pantalon du quincaillier et un sweater sur lequel était brodé le nom de son bateau. Saul nous avait servi à chacun deux verres bien tassés, et j'en buvais un troisième dans l'espoir de détruire le large assortiment de bactéries que j'avais avalées. Rennseler s'épongeait les cheveux.

— Je suppose que je dois vous remercier.

— Parlez-moi seulement de Rex.

— Ce n'est pas possible.

Il réaffirmait ce qu'il considérait comme la différence de niveau social entre nous deux, alors que je venais de le sortir d'un égout. J'insistai :

— Ne faites pas l'idiot. Rex a failli vous tuer. C'est peut-être lui qui a tué votre frère. J'ai besoin de savoir qui c'est.

— Vos besoins ne m'intéressent pas. En aucune façon, je ne veux être mêlé à cette histoire.

— Rennseler, vous y êtes déjà mêlé.

— Rex pensait que j'avais en ma possession un objet qu'il recherche. Ce n'est pas le cas. Il le sait, à présent. Il ne m'ennuiera plus. (Se levant, Rennseler tendit la serviette à Saul.) Merci pour votre hospitalité.

— Rentrez chez vous, conseilla Saul. Prenez une

douche chaude. Demain, faites-vous faire une piqûre contre la typhoïde.

Rennseler se tourna vers moi.

— Vous voulez aider Temple ?

— Oui.

— Alors, laissez-la entrer dans cette clinique qu'Helen a trouvée. Les événements du mois écoulé l'ont menée à deux doigts de l'effondrement total.

— Pourquoi est-ce que tout le monde veut se débarrasser de Temple ?

Rennseler posa le pied sur le quai.

— Vous croyez que vous allez élucider le meurtre de Tommy. Tout ce que vous obtiendrez, c'est la mort de quelqu'un d'autre. Peut-être même la vôtre.

Il longea la jetée vers la sortie, passant devant les joyeux fêtards, et franchit la grille. Saul demanda :

— Comment une fille aussi gentille que Temple peut-elle venir d'une famille pareille ?

— Rex ressemblait à un Rennseler.

— Oui, et dans son comportement aussi. Il avait tout du salaud arrogant. Tu crois qu'ils ont un cousin bâtard quelque part dans la nature ?

— Et aujourd'hui, il veut sa part de la fortune familiale.

— Ma famille a déjà ma fortune. J'ai deux filles qui se promènent à dos de cygne. (Saul jeta la serviette dans un coin du pont.) Bon, et si on disait adieu au *Pinski* ? Avant d'aller chercher de la pénicilline ? (Après avoir pris pied sur la jetée, Saul leva les bras au ciel.) Une nuit sous les étoiles. La pleine lune. L'aventure. Un bourdonnement dans mes oreilles. Je suis vivant.

— Tommy Rennseler a-t-il pu avoir un fils dont Temple ignorait l'existence ?

— C'est bizarre, la famille. Ma femme a des cousins que j'aurais préféré ne jamais connaître.

Un rat sortit de la digue en pierre, le museau titillé par les odeurs de viande grillée. Il détala sur les pavés, sa longue queue traînant, légère, derrière lui, puis il rampa vers le bord de l'eau et disparut dans l'obscurité, pour renifler de plus près le barbecue. On ne sait jamais ce que peut trouver un rat par une nuit de pleine lune.

Je ressortis du port de plaisance avec Saul. Il me confia :

— Attends un peu que je raconte ça à Pinski. Il s'imagine que j'ai une vie monotone. Mais maintenant... Un détective, un pistolet, un micro espion...

Laissant derrière nous les alignements de bateaux de luxe, nous partîmes vers la rotonde, où les sans-abri s'étaient répartis le long des murs circulaires en pierre. Leurs formes indistinctes, leurs silhouettes accroupies formaient comme un sombre message hiéroglyphique à l'entrée d'un tombeau invisible. Je sentis qu'Anubis, le dieu-chacal des nécropoles, les épiait quelque part dans les ténèbres. Et il me fixait aussi, de son regard luisant d'une infinie patience. Dans le jeu des Trente, tout le monde se retrouve, tôt ou tard, sur la case d'Anubis.

Ranouka ouvrit la porte du bureau. À la façon dont elle la tenait, je devinai tout de suite que l'homme qui se trouvait derrière l'avait favorablement impressionnée ; ce qui signifiait qu'il devait être riche ou bien habillé.

— M. Hassanein Hamid.

Le marchand égyptien était l'un et l'autre. En refermant la porte sur nous, Ranouka m'adressa un petit hochement de tête approbateur, comme pour me dire que je ferais bien de prendre exemple sur mon visiteur.

— Entrez, M. Hamid. Asseyez-vous.

Son visage cuivré était mis en valeur par ses cheveux gris méticuleusement coupés. La coupe de son costume italien était irréprochable, et il se comportait en homme habitué à exercer un certain pouvoir. Il me tendit poliment la main, et je remarquai sa grosse chevalière ovale en or, dont les gravures à demi effacées me firent penser qu'elle était ancienne.

— Je suis enchanté de faire votre connaissance, M. McShane.

— Tout le plaisir est pour moi, M. Hamid. Je ne m'attendais pas à vous rencontrer si tôt.

— Non ? Mais le monde est petit. La preuve : vous me voyez ici, dans votre bureau, et je trouve le jeu des Trente sur votre table. Vous permettez ? (Ses doigts effleurèrent les bords du coffret, les hiéroglyphes gravés.) Une belle pièce. Certaines sont bien plus grossières. Et bien sûr, beaucoup d'entre elles sont des copies. (Il désigna les pions d'un signe de tête.) Vous avez appris les règles ?

— Oui.

— Avec qui jouez-vous ?

— Avec quelqu'un qui passe de temps en temps.

— C'est très bien. (Il souleva deux des pions.) Connaissez-vous la signification de cette case sur laquelle vous êtes ?

— Oui, j'y suis déjà passé.

— Si un Égyptien de l'antiquité était tombé sur cette case, il ne serait sans doute pas sorti de chez lui de toute la journée. Mais en ce qui vous concerne, vous ne redoutez nullement les Exécuteurs de Sekhmet. Pourquoi les craindriez-vous ? Et celle-là, où se trouve votre seconde pièce, est une case porte-bonheur.

— La Déesse de la Bière.

— N'oubliez pas de boire un verre aujourd'hui, M. McShane. La déesse vous sourira. (Il sourit aussi et remit le pion en place.) Puisque vous étudiez les principes du jeu, vous connaissez sans doute sa signification spirituelle, c'est-à-dire, que le vainqueur gagne le paradis ?

— Je le savais. Mais dites-moi... Qu'arrive-t-il au perdant ?

— Le dieu des enfers dévore sa conscience. Sa personnalité est détruite. (Ouvrant le tiroir du coffret, il en sortit les dés en os.) Alors, apprenez à bien jouer. (Il fit rouler les dés, et sourit quand ils s'immobilisèrent.) Tiens, la chance est avec moi. Mais cependant, si je jouais contre vous, je devrais calculer mes coups avec la plus grande prudence.

— Est-ce que vous jouez contre moi ?

— Non, M. McShane. J'espère au contraire que nous pourrons unir nos forces.

— Et ensuite ?

— Ensuite nous partageons le butin. Votre part ne serait pas négligeable.

— Je vous écoute.

Hamid reprit les dés et les frotta entre ses doigts.

— Le sceptre d'Akhenaton ?

— Je ne l'ai pas.

— Mais vous seriez bien capable de le trouver. Vous avez la réputation d'être tenace.

— Qui vous a dit ça ?

— Oh, on entend des rumeurs…

Hamid parlait d'une voix suave, sans élever le ton. Je soupçonnai la police du Caire et de Louxor d'avoir accepté de généreux cadeaux de sa part, ce qui expliquerait pourquoi il était ressorti lavé de tout soupçon de la récente enquête sur l'assassinat de Rennseler.

— M. Hamid, en ce qui concerne le sceptre, je me dois d'être avant tout loyal à ma cliente.

— En ce cas, je devrais peut-être devenir votre client à mon tour.

— Je serais heureux de vous représenter, mais

seulement lorsque d'éventuels problèmes d'intérêts contradictoires auront été résolus.

— M. McShane, Mlle Rennseler... pardon, votre cliente et vous connaissez la valeur du sceptre. Avez-vous pensé que nous pourrions le perdre à jamais si nous n'unissons pas nos efforts ?

— C'est un bon argument, M. Hamid. Je vais en faire part à ma cliente, et je vous ferai connaître sa décision. Où êtes-vous descendu ?

— Au *Carlyle*.

— Je vous ferai signe.

— Bien. Parfait. (Se levant, il me tendit la main de nouveau. Sa poigne révélait une énergie qui n'avait rien de superficiel ; une secousse brutale n'aurait pas réussi à le déséquilibrer. Il ajouta :) Vous savez, bien sûr, que c'est le Cobra qui a tué Tommy Rennseler, et qu'il veut récupérer le sceptre.

— Pensez-vous que le Cobra connaisse les règles du jeu des Trente ?

— Cela ne me surprendrait pas.

Hamid prit sur le plateau l'un des pions en forme de serpent.

— C'est vous qui avez arrangé une rencontre entre Tommy Rennseler et lui.

— Funeste intervention de ma part. Tommy a sous-estimé la force de caractère du Cobra. J'espère que Temple et vous ne la sous-estimerez pas. Je crois que je peux traiter des affaires avec le Cobra. Il ne me semble pas que vous en seriez capable. C'est pourquoi nous aurions beaucoup à gagner, vous et moi, à unir nos forces au cas où vous découvririez le sceptre. (Hamid observa une pause, son regard rivé au mien, et je sentis qu'il prenait ma mesure.) Le sceptre... Un si bel objet. Et pourtant, dès les premiers instants de sa découverte, il a provoqué la perte de beaucoup de gens.

— C'est le problème des beaux objets.

— Certes. Enfin, espérons qu'il ne provoquera pas la nôtre.

Il avait prononcé ces mots avec une apparente sincérité.

— Que savez-vous de Rex ?

— Rex ? Je n'ai jamais entendu ce nom.

— Bon, fis-je. Eh bien, je vous souhaite un agréable séjour à New York. Dites-moi, c'est une superbe chevalière que vous avez là.

Hamid leva la main.

— Il y a des siècles et des siècles, un noble la portait pour se protéger des morsures du cobra. Bonne journée, M. McShane.

Il repartit, et peu après je quittai le bureau à mon tour. J'avais rendez-vous avec un cheikh de ma connaissance.

*
* *

— Nunzio, tu savais qu'il y a une femme nue au-dessus de ta tête ?

Nunzio Vito, dit « Le Cheikh », renversa la tête en arrière pour examiner le nu tapageur décorant le plafond de la Cour Suprême de Manhattan. Ce nu faisait partie d'une fresque commandée en des temps moins cyniques, lorsque la Vérité pouvait être représentée sous la forme d'une femme dévêtue. Pourtant, d'une certaine façon, son allure de danseuse de boîte de nuit semblait appropriée à la ville de New York. Nunzio répondit :

— Bon Dieu, je suis bien venu ici une centaine de fois, et je l'avais jamais vue. Mais on peut faire confiance à Jimmy McShane pour repérer des nanas, même au plafond.

Je traversai avec lui la galerie remplie d'échos, où des gens nerveux passaient des coups de fil désespérés, sans remarquer, au-dessus de leurs têtes, la Vérité Toute Nue ni l'architecture romane censée les aider à apprécier la nature de la justice.

Franchissant le portique corinthien, nous descendîmes le vaste escalier de granit pour rejoindre la limousine de Nunzio, garée à un endroit où le stationnement était interdit. Son patron était un capitaine de la mafia, un certain Tony Trombetta. À cause de sa moumoute, les ennemis de Trombetta l'avaient appelé « Tony la Touffe » ; quant au procureur, c'est à comparaître qu'il avait appelé Tony — pour usure, trafic de drogue, proxénétisme, et racket. Nunzio ouvrit la portière de la voiture, et je lui tendis une cassette vidéo que j'avais réalisée en surveillant l'un des principaux témoins à charge sur lesquels comptait le procureur pour inculper Tony. Un bon procureur sait convaincre un grand jury d'inculper un sandwich au jambon ; seulement, Tony avait beaucoup d'argent, et avec de l'argent un avocat peut présenter suffisamment de demandes de réfutation de témoins pour retapisser le Waldorf Astoria ; de plus, il peut engager un privé aux tarifs élevés.

Nunzio Vito glissa la bande dans sa mallette et me regarda par-dessus ses lunettes de soleil à demi baissées sur son nez. Il était devenu quelqu'un dans la mafia après s'être débarrassé d'un indic d'une façon originale : après l'avoir barbouillé de sang avec de la viande de boucherie, il l'avait balancé dans la fosse de l'ours blanc de Prospect Park. L'ours avait dévoré l'indic, tête comprise. À chaque fois que je regardais Nunzio Vito dans le blanc des yeux, je me disais : *Ce type a jeté un être humain en pâture à un ours blanc.*

— Merci, Jimmy. (Il tapota sa mallette.) Tu as trouvé quelque chose de bien sur cette balance ?

— Il est grillé. Il ne lui reste plus une once de crédibilité.

— Tony sera très content. (Nunzio ouvrit le *Wall Street Journal* et le posa sur son volant.) Il m'a demandé de te dire… achète autant d'actions que tu peux de cette compagnie. (Il me désigna une entreprise de recyclage de déchets appartenant à la mafia ; les déchets qu'elle recyclait comprenaient sans doute les cadavres coupés en morceaux de ses concurrents.) C'est bon pour l'environnement, ajouta Nunzio, et ce sera bon pour toi.

À ce moment précis, les bonnes fées qui veillent sur moi me firent tourner la tête vers le rétro extérieur de la portière de Nunzio. Sortant de Foley Square, un motard à casque noir fonçait sur nous, et j'aperçus le bref éclair que lançaient ses boutons de manchettes. Je plongeai sur la banquette, tandis que s'égrenaient trois *plops* discrets. Brutalement, Nunzio piqua du nez.

La moto se mêla de nouveau au flot de la circulation, et je me tournai vers Nunzio. Il regardait le *Wall Street Journal* pour la dernière fois, le visage écrasé contre la page, le cerveau suintant sur les cotations en bourse, dispersant ses souvenirs fugaces d'un fameux plat de raviolis dégusté dans Mulberry Street. Les Exécuteurs de Sekhmet m'avaient manqué, mais ils avaient eu Tony.

J'examinai les alentours. L'attaque, discrète, était passée inaperçue au milieu de l'agitation fébrile qui régnait autour de Foley Square. Je n'avais pas besoin de publicité. J'allais bientôt me déguiser en courant d'air. Je sortis de la limousine et m'éloignai sans tarder, passant devant l'hôtel de ville et la statue du fondateur du *Herald Tribune*, qui regardait, assis, son journal en bronze. S'il était solide comme un roc, moi, en revanche, je tremblais de la tête aux pieds.

Des avocats de seconde zone, leur mallette à la main, honoraient de leur clientèle les marchands de plats à emporter ; ils y achetaient du poulet coréen qui aurait pu aussi bien être de la viande de rat hachée. Un peu plus loin, les bars et les restaurants regorgeaient d'huissiers, de clercs, de conseils en relations humaines, de garants de cautionnement, de conseillers municipaux, dont les visages me semblaient tous animés d'une façon grotesque parce que le masque figé de Nunzio Vito flottait encore dans ma mémoire. Un moineau, perché en haut d'une porte, posa les yeux sur moi ; puis il scruta le ciel, redoutant un éventuel prédateur, une précaution que j'étais à même d'apprécier.

Tournant dans Old Nassau Street, je traversai la zone piétonne du centre commercial. Je passai devant un magasin spécialisé dans les trophées pour compétitions de bowling, où des petits hommes en bronze lançaient des boules vers l'infini. Cela me fit penser aux pions du jeu des Trente, et, me rappelant la Déesse de la Bière, j'entrai dans un bar pour en boire une. Pour autant que je sache, c'était peut-être la déesse qui avait fait pivoter ma tête à la dernière seconde. Je commandai une vraie bière, pas une boisson sans alcool. Je me disais que la déesse n'avait sans doute que du mépris pour les ersatz. Et je dois avouer qu'aucune bière ne m'a jamais paru aussi bonne. Je la bus jusqu'à la dernière goutte, puis j'en commandai une autre et l'emportai dans la cabine téléphonique, au fond du bar, d'où j'appelai John Manning à la Criminelle.

— John, Nunzio le Cheikh vient de se faire descendre dans ton secteur.

— *Où est-il ?*

— Dans une voiture, devant la Cour Suprême.

— *Merde. Ces règlements de comptes entre mafieux, on ne sait jamais qui les exécute. Il va y avoir des représailles, d'autres types vont se faire flinguer sans qu'on apprenne jamais par qui, et mon pourcentage d'affaires résolues va baisser.*

— John, ne t'emballe pas sur cette histoire. L'assassin n'a rien à voir avec la mafia. Nunzio a récolté une balle qui m'était destinée.

— *Encore un coup des Bourreaux ? Je vais monter les voir et leur tordre le cou moi-même.*

— Non, cette fois, c'est un certain Rex. Il est impliqué dans l'affaire Rennseler. Grand, mince, il porte des boutons de manchettes et une eau de toilette peu discrète. C'est tout ce que je sais. Dès que j'ai du nouveau, je te fais signe.

— *On dirait que beaucoup de gens veulent ta*

peau, en ce moment. Tu devrais peut-être faire une retraite. Je connais un monastère dans le New-Jersey. Les moines plantent des petits arbres sur le bord des routes. Je crois qu'ils te laisseraient arroser les trous.

*
* *

La maison de Temple se trouvait dans la Trente-troisième rue, près de Lexington Avenue. Un portail en fer donnait sur une cour intérieure pavée, encadrée de part et d'autre par d'anciennes écuries du début du siècle transformées en duplex. Franchissant la grille qui n'était pas verrouillée, je pénétrai dans l'atmosphère fragile du passé. Des voitures tirées par des chevaux avaient amené, dans cette cour, des dames en robes à crinoline. Descendant de leur véhicule, elles avaient posé le pied dans l'éternité. Elles avaient été accueillies, ici même, par de fringants jeunes gens, tandis que des valets emmenaient les chevaux. On ne leur avait certainement pas prédit que leur époque allait disparaître, effacée par des ténèbres auxquelles un détective privé allait tenter de les arracher.

La plupart des anciennes écuries aménagées ressemblaient encore à ce qu'elles avaient été au début du siècle. Je repérai immédiatement celle de Temple, car elle avait subi des transformations architecturales considérables, surtout visibles à travers les fenêtres donnant sur la cour, mais aussi à de subtiles altérations de la façade. La pièce que je découvrais ressemblait à une galerie d'art — des murs blancs pour les toiles, et beaucoup d'espace.

Soulevant le marteau de la porte, je frappai quelques petits coups secs et métalliques. Un œil apparut au judas.

— Temple, c'est Jimmy McShane.

La moitié supérieure de la porte à deux battants s'ouvrit, et Temple apparut, les cheveux maintenus en hauteur par un foulard, les deux pans de sa chemise noués sur le nombril, les mains protégées par des gants en caoutchouc. Elle me regarda fixement, et pendant un moment je crus qu'elle ne me reconnaissait pas.

— Votre détective favori, ajoutai-je. Je vous ai téléphoné il y a une demi-heure.

Elle cligna les yeux, sourit, et dit :

— Excusez-moi, je rêvais. Et... (Elle ôta ses gants de caoutchouc.)... le samedi, nous faisons le ménage.

Elle ouvrit la moitié inférieure de la porte et me fit entrer. Je m'attendais à voir une femme de ménage venue l'aider, mais Temple était seule. Elle portait un short kaki et, comme disait Henderson, elle avait des jambes de classe internationale.

— Vous avez une maison merveilleuse. C'est vous qui l'avez restaurée ?

— C'est mon père. Il en était propriétaire depuis des années, et il m'en a fait cadeau quand j'ai terminé mes études supérieures. Je peux vous offrir un café ?

— J'aimerais mieux une bière.

Je m'assis dans le salon. Les fauteuils et les canapés étaient recouverts de cuir blanc, en harmonie avec le blanc des murs, pour que les œuvres d'art antiques semblent flotter comme des divinités sur un fond de nuages.

La pièce, haute de plafond, possédait deux balcons intérieurs menant sans doute aux chambres, qu'on avait dû aménager dans les anciens greniers à foin. Temple descendit quelques marches, dans un angle du salon, vers une cuisine en sous-sol. Regardant la cour à travers la fenêtre, je songeai de nouveau à ces jeunes gens d'une autre époque ; coiffés de leurs hauts-de-forme, ils faisaient tournoyer leur canne dans le soir d'été, et le monde leur appartenait — mais leur monde n'était plus aujourd'hui qu'un Manhattan invisible que personne ne connaissait, pas même un enquêteur muni de codes d'accès.

Les pas de Temple remontèrent l'escalier, et elle apparut à la porte munie de deux bouteilles de bière et de verres givrés. Elle avait ôté son foulard, et ses cheveux noirs, légèrement humides, étaient plaqués sur sa tête. Elle s'assit en face de moi.

— Eh bien, dit-elle, j'espère que vous m'apportez de bonnes nouvelles.

Mon regard s'égara sur ses jambes nues. Difficile pour un homme, à moins d'être changé en statue babylonienne, de ne pas réagir à pareil spectacle, mais j'avais encore dans l'oreille les trois *plops* du semi-automatique pointé sur moi une heure plus tôt. Je lui demandai :

— Temple, avez-vous un frère ?

— Vous savez bien que non. Pourquoi me le demandez-vous ?

— Parce que j'ai aperçu Rex. Il ressemble à un Rennseler.

Son visage exprima sa stupéfaction.

— Où l'avez-vous vu ?

— Sur le bateau de Richard. Et puis, il y a une heure environ, il a essayé de me loger une balle en pleine tête.

Elle se leva d'un bond, nerveusement.

— J'abandonne cette enquête.

— Vous ne pouvez pas l'abandonner maintenant. Même si vous y renoncez, je la poursuivrai, parce que je n'arrive pas à m'ôter de l'esprit le sceptre d'Akhenaton, et que je veux le trouver. Donc, commençons par découvrir l'assassin de votre père. Qui Rex pourrait-il être ?

— Je n'en ai aucune idée. J'ai des cousins, du côté de mon père comme de ma mère. Il y a des ressemblances, bien sûr.

— Rex vous ressemble beaucoup. Il est plus charpenté que vous, la mâchoire plus lourde, un peu plus grand peut-être, mais les similitudes sont frappantes.

Temple reprit place, lentement, en face de moi, l'air profondément perplexe.

— Vous êtes sûr que vous n'avez pas imaginé tout cela ?

— Saul Feldman l'a vu aussi.

— Je ne sais que vous dire. C'est comme si vous m'appreniez que mon jumeau imaginaire — mon fantasme — est une réalité.

— Est-il possible que votre père ait eu un fils illégitime ? Quelqu'un qui serait resté dans l'ombre toutes ces années ?

Elle hésita avant de répondre, ses yeux allant vers le jeu des Trente posé sur la table basse. Les pièces étaient disposées sur le plateau ; une partie était en cours. Le pion le plus avancé se trouvait sur la case de Seth, le Frère Maléfique et Jaloux. Finalement, Temple me dit :

— Vous avez découvert, concernant mon père, des choses que j'ignorais et dont je ne l'aurais jamais cru capable. C'est pourquoi je ne peux désormais écarter aucune hypothèse.

— Quelle que soit son identité, ce Rex connaît l'existence du sceptre, qu'il croyait aux mains de Richard. Et il le veut. Comme il n'a pas pu l'obtenir de votre oncle, je suppose que c'est vous qu'il va venir voir ensuite. Méfiez-vous, il est violent. Mais vous le savez déjà, sans doute.

— Comment le saurais-je ?

Elle avait commencé à se lever, comme si j'avais porté une accusation contre elle.

— Le message qu'il vous a envoyé...

Elle se rassit.

— Oh... Oui, bien sûr. C'est un détail que je m'efforçais d'oublier. Je parviens très bien à oublier certaines choses, vous savez.

— Interrogez votre mère au sujet de Rex. Elle doit savoir quelque chose. À présent, il faut que je vous parle des relations entre Charles Brand et votre père. Cela ne va pas vous faire plaisir.

— Il faudra quand même que j'accepte les faits.

Les pieds posés bien à plat sur le sol, elle croisa les bras sur sa poitrine, prête à affronter mes révélations.

— Il est très probable que votre père faisait chanter Brand.

C'est l'aspect de mon métier que je déteste : vous

révélez des détails beaucoup trop intimes, et vous voyez s'effondrer devant vous, sans rien pouvoir y changer, les douces illusions de vos clients. Les gens devraient avoir le droit de perdre leurs illusions dans l'intimité de leur cabine de douche, où ils noieraient leurs larmes dans un flot purificateur. Temple demanda :

— Qu'est-ce que mon père savait, au sujet de Brand, qui puisse se monnayer ?

— Brand commet des crimes sexuels.

Elle frémit en entendant ces mots.

— Quel genre de crimes sexuels ?

— Il aime les petites filles.

— Qu'est-ce que vous appelez « petites » ?

— J'ai une cassette vidéo de Brand, dans laquelle on le voit avoir des rapports sexuels avec une fillette de huit ans. Et il se livrait probablement au même genre de pratiques sur la fille de sa cuisinière, jusqu'à ce que je sorte la gamine de là. Quoi qu'il en soit, c'est un domaine de premier choix pour un chantage.

Les bras de Temple restaient croisés sur sa poitrine, comme pour protéger son cœur.

— Mon père était riche. Il n'avait pas besoin de faire chanter les gens.

— Je crois qu'il n'a pas résisté à la tentation.

Elle regarda une statue, une autre représentation d'un homme à deux têtes. L'un de ses visages était grave, mais le second souriait d'un air sournois. J'ajoutai :

— Il est difficile de juger son propre père. Le mien allait à la messe tous les matins, mais il était mouillé jusqu'au cou dans les trafics de la mafia. J'ai appris à ne pas poser de questions.

Se levant brusquement, Temple se dirigea vers la partie de la pièce qui servait de coin repas. Elle ouvrit le bar, se servit un verre d'alcool, et le vida d'un trait.

— Vous voulez boire quelque chose de fort ?

— Non, merci. Je vais rester fidèle à la bière. Elle me porte chance.

— La bière est un porte-bonheur ?

— Elle l'a été pour moi, aujourd'hui.

Elle s'appuya contre le bar, puis elle désigna les bustes en bronze qui nous entouraient, et les torses sans tête, en marbre.

— Autrefois, je croyais les entendre respirer. J'imaginais qu'ils connaissaient mes secrets les plus intimes, les plus sinistres. Par moments, j'avais envie de les massacrer à coups de marteau. La Vierge Marie connaissait mes secrets. Aujourd'hui, les animateurs de la télévision connaissent ceux de tout le monde.

Elle se versa un autre verre et l'avala.

— Les statues savaient qu'il me manquait tout ce qui rend une personne sympathique. (Elle tenta de se verser un troisième verre, mais sa main tremblait et elle reposa la bouteille.) Les statues savaient que j'étais méprisable.

J'étais stupéfait de l'entendre parler de cette façon. Je protestai :

— Ce n'est pas du tout l'image que vous donnez. Vous êtes quelqu'un de généreux.

Elle fit une nouvelle tentative avec la bouteille,

et réussit à remplir son verre dont elle prit une petite gorgée.

— Quand mon père a été assassiné, j'ai pensé que c'était ma faiblesse qui l'avait rendu vulnérable.

— Cela n'a pas de sens.

— Il s'inquiétait beaucoup trop pour moi. Je voyais bien que cela influençait son jugement. (Elle frotta le bord de son verre de droite à gauche contre sa lèvre.) Ma mère a raison de dire que je répugne à fréquenter mes clients. C'est parce que je sais qu'une fois chez eux, ou à bord de leur bateau, je risquerais de me sentir mal à l'aise. Je me mettrais peut-être à boire pour surmonter ma timidité, et mon comportement s'en ressentirait.

— Vous êtes intelligente, belle, et riche. Ce sont des avantages importants.

Je regardai les bustes en pierre, tout autour de nous. Il me sembla soudain qu'il y avait foule, dans cette pièce. Quand je me tournai de nouveau vers Temple, j'eus l'impression que les statues tendaient toutes l'oreille, et que je parlais à une douzaine de personnes.

— Excusez-moi... (Elle passa dans ses cheveux une main qui tremblait.) Je ne devrais pas vous ennuyer avec mes histoires.

Je vis la peur s'emparer d'elle. Son regard se porta vivement vers la fenêtre, et la cour, où il n'y avait personne. Je lui annonçai :

— Hassanein Hamid est en ville ; il cherche le sceptre du pharaon.

— Oui, je le sais. Il est passé voir ma mère.

— Ils sont amis ?

— Plus qu'amis.

— Que voulez-vous dire ?

— Que croyez-vous que je veuille dire ?

— Ils sont amants ? Depuis combien de temps ?

— Des années. Du plus loin que je m'en souvienne, ils l'ont toujours été. Je crois qu'ils vivent ce qu'on appelle un grand amour.

— Pourquoi ne me l'avez-vous pas dit plus tôt ?

— Je croyais vous en avoir parlé. N'oubliez pas que j'ai une très mauvaise mémoire.

— Eh bien, leur grand amour pourrait être aussi un excellent mobile de meurtre. Hamid tue votre père, Helen vous reprend l'affaire, après quoi Hamid et elle s'associent. Ce serait un mariage très lucratif, de ceux qu'elle aime.

— Hamid a déjà une femme.

— Dans son pays, on peut en avoir plusieurs.

— Cela ne l'intéresse pas. Ce qu'il veut, c'est vivre intensément une situation impossible.

— Comment pouvez-vous si bien savoir ce qu'il veut ?

— Parce que je désire la même chose. (Elle buvait encore à petites gorgées, me regardant pardessus le rebord de son verre.) Cela vous arrive de faire l'amour au milieu de la journée ?

— Seulement le vendredi. C'est le jour où je semble en avoir le plus besoin.

Elle avançait vers moi, comme si j'avais sonné une petite cloche d'argent pour réclamer ses services. Elle dénouait déjà sa chemise kaki. Je me levai.

— Vous vivez une période de grande tension,

parvins-je à murmurer. Je ferais mieux de vous laisser seule, maintenant.

Ses longs bras se nouèrent autour de mon cou. Elle avait un regard vitreux, rehaussé par un éclat d'un bleu lumineux. Où avais-je déjà vu ce bleu superbe ? Avec la plus grande réticence, je lui pris les poignets et les détachai de mon cou, mais elle colla sa bouche contre la mienne, et sa langue au goût de whiskey glissa entre mes lèvres. Son bassin plaqué contre mon éthique professionnelle, je basculai sur le canapé. Elle tomba sur moi, mais au lieu d'être excité, je ne ressentais que de l'appréhension et de la tristesse ; un cadavre flottait sur les vagues de notre désir. Son bras sans vie, traversant l'écume, me toucha la nuque.

— Temple, ce n'est pas une bonne idée. Nous essayons d'élucider un meurtre.

Je la repoussai. Elle s'écarta de moi pour se rasseoir sur le canapé, regardant d'un œil morne une étagère du mur d'en face où se trouvaient Ephialtes et Otus, les dieux frères qui envoient des cauchemars aux femmes. Temple les avait retirés du magasin pour les installer chez elle, peut-être dans l'espoir d'obtenir leur indulgence. Je sentis la réalité de ses cauchemars. Ephialtes et Otus erraient toujours de par le monde, et le sommeil des femmes est différent de celui des hommes.

— Et puis, à quoi bon ? dit-elle à voix basse.

Baissant les yeux, elle vit les pans dénoués de sa chemise ouverte, et la referma lentement, cachant ses seins. Et voilà, pensai-je, c'est fini ; j'ai laissé passer l'instant magique.

Elle ajouta :

— Auden a écrit : « Le temps vous épie parmi les ombres, et il tousse au moment du baiser. »

— Vous avez l'impression que quelqu'un vous observe ?

— Oui. À chaque fois que je fais l'amour. Il tousse, et il gâche tout. À chaque fois. (Elle laissa échapper un long soupir.) Je ne vous reproche pas de vouloir éviter ce genre de liaison.

Elle répéta la citation d'Auden, plus doucement, le visage tourné vers Ephialtes et Otus sur leur siège de l'oubli, mais c'était à elle qu'elle destinait cette phrase, pour se rappeler cette présence qu'elle ressentait ; entre ces quatre murs blancs, quelque chose épiait Temple, et je m'étais senti épié aussi.

— Temple, je ne me suis jamais permis d'avoir une liaison avec une cliente, même s'il s'agissait d'une femme aussi belle et aussi désirable que vous. La situation se serait compliquée. Je n'aurais pas pu terminer le travail pour lequel vous m'avez engagé.

Elle semblait ne pas m'écouter ; je ne pouvais pas lui en vouloir. Soudain, elle releva la tête, comme s'il ne s'était rien passé du tout, et me demanda :

— Hamid pense-t-il que mon père a volé le sceptre ?

— Il en est sûr. (Contournant le canapé, je me dirigeai vers la porte.) Vous me direz ce que vous voulez que je fasse au sujet de Brand.

— Coincez-le.

Sa voix était celle avec laquelle j'imaginais depuis toujours que mon lézard s'exprimerait s'il pouvait parler.

— Je l'aurai, pour un crime ou pour un autre. Vous êtes sûre que ça va aller ?

— Oui. Je vais faire un peu de ménage de femme ivre.

Elle essaya de sourire. Je me dis qu'il valait mieux la laisser seule. Si je traînais, nos contours risquaient de se fondre de nouveau, et nous finirions par tourner en rond comme des petits amours sur une pendule viennoise.

Je ressortis dans la vieille cour pavée. Le soleil de midi avait repoussé les ombres contre le mur d'en face, cachant les fantômes des messieurs depuis longtemps disparus, et ceux des dames en crinoline qui descendaient de leur voiture. Je les rejoindrais dans les ténèbres un jour, après avoir poursuivi mes illusions un peu trop loin. Je franchis la vieille grille en fer, qui émit son propre commentaire — grinçant, comme il se doit, car le métal qui frotte le métal s'use inexorablement.

Puce Jensen, la Fouine Électronique, était installée devant son ordinateur. Une image numérisée de la petite esclave sexuelle de Brand se trouvait à présent sur l'écran — un portrait de face que nous avions extrait de la cassette vidéo. La machine avait analysé l'image, la séparant en plusieurs plans géométriques. Derrière le portrait défilaient des centaines d'autres visages : des enfants victimes d'enlèvement qui avaient le même âge, la même couleur de cheveux, leur image redimensionnée aux proportions de la nôtre. La succession rapide des photos formait une image tremblotante, frémissante, comme celle d'un ange qui tenterait de prendre corps. Puce m'expliqua, sans quitter l'écran des yeux :

— Ce sont les fichiers du Comité international pour la protection de l'enfance. Le mot de passe est *enfance*. Original, n'est-ce pas ? Mais ce programme qu'ils ont mis au point est fabuleux. Grâce à lui, nous pourrions identifier Peter Pan et les Enfants Perdus. À partir de normes statistiques, il analyse les traits de chaque gosse figurant dans sa base de données, et il calcule l'épaisseur de l'arête du nez, par exemple, ou la taille des pommettes, et produit une configuration probable. Ensuite, il compare cette configuration à la nôtre. Le programme pense que je suis le FBI, en train de faire des vérifications.

Le visage de notre petite victime tremblait, à chaque fois que les traits d'une autre enfant disparue apparaissaient derrière elle en transparence, puis s'effaçaient, les yeux de chacune d'entre elles semblant nous implorer de la choisir. Le remodelage de chaque nouvelle bouche faisait bouger leurs lèvres, comme si elles murmuraient une prière.

— Elles nous parlent, Puce.

— Je les entends, Jimmy. Ce travail-là, il ne te sera pas facturé.

— Tu es une brave fille.

— Pour une androïde.

L'ordinateur marquait un temps d'arrêt sur certains visages dont la ressemblance était plus marquée. La photo de notre petite fille prenait soudain une profondeur nouvelle, renforcée par la fusion des deux images, le regard devenant plus intense mais affecté d'un léger strabisme, et l'ordinateur reprenait ses recherches, implacablement. Puce se carra dans son fauteuil pour avaler une gorgée du cola sans sucre qui lui soutenait le moral.

— La Protection de l'enfance essaie d'obtenir du gouvernement la mise en place d'une procédure, à l'échelon national, consistant à archiver sur bande-vidéo le visage de tous les gosses scolarisés, une fois par an, avec des enregistrements de leurs voix.

Une gigantesque base de données de toute la population enfantine. Attends un peu, regarde ça...

Le prochain visage à apparaître derrière notre photo s'était figé sur l'écran. L'enfant au regard incertain avait pris un air buté, manifestant son intention de ne plus repartir. Les sourcils coïncidaient, ainsi que le nez, les joues, le menton.

— Il y a un léger effet de halo, dit Puce, mais c'est probablement la coiffure qui a changé. Voilà son identité.

Près du portrait de la fillette, un cadre rectangulaire se remplit de renseignements divers. Elle s'appelait Rebecca Hewitt, et elle avait été enlevée un an plus tôt à Albany, pendant qu'elle se promenait avec sa mère adoptive sur un marché aux puces en plein air. Pas de suspects, pas de pistes.

— Voyons un peu si ton M. Brand s'est déjà rendu dans la région d'Albany.

Puce fit pivoter sa chaise vers un autre écran, et en quelques secondes elle y fit apparaître le relevé de sa carte bancaire. Elle fit défiler la liste des achats.

— Un plein d'essence. Au lac Placid. Ce n'est pas très loin. (Puce continua son exploration.) Encore le lac Placid, un mois plus tard. Et de nouveau ce mois-ci. À propos... (Puce fit défiler la liste dans l'autre sens.) Brand a acheté un caméscope au début de l'année. Un excellent modèle. Avec des projecteurs et un trépied.

*
* *

— La prostitution enfantine rapporte beaucoup d'argent, dit Manning. (Je l'avais retrouvé dans une gargote, en face de la morgue. Les vapeurs de son café brûlant passaient devant ses yeux d'Irlandais, bleus comme la mer.) Au bureau, nous avons les chiffres que nous communiquent les fédéraux. L'esclavage sexuel rapporte environ un million de dollars à l'heure, sur cette saloperie de planète où nous vivons. La moitié concerne des enfants enlevés. Je m'occupe de ce genre d'affaires quand elles se terminent par un meurtre, ce qui n'est pas rare.

À travers la fenêtre crasseuse, nous avions une vue superbe sur le fouillis des bâtiments qui forment l'hôpital Bellevue, auquel la morgue est rattachée. Certains d'entre eux, désaffectés, penchent selon un angle inquiétant ; vidés, pillés, ils ont encore leurs balcons en fer forgé sur lesquels dorment des ivrognes. Dans l'une des cours, jonchée de gravats, s'élèvent des moignons de colonnes en béton qui ne supportent plus rien. Tout ce décor constitue un passage de choix entre notre société et le monde du crime, et Manning s'y rend chaque jour. Se penchant par-dessus sa tasse de café, il regarda, près de l'entrée de la morgue, un panneau qui disait : PRIÈRE DE NE PAS JETER DE CHIFFONS SALES NI DE DRAPS TACHÉS DE SANG DANS LES BENNES À ORDURES.

Manning se tourna vers moi.

— Le commerce de la pornographie enfantine est encore plus important. Les bénéfices que cela rapporte dépassent ceux de tous les studios de Hollywood réunis, quelque chose comme trois milliards de dollars par an. Avec des sommes pareilles, tu peux acheter toutes sortes de protections. Alors, si pour une raison quelconque tu t'es mis dans le crâne de démonter un réseau de pornographie enfantine, et ça m'en a tout l'air, je peux te dire que tu perds ton temps. (Manning s'appuya au dossier de sa chaise.) Les types que ça intéresse peuvent même se payer un voyage organisé au royaume de la pédophilie. Ils visitent des maisons de prostitution enfantine à Hong Kong, en Thaïlande, en Corée, au Cambodge, et dans les autres pays asiatiques. Ce n'est pas donné, mais ils en rapportent des souvenirs inoubliables.

*
* *

Assis dans mon bureau, je remâchais les renseignements glanés sur Rebecca Hewitt. Bien que connaissant son nom, je n'étais pas mieux armé pour la retrouver. Si j'attaquais Brand de front, je le ferais fuir, sabotant du même coup l'enquête sur l'assassinat de Rennseler, dans laquelle il constituait mon suspect numéro un. Je devais laisser Rebecca Hewitt s'effacer de nouveau dans les brumes de l'univers que j'avais découvert par hasard, celui de la multinationale des exploiteurs d'enfants, mais j'avais le sentiment que ces brumes masquaient aussi la mort de Tommy Rennseler. Je regardai mon lézard.

— Voyons ce que dit le jeu des Trente.

Je fis rouler mes dés, calculai le déplacement de mon pion, et parvint à le poser sur la case des Belles Dames, qui étaient, selon le manuel, les prostituées du temple.

La voix de Ranouka jaillit de l'interphone.

— *Il y a un monsieur très animé qui veut vous voir. Il n'a pas de rendez-vous.*

— Comment ça, animé ? C'est Bugs Bunny ?

— *Il est extrêmement contrarié. Dois-je le faire entrer ?*

— Annoncez-lui mes tarifs. Ils entrent en vigueur à la seconde même où il franchit ma porte.

— *Ne soyez pas si intéressé, Jimmy. Cela ne vous va pas.*

Ranouka coupa la communication, et l'instant d'après elle ouvrait la porte pour faire entrer M. Landless, un homme d'âge mûr avec une fleur jaune à la boutonnière.

Je lui annonçai depuis mon fauteuil :

— Cent cinquante dollars de l'heure, M. Landless.

Landless était des plus animés, aucun doute là-dessus. Il semblait prêt à l'éviter.

— Vous êtes trop cher.

— La vie est trop courte. Quel est votre problème ?

— Je me marie cet après-midi.

— Effectivement, vous avez un problème.

M. Landless s'assit dans le fauteuil des clients et me fixa de ses yeux hagards.

— Hier soir, des amis ont organisé une soirée pour enterrer ma vie de garçon. Pour plaisanter, ils ont loué une cassette X.

— Et alors ?

— J'y ai reconnu ma fiancée. (Landless regarda d'un air soupçonneux la fleur ornant sa boutonnière, comme si elle dissimulait un micro.) Du moins, je pense que c'était elle. Je n'en suis pas absolument sûr. La coiffure était différente, et elle était très maquillée. Mais la façon dont elle… dont elle gémissait en… en accomplissant l'acte…

— Beaucoup de femmes gémissent en accomplissant l'acte.

— Pas comme Dorothy. Dorothy…

Landless hésita, une gêne subite empourprant ses joues.

— Allons, Landless, j'ai traité des centaines de cas d'adultères. J'ai enfoncé des portes et photographié des couples en pleine action. Pour ce qui est des gémissements, j'en ai entendu plus souvent qu'à mon tour.

Landless décroisa les doigts et se passa la main dans les cheveux, nerveusement. Il reprit, les yeux rivés sur le plancher :

— Dorothy émet une sorte de gazouillis liquide. Presque comme une fauvette.

— Comme… une… fauvette…

Je prenais des notes.

— Et la femme dans le film… Son postérieur était exactement comme celui de Dorothy.

— Un derrière, c'est toujours un derrière, Landless.

— J'ai trouvé la ressemblance troublante.

— Bon. Qu'est-ce que vous attendez de moi ?

— J'ai besoin d'en avoir le cœur net. Je ne veux pas épouser une star du porno. Pouvez-vous découvrir la vérité ? (Il consulta sa montre.) Avant midi ?

— Le nom de famille de Dorothy ?

— Dorothy Leon.

— Vous avez une photo ?

— Oui.

C'était un portrait au format 20x25, réalisé par un

professionnel, avec le nom de Dorothy en bas et l'adresse d'une agence artistique au verso.

— Elle est actrice ?

— À l'occasion. Elle travaille comme secrétaire chez Poulet Express. C'est comme ça que j'ai fait sa connaissance. Je suis acheteur pour la société.

— J'ai déjà goûté vos poulets. Ils ne sont pas mauvais.

— Effectivement, nous n'achetons que des volailles de qualité supérieure.

Je posai la photo sur mon bureau.

— Comment s'appelait le film ?

— *Salopes en chaleur.*

— *Salopes... en... chaleur...* Le nom de la compagnie ?

— Banana Productions.

Je reposai mon stylo.

— Landless, pourquoi ne demandez-vous pas tout simplement à Dorothy si elle était dans le film ?

— Quand ? En entrant dans l'église ? Elle y est déjà avec tous les invités.

— Votre fiancée est une actrice qui cherche à percer. Peut-être a-t-elle accepté ce rôle en désespoir de cause ? Nous avons tous fait des choses extravagantes. Vous pourriez régler la question en abordant le sujet avec elle.

Landless enfouit sa tête dans ses mains et sa voix se fêla.

— Son partenaire buvait du champagne à l'aide d'une paille introduite dans son vagin.

— Un effet de mise en scène.

— Il nous reste deux heures. Acceptez-vous de m'aider ?

J'épluchai mon fichier. Trouvant le numéro que je cherchais, je le composai sur mon téléphone à haut-parleur, pour que Landless profite de la conversation. La tonalité se fit entendre, puis une voix bourrue demanda :

— *Ouais ?*

— Joe Banana, c'est toi ?

— *Non, c'est Mère Theresa, bordel.*

— Joe, c'est Jimmy McShane.

Il y eut un court silence, légèrement paranoïaque. Puis :

— *Jimmy, qu'est-ce qui t'amène ?*

— Joe, j'ai un client qui pense que sa fiancée a joué dans l'un de tes films.

— *Tout le monde pense la même chose.*

Je regardai Landless.

— Il se marie dans quelques heures. Il aimerait savoir. On a une photo d'elle. On peut venir te voir ?

— *Si ça vous chante. Maintenant ?*

— On arrive.

Je raccrochai le téléphone et pilotai Landless vers la sortie. Puis, pensant à Joe Banana et à la case des Belles Dames, je revins sur mes pas pour rafler la cassette de *La Petite Sirène*. Nous sortîmes dans la rue inondée par le soleil du matin. Le balayeur venait de passer, répartissant la poussière, et l'air gardait des traces d'humidité.

— On va prendre le métro de la Septième avenue, ce sera plus rapide qu'en taxi.

Nous partîmes à pied vers Sheridan Square. À dix heures du matin, le soleil était déjà aveuglant. Je songeai à ma fille que je n'avais jamais vue, au sceptre d'or d'Akhenaton, et à la somme de dix millions de dollars.

— Dorothy est quelqu'un de très consciencieux, dit Landless. Elle suit des cours du soir avec beaucoup de constance.

— Alors, laissez-lui sa chance.

— J'aimerais bien. Je serais ravi d'être large d'esprit, ouvert à la culture des jeunes générations. (Landless s'arrêta sur le trottoir et me regarda.) Seulement, ce n'est pas le cas. J'ai quarante-cinq ans. Je suis acheteur chez Poulet Express. Mes valeurs sont dépassées.

— Ma foi, nous ne sommes pas encore sûrs qu'il s'agissait bien de Dorothy.

— J'ai un mauvais pressentiment à ce sujet.

— J'ai de mauvais pressentiments sur toutes sortes de sujets, et je ne me laisse pas influencer.

Après avoir traversé Bleecker Street, nous passâmes devant Saint-John, une église dotée d'une jolie coupole 1830, dont je ne pensai pas que Landless pourrait l'apprécier dans son état présent. Arrivant à Sheridan Square, nous descendîmes l'escalier du métro. Le train était à quai ; il nous attendait. Sans ralentir, je sortis deux jetons de ma poche pour que nous puissions franchir le tourniquet et sauter aussitôt dans une voiture. Les portes se fermèrent juste derrière nous. Je m'agrippai à une barre et regardai les parois du tunnel défiler derrière la fenêtre. La climatisation était en panne, comme d'habitude, et l'atmosphère du wagon évoquait un repaire fraîchement ouvert par un pilleur de tombe égyptien.

— Elle possède une personnalité tellement attachante. (Landless hurlait dans mon oreille.) Le seul problème, c'est qu'elle a été élevée par des catholiques extrêmement stricts. Elle allait dans une école catholique, et chaque jour, en rentrant chez elle, elle dansait nue devant un miroir.

Je continuai de regarder la course effrénée du tunnel, imaginant Dorothy, élève d'une école catholique, dansant nue devant son miroir. C'était une image saisissante. J'étais moi-même ancien élève d'une école catholique.

L'éclairage du tunnel dessinait des rubans de lumière, comme des serpents électriques suspendus aux murs. Sur un embranchement, j'aperçus un ouvrier, bien visible grâce aux bandes réfléchissantes de son ciré, avancer à tâtons comme un troglodyte lumineux.

— Et même si c'est la vraie raison, hurla Landless, même si c'était pour elle un acte de rébellion contre l'église catholique et son éducation, je ne pourrais pas l'accepter. Je me connais, ça me démolirait complètement.

Nous approchions de la Quarante-deuxième rue. Les lumières du tunnel défilèrent moins vite, puis apparut le quai de la station, et les voyageurs qui attendaient le métro. Leurs visages passèrent sous mes yeux ; bien que nous partagions cette ville, notre rencontre se résumait à ce bref instant. Depuis l'enfance, je jouais au jeu des étrangers de passage ; toutes leurs pensées, tous leurs projets passaient devant moi et je ne les connaîtrais jamais — ce qui, dans un tunnel de métro, était peut-être aussi bien. Le train s'arrêta et les portes s'ouvrirent. J'entraînai Landless vers la sortie. Dans l'escalier, dormait un ivrogne recroquevillé comme un fœtus. Il répandait, sur un rayon de plusieurs mètres, une puanteur si puissante qu'elle creusait comme un cratère autour de lui. Il résidait en son centre sans redouter d'intrusion. Nous traversâmes ce manifeste odoriférant de son droit à l'existence pour rejoindre la surface dans Times Square. Rangée après rangée, les immeubles se succédaient jusqu'à l'Hudson, et leurs fenêtres mornes réfléchissaient le soleil du matin, renvoyant vers le ciel une lumière plombée. De chaque côté de la rue, les cinémas proposaient des films X. Un scaphandre autonome était à vendre au magasin de surplus de l'armée ; un drogué qui semblait avoir besoin d'une bouteille d'oxygène croisa notre route, ainsi que quelques spécialistes du viol collectif, un assortiment de souteneurs, et diverses prostituées arpentant le trottoir. La musique jouait trop fort, les entrées des cinémas exhibaient des couleurs agressives. Je me sentais à mon aise, dans ce décor, parce que personne n'y cachait quoi que ce soit sous des dehors d'être civilisé. Ici, tout individu représentait une menace. Cela suscitait en moi une étrange sérénité intérieure.

— Je ne fréquente plus du tout ce quartier, dit Landless. Quand j'étais jeune, j'y venais souvent, mais ce n'était pas la même chose. On n'y risquait pas sa peau, en ce temps-là.

— Vous ne risquez rien du tout. Détendez-vous.

— Je peux assumer le fait que Dorothy soit bien plus jeune que moi. Je peux comprendre qu'elle soit ambitieuse et désire faire une carrière au théâtre. Mais je ne peux pas me faire à l'idée qu'elle se mette du champagne dans le vagin.

Plusieurs boutiques arboraient des banderoles SOLDES AVANT FERMETURE, tendues devant des étalages étincelants de caméras et de magnétoscopes dont les marques commerciales étaient bidons, et des personnages que vous n'auriez pas voulu rencontrer au coin d'un bois attendaient de vous servir.

— Comment Dorothy a-t-elle pu entrer en contact avec quelqu'un qui tient boutique dans une rue pareille ?

— Elle ne l'a probablement jamais fait, dis-je. Et dans une heure elle sera votre femme.

— Les gens qui jouent dans ces films sont terriblement exposés au sida. (Landless avait le nez enfoui dans sa fleur, sans doute pour repousser la vague odeur d'urine qui montait des porches d'entrée.) Dorothy a tenu à ce que nous passions tous les deux le test de dépistage. Maintenant, je comprends pourquoi.

— Elle était négative ?

— Oui.

Je m'arrêtai en pleine rue.

— Écoutez, vous êtes tous les deux en bonne santé. Pourquoi n'oubliez-vous pas, tout simplement, cette histoire de champagne dans son vagin ?

— Il faut que je sache.

— Elle est jeune et jolie. Vous avez de la chance.

— Je ne peux pas épouser une fille qui fait l'amour pour de l'argent.

— Landless, vous avez quarante-cinq ans. Vous gagnez votre vie en achetant des poulets.

— Je sais, je ne suis pas un cadeau. Mais j'ai ma fierté. (Je me remis en route. Landless arrangeait son mouchoir de soie à son revers.) Dorothy s'imagine qu'elle a de l'avenir dans le spectacle.

— Ce n'est pas le cas ?

— Je l'ai vue dans des ateliers d'art dramatique. À dire la vérité, elle n'a pas un talent énorme. La fille du film non plus, d'ailleurs.

Je lui fis franchir la porte de la boutique Acropolis, Livres et Magazines. Un jeune type basané, en maillot de corps et pantalon à fleurs, trônait sur un tabouret, derrière le comptoir. Je lui annonçai :

— Banana m'attend. Dites-lui que c'est Jimmy.

Le gosse décrocha le téléphone.

— Un certain Jimmy pour vous. (Il raccrocha et me fit un signe de tête.) La porte au fond du magasin.

Les travées étaient pleines de clients feuilletant la marchandise, d'hommes en rut de toutes les couches de la société. N'importe lequel d'entre eux aurait été heureux d'épouser la vedette de *Salopes en chaleur*.

Quand j'atteignis la porte du fond, le gamin du comptoir pressa un bouton qui débloqua la serrure magnétique. J'ouvris la porte et entrai chez Joe Banana. Il était assis derrière un immense bureau. Des photos dédicacées d'actrices de film X décoraient les murs. Un ventilateur lui soufflait de l'air tiède au visage.

— Jimmy... fit-il, esquissant le geste de se lever pour me saluer.

Il n'alla pas jusqu'au bout de ses intentions ; la chaleur l'accablait, et il se laissa retomber dans son fauteuil. C'était un petit homme à l'air doux, aux cheveux gris coupés en brosse. Il portait une chemise à monogramme et une cravate peinte à la main. Il avait produit des centaines de films pornos au rabais, et les vedettes ornant ses murs n'étaient connues que de lui.

— Joe, voici M. Landless, mon client. Comme tu peux le voir à la fleur qu'il porte à sa boutonnière, il est en route pour aller se marier.

— Félicitations, dit Banana, exhibant ses prothèses dentaires de luxe. C'est une belle journée pour se marier.

Landless marmonna quelque chose, et je sortis la photo.

— Joe, jette un coup d'œil à ça. As-tu déjà fait travailler cette fille ?

Banana examina le portrait.

— Jamais vue de ma vie.

Il me rendit la photo.

— Tu en es sûr ?

Banana désigna les vedettes qui nous entouraient.

— Ces filles, je les connais. De près. Quand on fait ensemble quelque chose de créatif, ça rapproche les gens.

— On peut te croire sur parole ?

— Absolument. (Le sourire que Banana adressait à Landless s'élargit, révélant davantage de porcelaine polie.) Je connais toutes les nanas de la profession. Cette fille-là n'a jamais tourné de film avec moi, ni avec personne d'autre.

Landless en avait les larmes aux yeux. On aurait dit un patient qui vient d'apprendre que son cœur, finalement, ne risque pas l'infarctus.

— Merci. (Il prit la main manucurée de Banana.) Merci beaucoup.

— De rien.

Landless se tourna vers moi, une main sur son portefeuille.

— M. McShane…

— Laissez ça, Landless. C'est mon cadeau de mariage. Courez à l'église.

Landless me serra la main.

— J'enverrai une volaille à votre bureau.

— Très bien.

Landless se tourna vers Banana.

— Je vous en enverrai une aussi.

Joe Banana me lança un regard interrogateur. J'expliquai :

— M. Landless travaille pour Poulet Express.

Banana se replaça dans le flux de son ventilateur.

— Des poulets bien dodus. J'en achète un de temps en temps.

— Bon, fit Landless, il vaut mieux que je me dépêche. Vous êtes invités tous les deux à la cérémonie. À la Petite Église Au Coin De La Rue. Il y a une réception, après. Avec du poulet à volonté.

Landless sortit du bureau à reculons et referma la porte derrière lui.

— Un homme heureux, dit Joe Banana.

— Tu as bien fait, Joe.

— Bien sûr. Pourquoi briser les rêves d'un type ?

— C'était bien elle, hein ?

— Pas une grande vedette, mais elle avait un petit air innocent. Ça plaît toujours.

— Elle a été élevée par des religieuses catholiques.

— Il n'y a pas meilleure école pour faire ce métier.

Banana se tourna pour faire face au ventilateur.

— Dorothy a joué dans combien de films ?

— Seulement dans *Salopes en chaleur*. Elle avait besoin d'argent, elle en a gagné, on ne l'a plus revue. (Banana fit pivoter son fauteuil pour regarder sa galerie de portraits.) Beaucoup de filles sont comme ça, elles ne font que passer. (Il me fit face de nouveau.) Je vais te dire une chose : ce type s'est trouvé une fille formidable. Très discrète, très sensible, mais elle roucoule presque quand on la saute. C'est très filmique.

— Landless ne lui trouvait pas beaucoup de talent.

— Elle était nouvelle dans le métier, elle avait besoin de temps pour s'affirmer. Je pense qu'elle se serait épanouie sous ma direction.

— Je n'en doute pas une minute, Joe. (Je passai mon index le long de l'arête de son bureau.) Tu connais des gens qui font du porno avec des gosses ?

Banana se raidit brusquement.

— Je n'ai jamais touché à ça, Jimmy !

— Je ne voulais pas te froisser, Joe.

— Il y a du fric à gagner, mais j'ai mes principes. Les films X, ça, d'accord, tout le monde s'en fout. C'est des adultes responsables et ça ne fait de mal à personne. Tu sais, ça a été prouvé : grâce aux films pornos, les voyeurs ne traînent plus dans les rues.

— Tu devrais être reconnu d'utilité publique, Joe.

— Mais un gosse mérite de vivre sa vie. De plus, dans le climat actuel, si tu te fais piquer à filmer des mômes dans une production X, une femme juge te cloque deux condamnations à perpétuité. (Banana me fixa à travers un voile de suspicion paranoïaque.) Quelqu'un t'a dit que je faisais du porno avec des gosses ?

— Non, mais je cherche à coincer un violeur de petites filles. Il se donne le rôle principal dans ses productions personnelles. (Je sortis de ma poche la cassette de Brand.) Tu as le temps d'y jeter un coup d'œil ?

— À *La Petite Sirène* de mes deux ?

— C'est la version X.

Banana haussa les épaules, et glissa la cassette dans la vidéo à écran géant installée derrière son bureau. Il appuya sur le bouton LECTURE, et Brand apparut en compagnie de la fillette de huit ans.

— La vidéo amateur, c'est la mort de ce métier. (L'air dégoûté, Banana ouvrit sa boîte à cigares.) Le premier branleur venu peut faire un film. Ça fait du tort aux vrais metteurs en scène, comme moi.

— Je suis navré de l'apprendre.

— Enfin, c'est la vie. (Banana alluma son cigare à la flamme de son briquet à gaz, qui mesurait bien cinq centimètres.) Je souffre pour mon art.

— Joe, regarde la chambre où se trouve la gosse. Je parierais qu'elle est quelque part dans les Adirondacks, près du lac Placid. Tu la reconnais ?

— Mettons que ça me dise quelque chose.

— Comment je peux la trouver ?

Expirant un gros nuage de fumée vers l'écran, Banana évita ma question.

— La chambre est de travers. On dirait que c'est un chimpanzé qui tient cette putain de caméra.

— Allons, Joe. Cette gosse est séquestrée. Et si c'était ta fille ?

Il me regarda à travers la fumée odorante de son cigare.

— Il n'aurait pas dû inclure la fenêtre dans le champ. Tu vois ces rondins ? C'est grâce à ça qu'on peut dire où le film a été fait.

— Tu y es allé ?

— J'en ai entendu parler. (Joe fit tomber la cendre de son cigare.) Il voulait qu'on voie la fenêtre dans le décor. Il pensait que ça améliorait la composition. Quel abruti.

— Ça se trouve où, Joe ?

— Il y a des rumeurs qui me parviennent. Je suis dans le circuit. Mais je n'ai jamais été en relation avec ces types-là, compris ?

— D'accord ?

Banana posa soigneusement son cigare sur le bord du cendrier et me regarda de nouveau.

— Comment tu as appris que c'était au lac Placid ?

— En pointant les dépenses réglées par carte de crédit.

— Le plastique. C'est pratique, mais faut faire gaffe. (Il tourna lentement le cendrier, jusqu'à ce que le bout du cigare soit braqué sur moi.) C'est dans une petite ville qui s'appelle Pertshire. Cherche le nom CPC.

Banana fit pivoter son fauteuil pour me tourner le dos. Basculant en arrière, il regarda les starlettes du X qui lui souriaient sur les murs. La fumée de son cigare entourait sa tête d'une auréole quand il ajouta :

— Les petits oiseaux s'envolent, et on devient immortel, pas vrai ?

— Autrefois, le domaine s'appelait Le Bois Bleu. Il appartenait aux propriétaires des Chemins de fer des Adirondacks. Depuis, il a été racheté par une société spécialisée dans les ressources humaines, un organisme qui s'appelle le Centre de Perfectionnement des Cadres. Ils proposent des stages de compléments de formation pour les cadres supérieurs des grandes compagnies.

Le shérif de Pertshire, George Dillahunt, était un homme trapu, au cuir tanné, qui avait servi de guide aux chasseurs et aux pêcheurs des Adirondacks pendant la première moitié de sa vie. Ensuite, il avait été garde-chasse, et ses yeux étaient ceux d'un pisteur, habitués à traquer les moindres détails. Il ne devait pas ignorer grand-chose de la vie de ses administrés. Manning s'était porté garant de ma bonne foi auprès du shérif, et le courant passait plutôt bien entre nous depuis que nous discutions, assis de part et d'autre de son bureau. Mais ses yeux sombres exprimaient une force venue du plus profond de la forêt ; il y avait une énergie inquiétante, dans ce regard qui ne restait pas en place, comme s'il regardait la piste que nous suivions tous les deux et qu'il y voyait des choses qui m'échappaient.

— Il y a des mois que les gens du Centre me paraissent louches, mais le Conseil général du comté les adore, parce qu'ils sont très généreux envers les bonnes œuvres locales. (Dillahunt se pencha en arrière dans son fauteuil à pivot, faisant craquer le cuir de ses bottes et de son ceinturon.) Ils proposent une formation qu'ils appellent le management moderne. Ils sont censés accueillir des cadres de niveau moyen à supérieur, et leur inculquer tous les principes du travail en équipe. (Il désigna d'un signe de tête la fenêtre de son bureau, et le Mont Stoddard qui dominait sa petite ville.) Les clients arrivent en avion, une limousine vient les chercher, ils restent quelques jours, et ils repartent. Mais ça ne me paraît pas clair. Pour commencer, ce sont toujours des hommes, il n'y a jamais de femmes. Et aucun d'entre eux ne vient jamais en ville pour quoi que ce soit. On pourrait s'attendre à ce qu'ils aient la curiosité de visiter les environs, vous ne trouvez pas ?

— Ils ne veulent pas être vus.

— Allez raconter ça au Conseil. Quand j'ai communiqué mes inquiétudes au sujet du Centre, le conseiller général m'a traité de paranoïaque. C'est pourquoi cela m'intéresserait d'apprendre tout ce que vous savez sur les gens du CPC.

— Le Centre de Perfectionnement des Cadres sert de couverture à un réseau de prostitution enfantine.

Le shérif se pencha vers moi.

— La prostitution enfantine ? Dans ce pays ?

— Des gosses du tiers-monde sont enlevés et introduits clandestinement au Canada et aux États-Unis. Et parfois, des petits Américains sont kidnappés aussi. C'est une entreprise internationale. Les capitaux du CPC se trouvent probablement dans une corporation installée aux Bahamas ou dans les îles Cayman, et jouissent d'une protection locale qui les met à l'abri des agents américains. Un jour ou l'autre, ou plutôt en pleine nuit, ils disparaîtront d'ici et vous n'en entendrez plus jamais parler.

— Cela dit, je ne peux pas me permettre d'entrer au Centre en force. Nous avons besoin d'une déposition sous serment, et il va falloir que vous nous fournissiez des preuves suffisantes pour que le juge nous délivre un mandat de perquisition. Qu'est-ce que vous avez ?

— Une cassette vidéo. On y voit une petite fille se faire violer.

— Dans les locaux du Centre ?

— C'est ce qu'affirme mon informateur.

— Votre informateur devra signer la déposition, lui aussi.

— Impossible. Et je ne veux pas que la cassette soit utilisée pour cette affaire, parce qu'elle concerne aussi une autre enquête.

— Alors, comment allons-nous obtenir un mandat ?

— Nous n'en obtiendrons pas. Je vous demande simplement de laisser vos voitures de patrouille en dehors de la zone pendant que j'entrerai là-bas.

Le PC radio se trouvait dans la pièce voisine ; je captais quelques bribes des rapports, transmis par les deux véhicules, sur les incidents auxquels les hommes du shérif devaient faire face : un chien errant courant dans les rues, un agité qui faisait du scandale dans une cafétéria. J'ajoutai :

— Je vais vous fournir des preuves en béton, après quoi vous pourrez faire une descente.

— Ce sera une violation de domicile, et elle sera jugée comme inacceptable. Ils feront intervenir un avocat de haut vol, qui me bouffera tout cru. Ce qu'il nous faut, c'est un motif plausible pour justifier notre intervention.

— J'aimerais vous montrer la vidéo.

— Dans l'autre pièce. (Dillahunt me fit passer devant lui et referma la porte derrière nous. Il mit la cassette dans l'appareil, appuya sur le bouton LECTURE, et regarda le film. Moins d'une minute plus tard, il se tortillait sur son siège, mal à l'aise.) Ça me rend malade ! dit-il, la frustration le poussant à se lever pour arpenter la pièce, les talons de ses bottes martelant le plancher. Qui est ce salopard, à propos ?

— Un millionnaire du Connecticut.

Le shérif secoua la tête, se rassit, et continua à regarder la vidéo, sa fureur augmentant à vue d'œil, au point qu'il parut à deux doigts de sortir son Colt 45 pour tirer sur l'écran.

— Ho ! (Il bondit en avant, appuya sur PAUSE, et désigna l'écran.) Cette chaise, dans le coin.

— Oui ?

— Fabriquée par Fred Wiggins. Les gens du Centre voulaient s'équiper sur place, et ils ont demandé à Fred de leur fabriquer des meubles. J'ai une chaise comme celle-là chez moi. Fred met toujours des motifs floraux sur les dossiers. (Dillahunt se tourna vers moi.) Donc, le Centre a commis une grossière erreur. Cette vidéo a été tournée dans leurs locaux. (Il éjecta la cassette, s'approcha de la fenêtre, et regarda au-dehors, les mains sur les hanches. Finalement, il se tourna de nouveau vers moi.) Il faut qu'on les coince proprement, sinon ils vont nous glisser entre les doigts. Vous savez ce que je redoute ? Qu'on demande un mandat et que quelqu'un les avertisse aussitôt. La première chose qu'ils feront, ce sera de tuer cette gamine et de la balancer au fond d'un lac. Parce que sans la gosse, c'est le non-lieu assuré. Les gens du Centre savent-ils que vous êtes sur leurs traces ?

— Non.

— Très bien, on a donc l'élément de surprise qui joue en notre faveur.

— Shérif, j'aimerais vous montrer ma camionnette.

*
* *

Je frappai à la porte arrière de la camionnette, et Henderson nous ouvrit. Je n'étais pas encore rentré dans ses bonnes grâces, et elle n'était toujours pas satisfaite de mes chakras, mais elle voulait m'aider à libérer la petite fille qu'elle avait vue sur la bande-vidéo.

— Entrez, dit-elle, nous venons de faire une tisane de lychee pour améliorer notre vision nocturne.

Bobby Booker tendit la main à Dillahunt. Bobby — chauve, noir, et barbu — avait travaillé quelque temps comme agent fédéral, après avoir obtenu son diplôme à l'académie du FBI, puis il s'était lancé pour son propre compte dans les sphères plus lucratives de la surveillance. Il s'empressa d'offrir une visite guidée au shérif Dillahunt.

— ... le toit ouvrant dissimule un périscope, équipe du système Javelin de vision nocturne : téléobjectif de cent trente-cinq millimètres, réglage automatique de la brillance, et amplificateur optique pour une résolution maximale.

Dillahunt soupira, pensant probablement au budget d'équipement dont il disposait. Il nous fit remarquer :

— Un périscope comme celui-là, ça coûte au moins huit mille dollars, non ?

— Avec ça, on pourra leur compter les poils de nez, répondit Bobby. On a aussi un micro directionnel Gibson à parabole de concentration ; on entend un arrière dire *merde* dans la mêlée à trois cents mètres de distance. (Il s'approcha du pupitre, qui comprenait un tableau de bord complet et un écran couleur.) Tout est commandé d'ici à l'aide d'une manette multiposition.

Dillahunt me regarda.

— Dites donc, vous ne vous embarquez pas sans biscuits.

Bobby poursuivit :

— Ici, nous avons des lunettes à amplification pour conduire la nuit. Grâce à elles, nous pouvons rouler sur une route sombre comme en plein jour, sans allumer nos phares. Et ça, c'est un viseur thermique qui matérialise le rayonnement d'un corps. Tous ces appareils sont équipés de supports pour être montés sur des armes.

Le shérif admirait le genre de matériel de surveillance que les représentants de la loi rêvent de posséder.

— Avec cet équipement, vous pourriez me trouver les noms des clients du Centre, n'est-ce pas ? Me dire qui ils sont, d'où ils viennent ?

Bobby acquiesça. Il était profondément attaché à ces appareils de rêve qui le transformaient en rapace nocturne, capable de voir et d'entendre les rongeurs humains quand ils sortaient de leurs trous.

Déroulant une carte du comté sur notre table, le shérif désigna une grande propriété rurale entourée de bleu.

— C'est là que se trouve le Centre.

— J'y étais ce matin, fit Bobby.

— Eh bien, vous ne perdez pas de temps.

— J'ai essayé de me brancher sur leur ligne téléphonique, mais ils brouillent les communications avec un son blanc. En revanche, nous pourrons capter ce qu'ils disent à leurs correspondants avec le micro Gibson.

Dillahunt suivit du doigt un tracé de la carte.

— Ceci est une ancienne voie forestière. L'herbe y a repoussé, mais vous pourrez passer. Elle vous amènera juste derrière une crête qui surplombe le Centre.

— Vous venez avec nous, shérif ?

— J'aimerais bien vous voir manipuler tout ce fourbi, mais si je me trouve dans la camionnette avec vous, ça pourrait invalider notre mandat. Je serai en faction sur la nationale. Nous allons mettre en place un barrage filtrant.

*
* *

Henderson portait un tee-shirt gigantesque et des jambières marron à côtes. Bobby était équipé des lunettes de vision nocturne à onze mille dollars, et nous avancions dans l'obscurité totale, comme un sous-marin, sur la vieille piste forestière qui serpentait entre les arbres. Henderson, penchée vers l'avant, se trouvait entre Bobby et moi, le contour de ses bras nus à peine visible dans le faible halo de lumière du tableau de bord. M'inclinant vers elle, je posai les lèvres sur la chair délicatement parfumée de son bras ; l'un de ses sourcils s'incurva avec sévérité, mais elle ne dit rien. Aveuglément, je mordillai son bras de haut en bas, tandis que la camionnette bondissait sur le chemin cahoteux ; l'une des secousses m'expédia sur le tissu doux couvrant son sein, et j'y enfouis mon nez. Elle me souleva la tête par les oreilles.

— Ça suffit comme ça.

— Impossible.

— On est arrivés, annonça Bobby.

Je distinguai la silhouette irrégulière du rideau de pins et d'épicéas bordant le sommet de la crête. Bobby arrêta la camionnette juste sous le rideau d'arbres. Le véhicule devint une sorte d'énorme rocher immobile dans la nuit.

— On peut parler ? chuchota Henderson.

— La camionnette est insonorisée, répondit Bobby. (Il actionna une manette du tableau de bord.) La suspension hydraulique est bloquée. On peut se déplacer.

Il sortit de son siège. Je le suivis jusqu'au fond du véhicule et tirai un rideau épais derrière moi. Bobby alluma l'éclairage intérieur et s'installa devant sa console.

— Périscope en action.

Le toit ouvrant se souleva, et le périscope se déplia en silence, plus haut que le sommet de la crête. La faible lumière ambiante prodiguée par la lune et les étoiles était amplifiée par l'appareil, et la propriété se matérialisa, fantomatique, sur notre écran. Bobby régla le gain de l'objectif de vision nocturne, et l'image devint claire et nette. Le bâtiment principal, ancien et plutôt vaste, était un mélange de construction en pierre et en rondins, avec des décorations en forme de branches rajoutées aux embrasures des portes et aux rambardes des vérandas — l'idée générale était de lui donner un cachet rustique, mais sans négliger le luxe.

— Une sacrée baraque, fit Bobby. Elle est protégée comme une forteresse, ça ne fait pas de doute. (Il désigna trois silhouettes devant la maison.) Un vigile fixe et deux mobiles.

Le premier garde ne bougeait pas de l'escalier principal. Les deux autres parcouraient le domaine, du bâtiment au mur d'enceinte, puis tout autour de celui-ci, leurs silhouettes scintillant sur l'écran comme des fantômes. Je fis signe à Henderson de regarder le moniteur de plus près.

— Tu trouves que ça ressemble à un centre de perfectionnement pour cadres ?

Bobby enfonça un bouton, déclenchant l'enregistrement sur son magnétophone à bande.

— Le micro capte quelque chose. (Ajustant son

casque, il manipula la manette qui dirigeait le micro.) Il y a beaucoup de bruits de fond, dit-il. Les sons indésirables de la nature. Je vais prendre le premier quart. Vous pouvez vous détendre.

Je m'installai à la table repliable avec Henderson. Elle me demanda :

— Pourquoi le shérif ne peut-il pas intervenir directement ?

— Le Centre pourrait arguer d'une procédure abusive. Les lois garantissant le respect de la vie privée n'ont jamais été aussi puissantes.

— Qu'est-ce qu'on espère découvrir, avec ce micro ?

— Le défaut de la cuirasse.

— Et s'il n'y en a pas ?

Passant le bras sous la table, j'ouvris un tiroir, où j'avais rangé le jeu des Trente pour qu'il nous aide à passer le temps. Je le sortis et le plaçai entre nous.

— Quelqu'un finit toujours par faire une fausse manœuvre.

*
* *

C'était le milieu de la nuit. Il n'y avait pas d'autre lumière, dans la camionnette, que le halo de l'écran et une petite lampe de bureau. Mon tour était venu d'assurer mon quart, mais toute activité semblait avoir cessé dans le Centre. Les seuls bruits qui nous parvenaient étaient le chant des cigales, et celui d'un coucou qui se manifestait toutes les heures. Bobby était calé dans un fauteuil ; je ne savais pas s'il dormait ou s'il méditait, mais il n'avait pas parlé depuis une heure. Henderson s'était allongée ; pour sa part, je savais qu'elle ne dormait pas, car elle s'agitait constamment sur la banquette. Elle se mit à parler dans l'obscurité.

— Je commence à penser que l'espèce humaine traverse une épouvantable phase pédophilique. Trente pour cent des femmes américaines affirment qu'elles ont été sexuellement maltraitées dans leur enfance. Quand une telle proportion de la population est concernée, on commence à considérer qu'il s'agit d'un comportement normal.

— Espérons qu'il s'agit d'une statistique fausse, dis-je. De nos jours, quand un père oblige sa fille à faire la vaisselle, elle se dit maltraitée.

Bobby prit la parole à son tour ; il se pencha en avant, et sa tête apparut dans le halo du moniteur.

— Je viens de me rappeler quelque chose qui m'était sorti de la tête depuis des années. Vous voulez que je vous en parle ?

— On a toute la nuit devant nous.

— Quand j'étais gosse, nous habitions un appartement qui n'était pas très grand. Mes frères, mes sœurs et moi, nous dormions tous dans la même chambre. Moi, je couchais dans le même lit que ma sœur aînée. (En dépit de son aspect abrupt, Bobby avait une voix douce, presque féminine.) Finalement, c'est elle qui m'a initié à l'amour physique. Et je lui en ai été reconnaissant. Je le suis toujours. Peut-être est-ce parce que nous étions tous les deux des enfants, et qu'il y avait beaucoup d'amour entre nous, mais ni elle ni moi n'avions le sentiment d'exploiter l'autre.

— Et comment a-t-elle évolué ? demanda Henderson.

— Très bien.

Le téléphone cellulaire sonna.

— McShane.

Mes appels importants étaient relayés jusqu'à la camionnette. Il y eut un bref silence, dû à la transmission via le câble transatlantique, puis j'entendis :

— *C'est Rafik Shaddi, M. McShane. J'ai découvert une correspondance intéressante. Vous êtes acheteur ?*

— Et comment ! Qu'est-ce que vous avez ?

— *J'ai gagné les bonnes grâces d'un collaborateur vénal du marchand d'œuvres d'art Hassanein Hamid, à l'aide de nombreux petits cadeaux de valeur, mais cela a fini par payer, je pense. L'affaire du sceptre d'or d'Akhenaton est entièrement élucidée.*

— Ma collègue est à mes côtés, et j'aimerais qu'elle entende la suite. Vous êtes d'accord ?

— *D'accord.*

J'enfonçai le bouton du haut-parleur, et la voix de l'enquêteur égyptien emplit l'habitacle.

— *Votre défunt, Tommy Rennseler, avait un acheteur pour ce ravissant objet. Il en a informé Hamid par courrier, il y a quelque temps, lorsque l'existence du sceptre n'était qu'une rumeur. Dans sa lettre, Rennseler demande à Hamid, je cite : « Le sceptre montre-t-il réellement l'épouse prépubère d'Akhenaton ? Mon client est prêt à l'acheter au prix que vous avez mentionné, si ce détail est préservé. » Vous me suivez, M. McShane ?*

— Je vous suis, Rafik.

— *L'acheteur est un Américain du nom de Brand. B-R-A...*

— Je sais comment ça s'écrit.

— *Bien, bien. Le collaborateur vénal d'Hamid m'a dit que Tommy Rennseler avait arrangé d'autres transactions entre Hamid et Brand. J'ai encore quelques détails qui pourraient avoir de l'importance.*

Il y eut un autre bref silence de transmission.

— J'achète tout, Rafik.

— *Vous êtes comme moi, M. McShane, vous voulez les moindres bribes, parce que ça peut toujours servir, hein ?*

— Exactement, Rafik. Ça peut toujours servir.

— *Pour commencer : feu Tommy avait un frère, Richard, dont vous connaissez certainement l'existence. Richard se trouvait ici au moment où le sceptre a disparu. Je pense qu'il est mouillé jusqu'au cou dans cette affaire.*

— Continuez, Rafik.

— *Maintenant, information numéro deux : les œuvres d'art achetées par le dénommé Brand représentaient toutes des petites filles. J'en ai relevé quelques-unes dans la correspondance d'Hamid : « Jeune servante aux cheveux bouclés ». En voici une autre : « Princesse de l'Égypte ancienne, âgée de six ans, en perruque de cérémonie ». Et une dernière : « Petite fille de Thèbes, âgée de neuf ans, étudiant l'art de la danse ». On dirait que ce monsieur est sensible aux charmes des enfants. C'est touchant, hein ?*

— Très touchant.

— *Je commence à me faire une idée de ce*

M. Brand : un riche collectionneur, qui pourrait bien être en possession, en ce moment même, du sceptre d'or d'Akhenaton. Vous allez envoyer mon chèque en exprès à la Banque Riggs ?

— Demain à la première heure, Rafik.

— *Je vous en remercie beaucoup, M. McShane. Vous êtes un honorable correspondant.*

Shaddi raccrocha et je coupai le haut-parleur. Henderson tournait déjà en rond dans la camionnette.

— L'argent que Rennseler a touché de Brand…

— … ce n'était pas du chantage. Brand lui versait le prix du sceptre.

— Et c'est Brand qui l'a, aujourd'hui ?

— À tous les coups. Et nous voilà plantés au fin fond des Adirondacks.

— Tu ne pouvais pas faire autrement que de venir ici, tu le sais bien.

— J'aurais dû entrer en force dans cette baraque, sans l'aide de personne.

— Oui, et tu aurais fait tuer des gens. (Ouvrant ma veste d'un coup sec, Henderson me planta ses doigts dans le ventre, à ras de la cage thoracique.) Il faut qu'on te ramollisse le foie.

Elle enfonça ses doigts sous mes côtes, auscultant ce qui devait être, je suppose, l'organe incriminé.

— Aïe !

— Ça fait mal, bien sûr. Tu as accumulé une énorme quantité de chaleur, là-dedans. Mais un massage te fera du bien.

— Henderson, je veux que tu le saches : tu es la première femme qui m'ait jamais massé le foie.

— Essaie un peu d'apprendre à être patient:

(D'un signe de tête, elle désigna l'image du Centre, sur l'écran.) N'oublie pas : Brand est venu dans cet établissement, qui est sans doute la clé de toute l'affaire. Pour autant que nous sachions, le sceptre s'y trouve peut-être. Bien. (Elle ôta ses doigts de sous ma veste.) Je pense t'avoir soulagé d'un peu de la chaleur qui était en toi.

— Et maintenant, c'est moi qui te masse le foie ?

— Je n'en ai pas besoin. (Henderson ramassa les dés en os, les fit rouler, et déplaça son pion.) Quelle est la signification de cette case ?

Je consultai la règle du jeu.

— C'est la case de la Maison. (Je jetai un regard à la maison des Adirondacks que montrait notre écran.) C'est l'endroit où est rendue la justice divine.

*
* *

À tour de rôle, chacun de nous trois assura une permanence de deux heures pendant toute la nuit. Au matin, pour le petit déjeuner, Bobby nous prépara une quantité colossale d'œufs au jambon. Henderson avala sa part sans faire de commentaires sur les nitrates, le cholestérol, ou les antibiotiques administrés aux poules qui avaient pondu les œufs. Sans doute estimait-elle que notre mission de surveillance nous donnait le droit de manger autre chose que des algues et du tofu. Une limousine avait quitté le Centre à huit heures du matin. À présent, elle était de retour, et franchissait les grilles sur nos écrans. Lorsqu'elle approcha du bâtiment, une femme en sortit et vint l'attendre au bout de l'allée.

Il s'agissait du Dr Cheryl Whittiker, dont les références étaient apparemment irréprochables. Dans la luxueuse brochure publicitaire que m'avait donnée le shérif, on faisait grand cas de son doctorat de psychologie, de sa maîtrise d'économie, et des années de carrière pendant lesquelles, gourou du management, elle avait aidé un large éventail de compagnies américaines à assurer le perfectionnement de leurs cadres. Des références irréprochables, c'était rassurant ; mais je pouvais en faire fabriquer en moins de vingt-quatre heures, et faire passer Mickey Mouse pour un expert brésilien en technologie acoustique, chargé par notre gouvernement d'insonoriser toutes les toilettes publiques de l'État de New York.

Au moment précis où la limousine s'arrêtait devant elle, le Dr Whittiker en personne était là pour ouvrir la portière. Un homme d'âge mûr descendit de la voiture, une mallette à la main. Le micro captait le chant des oiseaux et un léger souffle de vent dans les arbres, mais les voix des deux personnages étaient clairement audibles.

— *Bonjour, M. Thurmond. Ravie de vous revoir. Vous avez fait un bon voyage* ?

En orientant le micro, je les suivis à l'intérieur de la maison. Vingt minutes plus tard, je connaissais le prénom du nouveau venu, Donald, et la ville d'où il venait, parce que les gens aiment bien bavarder. À la mi-journée, quatre autres clients étaient arrivés, et nous connaissions leurs noms et leurs villes d'origine. J'appelai le shérif Dillahunt.

— J'ai des noms pour vous.

Je les lui donnai, et Dillahunt les communiqua au

Centre national des archives criminelles. Une demi-heure plus tard, il me rappelait.

— *Il n'y a rien sur eux. Ils sont blancs comme neige.*

— Laissez-moi essayer autre chose.

J'appelai Manhattan.

— *La Fouine Électronique. Je fouine pour vous.*

— Puce, c'est Jimmy. J'ai quatre individus. Je cherche des traces d'activité criminelle. Quelque chose. N'importe quoi. J'ai besoin d'un RAP sur chacun d'eux le plus vite possible. Je suis dans la camionnette de Booker. Tu as le numéro. Les noms arrivent sur ton fax *maintenant*.

C'était le tour d'Henderson d'assurer la permanence à la console, et elle me demanda sans quitter l'écran des yeux :

— Un RAP ?

— Un rapport d'antécédents personnels. On veut savoir tout ce qu'ont fait ces salauds-là depuis le jour de leur naissance.

Bobby enfonça le bouton ÉMISSION de notre fax portable, et les informations partirent vers Puce. J'imaginais déjà le cerveau de Puce démarrant au quart de tour, prêt à remonter les labyrinthes que ces hommes, tout au long de leurs vies, avaient parcourus jusqu'à maintenant.

*
* *

Pendant son tour de garde, Henderson nous alerta en poussant un cri, et elle monta le son du haut-parleur. J'entendis une voix d'enfant qui m'était familière.

— *Vous savez combien il y a de fleurs sur ce papier peint* ?

Henderson fit pivoter son siège pour me faire face.

— Elle est là.

Bobby nous regarda.

— C'est la petite demoiselle qu'on est venus chercher ?

J'avais l'oreille collée contre le haut-parleur, mais la voix de la fillette fut étouffée par d'autres sons, puis elle s'évanouit complètement lorsqu'une fenêtre refermée la mit hors de portée de notre micro. Bobby relaya Henderson à la console, et elle me rejoignit à la table. Elle avait un regard triomphant. Je lui fis remarquer :

— Elle est encore entre quatre murs.

— Oui, mais nous allons la sortir de là. (Elle me tendit les dés.) Voyons ce que dit le jeu des Trente.

Le plateau était entre nous, sur la table. Lançant mes dés, j'avançai jusqu'à la case des Étoiles Infatigables. Henderson sourit.

— C'est toi, dit-elle. Infatigable. Tu l'as trouvée.

Je ne parlai pas à Henderson de ce que j'avais en tête : si nous n'arrivions pas à obtenir un mandat, j'allais monter une attaque contre le Centre, avec une bombe que je fabriquerais à partir des produits chimiques en vente à la quincaillerie de Pertshire. La bombe explose derrière le mur, à l'arrière du domaine ; les gardes se précipitent vers le lieu de la déflagration, et je franchis le mur à un autre endroit. Il fallait que j'évite de penser à ce qui se passait là-bas, en ce moment même, entre Rebecca Hewitt et M. Donald Thurmond, ou l'un des autres clients.

Elle allait devoir supporter cet ultime après-midi, mais je la libérerais à la nuit tombante.

Le téléphone sonna.

— McShane.

— *Le mal que font les hommes leur survit.*

— Puce, je t'adore.

— *Pendant un week-end, il y a vingt ans, alors qu'il était encore étudiant, M. Donald Thurmond s'est rendu à Daytona, en Floride, où il est sorti d'un restaurant sans régler l'addition. Il a été arrêté, libéré sous caution, et cité à comparaître devant un tribunal. Il a dû se dire : « Qu'ils aillent se faire foutre, je ne remettrai jamais les pieds là-bas », parce qu'il n'a pas pris la peine de se présenter à sa convocation. Un mandat d'arrêt a été lancé contre lui.*

— Et on n'a jamais réussi à le coincer ?

— *Aucune trace d'une autre arrestation dans son dossier. Je te le faxe tout de suite.*

Le télécopieur émit une sonnerie, et la transmission de Puce commença. J'appelai le shérif.

— On a peut-être un mandat valide. J'arrive à travers bois. Rejoignez-moi sur la route.

— *Bien reçu.*

*
* *

Assis à son bureau, le shérif Dillahunt était au téléphone avec le chef de la police de Daytona.

— … je vous serais reconnaissant de bien vouloir vérifier si le mandat est toujours valide… merci beaucoup, je reste en ligne. (Dillahunt me regarda par-dessus son bureau ; ses yeux brillaient comme des osselets. Il redevint brusquement attentif, le combiné collé contre son oreille.) Toujours valide ? Vous voulez bien nous en transférer la responsabilité ? Je sais que le délit en question est une peccadille, mais ce type est compromis dans un réseau de prostitution enfantine que j'essaie de démanteler... Oui, c'est ça, en ce moment même il y a une gamine de huit ans qui se fait trombiner par M. Donald Thurmond. (Dillahunt leva la tête vers moi, et des rides de satisfaction étoilèrent le coin de ses yeux.) Merci beaucoup, Chef. Si vous venez par chez nous, je vous montrerai le meilleur coin pour la pêche à la truite que vous ayez jamais vu. (Il raccrocha brutalement le téléphone.) En selle, cow-boy.

*
* *

Le juge Matthew Peers avait suspendu une audience pour nous recevoir. Quand il entra dans son cabinet, où nous l'attendions, il semblait manifestement irrité.

— J'espère que vous ne me dérangez pas pour rien.

— Monsieur le juge, je vous présente M. McShane, un détective privé avec qui je travaille. Nous avons un mandat d'arrêt valide, nous savons où se trouve l'individu concerné, je veux faire une perquisition, et nous n'avons pas beaucoup de temps.

— Très bien, George, passez-moi ça.

S'asseyant derrière son bureau, le juge Peers chaussa ses lunettes et prit son stylo et leva les yeux vers Dillahunt.

— Vous voulez fouiller le Centre ?

— C'est ça, monsieur le juge. Nous pensons que Thurmond s'y trouve en ce moment même.

Le juge examina le mandat de nouveau. Sur le chemin du palais de justice, Dillahunt m'avait dit à quel point il serait facile de lui faire signer le document, et qu'il ne verrait pas d'inconvénient à interrompre une séance, parce qu'il était très à cheval sur le respect de la loi ; en particulier, il n'apprécierait pas que Thurmond ait défié la justice en ne se présentant pas devant le tribunal. Mais à présent, il s'attardait sur le mandat, le front creusé d'un pli.

Dillahunt demanda :

— Il y a quelque chose qui ne va pas ?

— J'ai du mal à comprendre.

— À comprendre quoi, monsieur le juge ?

Le juge Peers nous regarda par-dessus ses lunettes. Ses yeux n'exprimaient aucun sentiment, seulement une attention aiguë ; son visage était le masque même du magistrat. Mais quelque chose bougeait au fond de ce regard, et bougeait très vite.

Dillahunt ajouta :

— Vous hésitez. Je ne comprends pas pourquoi.

— Êtes-vous sûr que c'est ce que vous voulez faire ? Perturber un séminaire pour arrêter cet homme ?

— Parfaitement. Comme je vous l'ai déjà dit, le temps nous est compté.

Le juge reprit son stylo, mais il ne semblait toujours pas décidé à vouloir s'en servir. Dillahunt appuya le bout de ses doigts sur le bureau.

— Monsieur le juge, cet homme a délibérément choisi de ne pas se présenter devant un tribunal.

— C'était il y a vingt ans.

— Possible. Mais je sais ce que vous pensez des gens qui ne se rendent pas à vos convocations.

Le juge Peers regarda fixement le shérif. Sa réticence commençait à irriter Dillahunt.

— Monsieur le juge, ce mandat est parfaitement valable. Si vous ne pouvez pas le signer, j'irai voir le juge de paix, et lui me le signera. Mais je n'ai plus de temps à perdre.

Peers hocha lentement la tête, signa le mandat, et le poussa vers nous.

— Merci beaucoup, monsieur le juge. Nous partons.

Je quittai le cabinet du juge sur les talons de Dillahunt. Il remit son chapeau sur sa tête et dévala les larges marches de marbre. Au moment de franchir la grille, il courait déjà, et quelques mètres seulement nous séparaient de la voiture de police. Celle-ci démarra avant que je referme ma portière. Les pneus hurlèrent quand le véhicule s'arracha du parking du tribunal. Je demandai à Dillahunt :

— Qu'est-ce qui le faisait hésiter ?

— C'est un vieux maniaque. Il voulait s'assurer qu'il n'y avait aucun vice de forme dans notre mandat.

Mon téléphone cellulaire sonna.

— McShane.

— *Jimmy, c'est Henderson. Le Centre vient de recevoir un coup de fil qui a semé la panique. Ils savent que vous allez débarquer.*

Je regardai Dillahunt.

— Il les a prévenus.

Le shérif alluma son gyrophare.

— On est à cinq minutes de chez eux. (Il écrasa

l'accélérateur, et la voiture fonça dans les rues de Pertshire, gyrophare en action, tandis qu'il appelait ses adjoints par radio.) *Le Centre, au Bois Bleu. Foncez.*

Reposant son micro, il se tourna vers moi.

— Il y a trente ans que Peers siège au tribunal. (Nous abordions le premier virage à la sortie de la ville ; Dillahunt braqua en douceur.) Et cela fait trente ans qu'il est irréprochable.

— Eh bien, tout a une fin.

— Le Centre a dû verser pas mal de pots-de-vin dans la région. Mais pour acheter un juge…

— Ils ont trouvé son prix.

— Jamais il ne risquerait sa réputation pour de l'argent.

— Il la risquerait en échange de quoi, alors ?

— Je n'en sais foutre rien.

— Imaginez l'inimaginable.

— Ce serait un violeur de petites filles ? (Dillahunt continuait de piloter la voiture en douceur sans perdre de temps sur la route de montagne en lacets.) Mais comment a-t-il pu découvrir ce que le Centre proposait vraiment à ses clients ? Par ici, personne ne se doutait de rien. Vous avez constaté à quel point leur couverture est efficace.

— Il existe un véritable réseau de la pédophilie. Si ce sont les enfants qui vous intéressent, vous trouvez le réseau, ou le réseau vous trouve. Ils ont leurs bulletins confidentiels d'information, leurs boîtes à lettres secrètes. Les renseignements circulent. Ils ont fini par parvenir jusqu'au juge.

— Mais pourquoi a-t-il pris le risque de fréquenter un établissement qui se trouve dans sa juridiction ?

— Depuis toujours, il est travaillé par une démangeaison difficile à soulager. Quand il a découvert qu'il pouvait se soulager à deux pas de chez lui, il n'a pas résisté à la tentation.

— C'est le cul béni le plus vachard qu'on ait jamais vu dans un tribunal.

— Comment il se comporte avec les délinquants sexuels ?

— Il leur colle le maximum. (Dillahunt se tut. Les pins et les sapins des Adirondacks défilaient derrière la vitre ; le soleil se trouvait derrière les arbres, à présent, et ses rayons filtraient à travers leurs silhouettes floues comme ceux d'un stroboscope.) Je le coincerai, ajouta le shérif. Il a entravé la justice.

— Vous n'arriverez jamais à le prouver.

— Vous croyez qu'il est couvert ?

— Complètement. Il ne mettra jamais les pieds en prison.

— Je peux le forcer à prendre sa retraite.

— N'y comptez pas.

*
* *

La voiture s'approcha de la grille du Centre ; un agent de sécurité nous attendait. Il portait un costume trois-pièces, mais je repérai la bosse d'un étui de ceinture sous sa veste.

— Shérif, qu'est-ce que je peux faire pour votre service ?

Le garde se trouvait de l'autre côté de la grille.

Dillahunt se pencha par la portière de sa voiture de police.

— J'ai un mandat de perquisition. Ouvrez le portail.

Le garde sortit sa radio émetteur-récepteur, appela le bâtiment central, et transmit notre message. Il hocha la tête, puis se tourna vers nous de nouveau.

— Pas de problème.

La grille s'ouvrit et Dillahunt franchit l'entrée du domaine. Ma propre radio s'alluma, et j'entendis Henderson dire :

— *Ils ont prévenu Thurmond que quelqu'un l'attend sur le perron.*

Dillahunt pesta :

— Ils nous le donnent en pâture. Ils veulent que l'arrestation ait lieu à l'extérieur de leurs locaux. On ne pourra pas perquisitionner.

La voiture s'arrêta en dérapage contrôlé sur le parking circulaire, et Dillahunt jaillit du véhicule. J'en fis autant. La porte principale du Centre s'ouvrit, et Donald Thurmond apparut sur la véranda, accompagné par le Dr Whittiker et un agent de sécurité. Dès que Thurmond eut franchi la porte, le Dr Whittiker disparut à l'intérieur du bâtiment. Quand Thurmond vit l'uniforme du shérif, et la voiture de police garée derrière lui, il se pétrifia, et je vis une peur brutale s'emparer de lui. Il avait depuis longtemps oublié le restaurant d'où il était parti sans payer quand il était étudiant, et la convocation au tribunal à laquelle il ne s'était pas rendu. Une seule idée l'obnubilait : on allait l'arrêter dans une maison de prostitution enfantine. Son égarement se manifesta une seconde plus tard, quand il arracha de son étui l'arme du garde et fit feu sur le shérif.

Dillahunt virevolta, se tenant la cuisse. Bousculant l'agent de sécurité, Thurmond se précipita à l'intérieur du bâtiment. Dillahunt me hurla :

— McShane, le voilà, notre motif de perquisition…

… et il s'écroula sur le sol, tandis que ses adjoints surgissaient à l'entrée du domaine, gyrophares en action. Je courus jusqu'à la véranda, mon Beretta à la main, et me plaquai contre la façade en rondins, tout près de la porte. Je sentis vaguement l'odeur de l'étoupe qui avait servi à colmater les interstices entre les pièces de bois. Je plongeai dans l'ouverture, percutant un portemanteau qui tomba à mes pieds. Un instant plus tard, l'un des adjoints du shérif entra derrière moi. D'un signe de tête, je lui désignai le bureau principal, dans lequel nous entrâmes, prudemment. Le Dr Whittiker décrochait le téléphone. Elle avait une trentaine d'années et portait un tailleur bordeaux. Comment cette femme séduisante était-elle devenue maquerelle d'un bordel pour pédophiles ? Je n'avais pas le temps de me pencher sur la question, mais en cas de doute, on peut toujours envisager le profit comme mobile. Elle déclara :

— Je ne dirai pas un mot avant l'arrivée de mes avocats.

— *Mes* avocats, au pluriel, fis-je remarquer à l'adjoint.

— Elle va avoir besoin d'eux.

Je le laissai pour m'approcher lentement de la porte d'un salon voisin, où un feu brûlait dans la cheminée et des têtes de cerfs empaillées vous toisaient depuis les murs. Deux gardes y étaient assis dans des fauteuils aux accoudoirs en bois de cerfs. Leurs armes étaient posées sur la table, preuve de la sagacité qu'ils avaient acquise grâce à un contact prolongé et rarement agréable avec la police. S'ils n'offraient aucune résistance, seule une infime partie de leurs saloperies resterait coincée dans les filets du shérif quand celui-ci aurait terminé sa rafle.

— On va seulement chercher les clients à l'aéroport et puis on les ramène, dit l'un des deux.

À travers la fenêtre, derrière eux, je vis le second adjoint soutenir le shérif. Cela me laissait l'initiative de la suite des opérations. Me dirigeant vers l'escalier, je le gravis à grandes enjambées, dans les effluves de l'eau de toilette de Thurmond. Il devait être frais comme un gardon, prêt pour le trajet en limousine jusqu'à l'aéroport et un vol privé bien confortable pour rentrer chez lui. À présent, il se cachait quelque part au premier étage, armé d'un pistolet dont il savait se servir.

Je m'adressai au couloir vide :

— Thurmond, vous pouvez appeler votre avocat. (Il n'y eut pas de réponse.) N'aggravez pas votre cas.

Seule me parvint la voix de l'adjoint, au rez-de-chaussée, qui prenait en charge le Dr Whittiker. J'ouvris la première porte du couloir et pénétrai dans une atmosphère chargée d'encens. La pièce était décorée comme une chapelle, avec une fenêtre cintrée munie d'un vitrail ; de part et d'autre d'un petit autel brûlait un cierge. Près de l'autel se trouvait un lit, sur lequel on avait déployé une robe, à la blancheur immaculée, de première communiante.

J'ouvris la porte suivante, découvrant un gymnase miniature ; sur la poutre pendait un maillot de petite fille. J'avais une idée assez précise de l'établissement, à présent, et aussi d'un certain niveau du désir humain où la jouissance était façonnée selon des modèles à la fois terrifiants et pitoyables. Je ressortis dans le couloir.

— Thurmond, je ne suis pas flic, je suis détective privé. Je peux vous aider. On veut seulement fermer cet établissement sans faire de vagues, d'accord ?

Le couloir resta silencieux. Thurmond se trouvait dans l'une des chambres, peut-être avec une petite fille qu'il pourrait prendre en otage pour fuir. Il fallait que je le neutralise sans qu'il arrive quoi que ce soit aux enfants.

— Thurmond, écoutez-moi. Vous avez des ennuis, mais ce n'est pas la fin du monde.

Je poussai la porte suivante. Le décor évoquait une nursery victorienne ; la pièce contenait des jouets anciens, un cheval de bois peint de couleurs vives, et quatre petites filles étaient blotties sur un lit à baldaquin près d'une fenêtre. Thurmond était debout près d'elles, son arme à la main. Il la tenait braquée sur les enfants. Je m'adressai à lui en m'efforçant de garder mon calme.

— Ne leur faites pas de mal, Thurmond. Ce ne sont que des gosses. Elles sont innocentes, elles n'ont rien à voir avec ce qui vous arrive.

Par la fenêtre ouverte, on entendait le chant des cigales monter dans l'air du soir, mais il était étouffé par le bruit de mon propre cœur, qui cognait dans ma poitrine comme s'il voulait s'en échapper. Les petites filles ressemblaient à des poupées brisées, aux yeux peints, au regard vitreux, comme si leur âme s'était envolée. Thurmond était éclairé par les rayons obliques du soleil couchant ; il comprenait pleinement — je le lisais sur son visage — que toutes les étapes de son existence devaient aboutir précisément à cette chambre, avec ces silhouettes autour de lui, et les ombres du jour finissant tombant selon cet angle exact. Ce qu'il ne soupçonnait pas, c'est que l'étape cruciale avait été franchie le jour où il était sorti d'un restaurant sans payer. Baissant la tête, il regarda les petites filles qui lui avaient donné un plaisir interdit ; dehors, les oiseaux chantaient. C'était leur dernier chant. Thurmond porta le pistolet à sa tempe et fit feu. Une gerbe de sang éclaboussa les rideaux du baldaquin, et les cigales se turent.

Les petites filles réagirent à peine. Peut-être pensaient-elles qu'il s'agissait d'un nouveau jeu que des messieurs venaient jouer ici, et que Thurmond allait se relever dans un moment. Mais il était tout à fait mort, et je le recouvris d'une couverture. Puis je m'agenouillai devant les fillettes. Je voulais me mettre à leur niveau, ne pas être plus grand qu'elles, et avoir le même angle de vision, pour mieux les aider à sortir en douceur du décor de leur cauchemar. Bientôt, l'État allait les prendre en charge, retrouver leurs parents. Mais cette transition, à l'instant même, était importante, car les enfants étaient encore enveloppées dans une atmosphère de fantasme sexuel répugnant. Elles étaient engluées dans sa substance émotionnelle, et il fallait qu'elles en sortent proprement, et vite.

La plus âgée était Rebecca Hewitt. Je la reconnus, malgré la casquette de base-ball des Yankees qui dissimulait ses cheveux. Dans les fantasmes pédophiliques, elle devait représenter l'archétype de la bonne petite Américaine, car sa tenue était complétée par un jean et un sweat-shirt. La seconde, par rang d'âge, portait une longue chemise de nuit de coton blanc et tenait un ours en peluche. Elle me fixait sans rien dire, en suçant son pouce ; elle avait perdu l'exubérance des enfants de son âge. On l'avait transformée en poupée de caoutchouc ; elle s'était trémoussée avec des mouvements saccadés en accomplissant des actes qu'elle n'était pas à même de comprendre. Son monde n'était plus qu'un théâtre où prenaient corps des rêves d'adultes, des rêves furieux et ritualisés. Trop jeune pour comprendre leur intensité, elle s'était réfugiée en elle-même, ne laissant qu'une marionnette s'agiter dans ces rêves. Je lui dis à voix basse :

— Les vilains messieurs sont partis.

Son regard resta vide.

À côté d'elle étaient pelotonnées les deux plus jeunes, qui ne pouvaient pas avoir plus de quatre ans. Elles portaient un petit costume marin, comme Shirley Temple en petite fille modèle dans une fable hollywoodienne. Elles étaient peut-être sœurs. L'une d'elles me regarda, et me demanda :

— C'est toi, mon papa ?

— Non, mon chou, ce n'est pas moi, mais je vais te ramener chez lui.

Je ne la touchai pas, et je ne touchai pas sa sœur.

Il me semblait qu'un contact physique n'aurait rien apporté, et à cet instant, il aurait été déplacé qu'un homme pose la main sur elles. Ces deux petits marins avaient été ballottés sur un océan d'anxiété, à l'horizon perpétuellement menaçant, d'où les monstres des profondeurs surgissaient périodiquement pour les emporter, les envelopper dans des tentacules érotiques qui, pour autant qu'elles en savaient, auraient pu facilement les étrangler. Un naufragé, dérivant sur une épave depuis des semaines ou des mois, n'aurait pas semblé plus étranger à l'espèce humaine qu'elles ne le paraissaient elles-mêmes. Aussi charmante qu'ait été leur tenue, ces fillettes n'avaient rien de charmant ; leur regard halluciné n'exprimait que l'angoisse et l'incertitude. Plus ou moins consciemment, elles avaient dû se poser la question : dans quel monde est-ce qu'on vit ? Je me sentais incapable de les réconforter. Elles avaient rencontré un monstre auquel je ne m'étais jamais frotté.

Je regardai Rebecca. Elle me dévisageait de dessous la visière de sa casquette, d'un regard las et méfiant, mais dans lequel je vis une maturité sans aucune mesure avec son âge réel. On l'avait extirpée de force du cocon de l'enfance. Mon espoir était que nous parviendrons à l'y faire rentrer, mais je ne savais pas si cette fragile enveloppe pouvait se réparer, ni si elle serait encore assez vaste pour accueillir Rebecca. Je lui dis :

— Rebecca, tu vas rentrer chez toi. Tout va bien, maintenant.

Elle se détourna de moi ; elle n'était pas disposée à me croire. Elle regardait les fleurs du papier peint, et je vis ses lèvres bouger tandis qu'elle les comptait.

Derrière moi, le shérif Dillahunt entra en boitant dans la pièce, accompagné par Henderson, à qui je suggérai :

— Tu devrais peut-être prendre le relais, maintenant.

Elle me répondit, doucement :

— Tu t'en sors très bien.

Je déjeunais au bureau en compagnie d'Henderson et de Ranouka, dans le jardin situé à l'arrière de l'immeuble. J'avais renforcé le système de sécurité : le premier intrus dont le poids dépasserait celui d'un chat de gouttière serait accueilli par une inoubliable décharge électrique. Elle lui traverserait les pieds pour remonter le long des jambes, décrire une spirale autour de ses bijoux de famille, et foncer vers son crâne, d'où elle ressortirait par l'extrémité de ses cheveux dressés sur sa tête, ce qui est du plus bel effet.

Ranouka emplit nos assiettes de riz au safran et d'aubergines à la noix de coco. J'étais assis sur un fauteuil en fer forgé qui devait être l'un des sièges les plus inconfortables où j'aie jamais posé mon postérieur. Henderson en avait acheté quatre du même modèle, et la police de New York aurait pu les utiliser avec profit dans une salle d'interrogatoire. Il était entièrement décoré de motifs en forme de roses, qui s'incrustaient dans ma chair. Les fauteuils étaient peints en blanc, de même que la table en fer sur laquelle notre repas était servi. Ranouka et Henderson étaient installées à l'ombre de l'arbre. Elles ne semblaient pas se plaindre de leurs fauteuils en fer, soit parce que leur séant était mieux rembourré que le mien, soit parce qu'elles pouvaient tolérer un certain inconfort si le mobilier était pittoresque.

Viola se pencha à sa fenêtre, donna des coups de manche à balai sur l'escalier de secours, et hurla en direction de la cuisine du restaurant d'à côté :

— Arrêtez ce ventilateur !

Elle essaya de lancer une casserole d'eau vers le restaurant, mais le contenu du récipient atterrit dans notre jardin, juste au moment où sonnait mon téléphone sans fil. Ranouka prit la communication.

— Agence McShane. Oui... oui, il est ici... (Elle appuya sur la touche SECRET.) La police de New York. Inspecteur Manning.

Je pris le téléphone.

— John, quoi de neuf ?

— *On a trouvé, ce matin, un millionnaire du Connecticut assassiné chez lui. Pourquoi ton nom figure-t-il dans son livre d'or ?*

— Brand est mort ?

— *D'une injection de venin de cobra.*

*
* *

Planté devant Antiquités Internationales, sur le trottoir d'en face, j'attendais que Temple se montre. Pour m'occuper, j'espionnais Mlle Groome grâce à mon récepteur de poche, dont les écouteurs ont l'aspect de ceux d'un walkman. Je ressemblais à n'importe quel passionné de musique, qui tapait du pied en rythme au coin de la rue. Mais c'était Mlle Groome qui poussait sa chanson, et le rythme était binaire : elle était au téléphone, et elle parlait à Helen Rennseler.

— *Oui, Mme Rennseler, je sais qu'à nous deux, nous pouvons faire du meilleur travail. Et je suis tout à fait d'accord avec vous — Temple a besoin de se reposer longuement. Ces derniers temps, elle se disperse beaucoup, et, si je puis me permettre, elle n'est pas d'humeur facile dans le travail.* (Le ton sec, cassant, de Mlle Groome était sans doute celui qu'entendaient les serviteurs du pharaon quand on les emmurait vivants dans le tombeau de leur maître : radical et sans appel, et on était prié de ne pas protester.) *Je trouve votre plan excellent. Je suis prête à prendre le relais quand vous le voudrez... Je vous remercie de votre confiance...*

Je rangeai mes écouteurs et traversai la rue. Mlle Groome releva la tête et fit fonctionner la serrure électrique pour me laisser entrer.

— Mlle Rennseler n'est pas là.

— Je sais. Je vais l'attendre.

Je me dirigeai vers le bureau de Temple.

— Je crains de ne pouvoir vous permettre d'entrer là.

— Je ne vous demande pas la permission.

J'ouvris la porte du bureau de Temple et y entrai. Mlle Groome m'y suivit.

— Il s'agit d'un bureau privé.

Et qui sera bientôt le vôtre, pensai-je.

Voyant qu'elle ne parviendrait pas à m'expulser de force, elle céda, mais son regard signifiait que notre affrontement n'était pas terminé, et que bientôt ce serait elle qui détiendrait le pouvoir.

— Fermez la porte derrière vous, Mlle Groome.

Ses yeux globuleux s'exorbitèrent un peu plus, et elle claqua la porte avec fracas, séquestrant le serviteur avec la chèvre sacrificielle et le singe apprivoisé du pharaon.

Je m'assis dans le fauteuil à pivot que je fis tourner lentement. Sur le mur, juste derrière moi, se trouvait une ancienne sculpture hindoue. Elle représentait une déesse avec une douzaine de têtes rayonnant autour d'une tête centrale au sourire bienveillant ; les autres exprimaient tous les degrés d'une férocité grandissante, la dernière, à chaque extrémité de l'arc de cercle, étant celle d'une tigresse qui montrait les dents.

Sur le mur opposé, il y avait une niche éclairée. Elle contenait la statuette en bronze d'une amazone en armure, qui tenait dans sa main une petite masse informe. Quittant le fauteuil, j'allai lire la plaque de cuivre fixée sur le socle ; elle expliquait que l'amazone avait arraché le foie d'un prisonnier et l'examinait pour y lire des présages. Ma foi, il faut bien qu'une jeune fille cherche de l'aide quelque part, et cela se passait avant la rubrique astrologique de *Vogue*.

Le carillon de la porte d'entrée tinta dans la boutique, et j'entendis la voix de Temple. Un instant plus tard, elle entrait dans le bureau. Quand elle eut refermé la porte derrière elle, je lui annonçai :

— Brand a été assassiné. À l'aide d'une injection mortelle.

Fermant les paupières, Temple, accablée, se

laissa aller contre le mur. Elle ressemblait à une gravure de mode des années vingt, avec ses sourcils dessinés en demi-lunes, ses pommettes hautes, ses cheveux plaqués éclairés par le faisceau d'un spot. Je poursuivis :

— Vous allez recevoir une nouvelle visite de la police. Dites-leur tout ce que vous savez sur Brand, et ajoutez que nous le soupçonnions du meurtre de votre père. Précisez bien que c'est la raison pour laquelle vous m'avez envoyé chez lui. Sinon, je pourrais être obligé de leur fournir des tonnes d'explications.

Rouvrant les yeux, elle me demanda, à voix basse :

— C'est ma faute ?

— Comment ça ?

— Si je ne vous avais pas lancé sur toutes ces pistes, si je n'avais pas remué toutes ces histoires…

Elle ferma les yeux de nouveau, vacillant légèrement. Ses lèvres bougèrent, mais je n'entendis pas ce qu'elle disait. Je sentis la déesse-vache de l'amour me pousser du museau une fois de plus. J'étais sous le charme de Temple ; pourtant, la voix de Willy Fil-de-Fer me répétait que je n'avais pas le bon passe-partout pour ouvrir son cœur. J'avais une image dans mon esprit, celle de Temple jeune fille marchant seule dans les rues de Manhattan, perdue dans ses rêves de royaumes anciens. Les jeunes gens qu'elle connaissait la trouvaient sans doute bizarre, et elle devait les trouver superficiels. Les rois disparus hantaient son imagination, comme la hantait aujourd'hui son père décédé.

Elle était debout devant la statue hindoue. Les

douze têtes de la déesse semblaient surgir de celle de Temple. Elle me dit :

— J'ai trouvé un vieux journal de mon père dans la maison de Fire Island. Il date presque d'une dizaine d'années, et j'ai donc pensé qu'il n'aurait guère de rapport avec ce que nous cherchons, mais je l'ai parcouru quand même. (Ouvrant le journal intime de Rennseler, elle lut :) *Rex a fait une apparition hier soir à la boutique. Il a dit qu'il allait me tuer. Comment a-t-on pu en arriver à une situation aussi grave ? Mais, bien sûr, c'est à moi que la faute en incombe.*

Temple referma le document et me regarda, ses yeux s'emplissant de larmes, et je sentis comme un magnétisme entre nous. Elle découvrait des choses à cause de moi, et j'étais présent à chaque fois que ses émotions étaient mises à nu. Je la rendais vulnérable, et la vulnérabilité d'une femme est une ardeur dans laquelle un homme peut s'immiscer, mais je savais qu'il ne serait pas honnête d'en tirer profit. C'était le meurtre qui nous aveuglait de nouveau, le meurtre qui nous servait d'aphrodisiaque.

*
* *

Manning sortit d'une voiture de police banalisée. Lui emboîtant le pas, je traversai avec lui Washington Square, où deux individus se menaçaient. Le premier tenait une brique cassée, l'autre avait sorti d'une poubelle une bouteille vide, qu'il brandissait de son côté.

Je regardai Manning.

— Qu'ils aillent se faire foutre, dit-il, poursuivant son chemin vers l'autre côté de la place pour rejoindre MacDougal Street.

Je lui fis remarquer des montants de portail en forme d'ananas, datant du début du siècle, au numéro 129.

— On n'en voit plus beaucoup de ce style, commentai-je.

— Ça ne me fendrait pas le cœur de ne plus jamais en revoir, fit Manning.

Nous nous rendîmes au Café Reggio. L'établissement était désert. Nous nous dirigeâmes vers le fond de la petite salle obscure, aux murs noircis par des décennies de fumée de cigarette. Manning s'installa, sa grande carcasse étant, comme la mienne, un peu trop volumineuse pour les tables minuscules du café. Il adressa à la jeune et jolie serveuse son sourire enjôleur, et je la vis résister à la tentation de passer la main dans ses cheveux bouclés.

— Apportez-nous deux doubles expressos et des cannolis, demanda Manning.

La dose de charme qu'il avait mise dans sa voix valait bien un double expresso à elle seule. Manning avait des sources d'information dans toute la ville, mais il en cherchait toujours de nouvelles. Je le mis au courant de ce que je savais sur le Cobra et Rex, et la serveuse nous apporta nos cannolis. Manning en prit un et mordit dedans, et le sucre en poudre couvrit sa lèvre supérieure d'une moustache blanche irrégulière.

— Est-ce que tu assures la protection de toute la famille Rennseler ?

— Je surveille Temple et son oncle.

Manning fit tourner la pâtisserie entre ses doigts, comme s'il se demandait par quel bout attaquer ce qu'il en restait, puis il l'avala d'un seul coup.

— Je laisse le dossier en sommeil. On ne peut pas espérer la collaboration des Égyptiens, parce que les fondamentalistes font sauter des cars de touristes tous les jours ; là-bas, la police passe son temps à empêcher le pays de s'effondrer. Ils n'ont pas le temps d'élucider un meurtre commis à New York. C'est ce que j'ai dit au procureur du comté de Fairfield. J'ai réussi à te mettre complètement hors de cause à ses yeux, à propos.

Manning essuya sa moustache de sucre en poudre. La machine à café lâchait un jet de vapeur. Un buste en bronze de Shakespeare regardait passer, à travers la vitrine, un gros radio-cassette porté à l'épaule et qui débitait des pentamètres syncopés. Manning soupira, et regarda autour de lui le café désert, comme s'il espérait y trouver un indice quelconque, n'importe lequel.

— Et merde. À moins que je l'aie déjà dit ? (Il soupira de nouveau, avala son expresso, et se leva.) Il faut que je parte. On m'attend à la morgue.

Je remontai MacDougal Street avec lui, à travers les effluves d'encens d'une boutique indienne, les odeurs d'oignon frit d'un marchand de saucisses, vers le cliquetis des pièces que les joueurs d'échecs manipulaient sur les tables en ciment du parc. Les deux querelleurs poursuivaient leur joute verbale du côté des tables d'échecs, mais les joueurs ne se donnaient même pas la peine de lever les yeux. Celui qui tenait la bouteille lança celle-ci à la tête de l'autre ; le projectile fit mouche, explosant sur le front du type. Manning et moi passâmes près de lui. Je dis à Manning :

— Dans le vieux New York, cet endroit était le lieu des exécutions publiques. Ce gros arbre, là-bas, servait de gibet.

Manning regarda l'assortiment de revendeurs de drogue, d'ivrognes et de camés amassés dans le parc.

— Ça a été une grande perte pour la ville, dit-il.

*
* *

— Tous les Arabes redoutent le désert, Mlle Henderson. Ils ont peur des djinns qui y vivent.

Hassanein Hamid avait remarqué l'amulette égyptienne que portait Henderson. Nous étions dans l'appartement des Rennseler, et la bonne d'Helen, Angela, venait de poser un plateau à thé devant Henderson et moi. Hamid sourit à Henderson en lui passant une tasse.

— Je crois que votre petite broche vous protégera.

Je jetai un regard à Helen Rennseler. Elle portait un chemisier sans manches et une jupe d'une nuance de jaune que j'avais dans ma boîte de pastels quand j'étais gosse ; la silhouette d'Helen avait la même couleur que les soleils difformes que j'ébauchais sur mon cahier, mais il n'y avait rien en elle de difforme ni d'ébauché. Ses jambes minces et ses bras nus étaient le résultat d'exercices physiques quotidiens. Elle m'avait convoqué pour une raison qui allait devoir attendre que le style elliptique d'Hamid nous amène au cœur du sujet. Tandis qu'il parlait, je regardai le jeu des Trente posé sur la table, devant nous. Hamid, semblait-il, avait disputé une partie avec Helen. La pièce la mieux placée se trouvait sur la case de Maphdet, une déesse bienveillante représentée sous la forme d'un léopard, qui protège les hommes des serpents.

— Dans le sud de l'Égypte, il y a des gens qui ont retrouvé la trace de leurs ancêtres jusqu'à la dix-huitième dynastie, jusqu'au règne d'Akhenaton. Vous imaginez cela ? Ils se transmettent des souvenirs familiaux des anciens rites thébains. C'est ainsi que, d'une façon très réelle, les dieux de l'ancienne Égypte sont toujours vivants. Il se pourrait très bien que votre amulette recèle encore un pouvoir particulier.

— Oh, j'en suis convaincue, dit Henderson en touchant la broche agrafée à sa robe. La nuit dernière, j'ai rêvé que j'étais à l'intérieur d'un tombeau égyptien. Une porte s'est ouverte, et j'ai vu le sceptre d'Akhenaton.

— Vraiment ?

— Il était magnifique. Il éclairait le tombeau tout entier. Et je me suis dit : *Voilà pourquoi tout le monde le veut*.

— Espérons qu'il s'agit d'un rêve prémonitoire... dit Hamid, laissant un instant glisser son masque d'urbanité pour se pencher en avant avec un intérêt non feint.

— Quelqu'un veut reprendre du thé ? demanda Helen nerveusement, la théière à la main, bien que nos tasses aient tout juste été remplies par Hamid.

Elle lança à ce dernier un regard signifiant que le

moment était venu. C'était lui, apparemment, qui devait se charger de l'intervention.

— M. McShane, dit-il, vous êtes un homme patient pour rester ainsi avec nous pendant que nous parlons de rêves. Bon. Eh bien... (Il posa sa tasse.) Vous savez que Charles Brand voulait le sceptre. Mais savez-vous pourquoi ?

— Parce qu'il vivait au Pays des Merveilles.

— Je vous demande pardon ?

— Il était pédophile.

— Oui, c'est bien ça. Brand voulait le sceptre parce qu'il représentait son aberration, assortie d'une sanction royale, en quelque sorte, puisqu'elle comptait au nombre des privilèges du pharaon. Les gens comme Brand demandent toujours à l'histoire de légitimer leurs actes, ils sont à la recherche d'une sorte de clin d'œil du passé qui signifie : *C'est permis*. Je suppose que cela soulage leur conscience.

— Brand est mort, M. Hamid. C'est la sécurité de Temple qui me préoccupe à présent.

— Naturellement. Elle nous préoccupe aussi. Mais avant tout il faut que vous compreniez, en ce qui concerne le sceptre d'Akhenaton...

Mon téléphone portable sonna. Bobby Booker était en ligne. Il était posté devant la maison de Richard Rennseler, et ses paroles résonnèrent dans le salon d'Helen.

— Jimmy, je ne suis pas seul à surveiller Rennseler. Il y a quelqu'un d'autre, derrière la maison, et je vais aller voir ça de plus près.

Avant que son message ne se termine, j'étais déjà debout. Helen aussi.

— Non ! s'écria-t-elle. (Ses joues sculptées, tendues comme un tambour, avaient perdu leur couleur, et ses yeux exprimaient une anxiété dont je ne l'aurais pas crue capable.) Il ne faut pas que vous interveniez.

Je me dirigeais déjà vers l'ascenseur, suivi par Henderson. Par-dessus mon épaule, je lui lançai :

— Les gens comme vous sont tellement discrets que ça leur fait du tort. Vous allez tous finir à la morgue.

— Attendez ! fit Helen. La situation n'est pas celle que vous croyez.

Passant devant les chiens en porcelaine — les gardiens de temple — j'enfonçai le bouton d'appel de l'ascenseur.

— Helen, il y a deux personnes après ce sceptre : le Cobra, et un certain Rex. L'un des deux a tué votre mari pour s'en emparer, et il a probablement tué Charles Brand pour la même raison. Mais il n'a toujours pas l'objet, et la liste s'amenuise. La prochaine victime, c'est votre beau-frère.

L'ascenseur surgit et s'immobilisa ; la porte coulissante s'ouvrit. Helen m'agrippa par la manche.

— M. McShane, Rex est mon fils.

Je posai la main sur la tête d'un chien chinois, dont la surface lisse était fraîche sous mes doigts.

— Vous pouvez me répéter ça ?

— Je vous en prie, dit-elle, ne lui faites pas de mal.

*
* *

La camionnette de Bobby était vide, et je vis par où il était parti : un passage entre deux hôtels particuliers, menant vers l'arrière du bâtiment. Je m'y engouffrai au pas de course, et découvris Bobby, sans connaissance, gisant sur le trottoir, au pied de l'escalier de secours. Henderson me rejoignit et s'agenouilla près de lui. Elle lui souleva la tête pour examiner la blessure qui l'avait terrassé.

— Je ferais mieux de rester avec lui.

La porte de derrière s'ouvrit, et Brigid regarda dehors. Je courus vers elle. Elle tenta de me claquer la porte au nez, mais je bloquai le battant avec mon pied.

— Brigid, je sais que nous n'avons jamais été intimes, mais quelqu'un s'apprête à tuer votre patron.

J'ouvris la porte d'une poussée au moment où un cri retentissait au premier étage. Je fonçai vers l'escalier que je gravis quatre à quatre, me précipitant jusqu'au bureau situé au bout du couloir. J'y découvris Rennseler allongé sur le plancher, une seringue hypodermique plantée dans le cou. Il essayait, avec beaucoup de précaution, de l'en retirer. Le plancher était inondé par la lumière cuivrée du soleil couchant. Il me fallut une seconde pour me rendre compte qu'il y avait une lucarne au-dessus de moi, et qu'elle était ouverte. Levant la tête, je vis Rex enrouler une corde autour de son épaule. Il disparut de mon champ de vision, et j'entendis ses pas résonner sur le toit.

Derrière moi, Brigid entra précipitamment. Je me dirigeai vers les fenêtres.

— Appelez une ambulance, et dites-leur qu'il a été empoisonné.

J'écartai brutalement les rideaux, mais les

fenêtres étaient munies de grilles fermées par un cadenas. Je ressortis en trombe dans le couloir, et escaladai un escalier menant au toit. La porte d'accès était munie d'une barre de sécurité. Le temps que je parvienne à sortir, Rex était déjà sur le toit de l'immeuble voisin, fonçant vers son objectif : le troisième hôtel particulier de la rangée, un beau spécimen néo-classique, dont la façade en cours de ravalement était couverte par un échafaudage.

Rex se retourna et m'aperçut. Je plongeai à plat ventre juste avant qu'une rafale d'automatique ne griffe le toit. Je tirai quelques balles de mon Beretta, mais Rex sautait déjà sur l'échafaudage, et en quelques instants il eut disparu.

*
* *

Quand je retrouvai Rennseler, il avait pris la couleur du lard fumé, mais l'aiguille n'était plus plantée dans son cou. Je pris la seringue et l'examinai à la lumière.

— Elle est encore aux trois quarts pleine. Vous avez de la chance.

Sa main tremblait lorsqu'il me désigna le tiroir de son secrétaire.

— Là-dedans, vite…

L'ouvrant, je trouvai ce qu'il voulait : une trousse antivenin, marquée d'un symbole en forme de serpent. Elle contenait une seringue et une petite fiole de sérum. Je plongeai l'aiguille dans la fiole pour emplir la seringue.

— Donnez-moi votre bras.

Je cherchai une veine, tandis qu'il m'expliquait :

— Après la mort de Tommy... je me suis dit que je pourrais être le suivant... Je savais qu'aucun hôpital de New York n'en aurait.

Je lui injectai le sérum.

— Vous sauver la vie, ça va devenir une habitude, pour moi.

Il me regarda, les lèvres exsangues, et s'évanouit avant que j'aie le temps de lui dire qu'il n'aurait pas pu mourir ce soir, que la déesse-léopard qui nous protège des serpents veillait sur lui.

*
* *

— Il a probablement des convulsions, à l'heure qu'il est, dit Henderson. Cela ne lui fera pas de mal.

Nous avions déposé Rennseler à l'hôpital de Lennox Hill, en même temps que Bobby. La blessure de Bobby était superficielle, mais ils voulaient le radiographier malgré tout. J'appelai Temple depuis une cabine de l'hôpital, mais je n'eus pas de réponse, et je pris un taxi avec Henderson pour regagner le centre-ville. Pendant le trajet, elle me dit :

— Des situations d'angoisse comme celle-ci surviennent toujours quand Mars transite par ma maison VII.

J'ignorais tout du transit de Mars, mais la jambe d'Henderson était contre la mienne, et je n'avais pas de convulsions. Qu'est-ce qu'un détective privé pouvait demander de plus par une nuit d'été ?

Je descendais avec Henderson l'escalier menant au bureau.

— Je ne comprends pas, dit-elle. Pourquoi Rex a-t-il été rejeté par la famille Rennseler, pour commencer ?

— Temple ne l'a même jamais connu ; donc, ce n'était probablement pas un Rennseler. Mon hypothèse, c'est qu'il s'agit du fils d'Helen et d'Hamid. Hamid ne voulait pas le garder avec lui en Égypte, où sa présence, celle d'un Fils de Satan, lui aurait causé de l'embarras. Alors, Helen l'a mis en pension. Ensuite, je suppose qu'il est revenu pour demander des comptes. L'affaire s'est envenimée, et Tommy s'est fait assassiner. (Désarmant l'alarme, je pénétrai avec Henderson dans le hall d'entrée. J'allumai la lumière et ouvris mon bureau.) Rex connaissait l'existence du sceptre et voulait se l'approprier. Une fois en possession d'un tel trésor, il aurait pu tous les envoyer promener.

Je mis en marche mon répondeur. La voix de John Manning en sortit. « *Les fédéraux m'ont fait entendre leurs enregistrements des Bourreaux. Le type qui leur a demandé de te descendre, c'est ce fameux Rex. Si tu veux écouter la bande toi-même, passe à Midtown North demain matin.* »

Manning prit congé, et la voix de Puce Jensen lui succéda. « *Jimmy, j'ai vérifié les anciens relevés de carte bancaire de Tommy Rennseler, juste pour le plaisir. Il s'est rendu plusieurs fois en avion au lac Placid, l'an dernier. Deux des dates coïncident avec des visites que Charles Brand a faites au même endroit. J'ai tous les détails : les sommes, les dates, etc. C'était un message de la Fouine Électronique.* »

Les sourcils d'Henderson dessinaient des accents circonflexes.

— Brand et Rennseler étaient tous les deux pédophiles ?

Je m'affalai dans le fauteuil réservé aux clients et me massai le front.

— Je pense trop. Je commence à avoir mal à la tête.

— Nous avons tous les deux besoin d'huile d'épicéa pour renforcer notre concentration. (Elle fonça jusqu'à son propre bureau, en revint munie d'une petite fiole, et déposa une goutte d'huile sur chacun de nos deux fronts.) Mes pensées se bousculent encore beaucoup trop vite, dit-elle. Il faut que nous jouions au jeu des Trente.

— Pas maintenant, Henderson.

— Si, maintenant. C'est de cette façon que mon esprit fonctionne : je raisonne mieux quand je me concentre sur autre chose que sur ce à quoi je pense. (Ouvrant le tiroir, elle sortit les dés en os et les lança. Elle déplaça son pion jusqu'à la case des

Jumeaux Royaux, puis ouvrit le livre relié en cuir contenant la règle du jeu pour en savoir plus sur les jumeaux.) Ils sont encore dans l'œuf de la Grande Caqueteuse. Ils n'ont jamais été séparés. Ils sont liés par l'étreinte de l'amour éternel.

Reposant le livre, elle me regarda. Ses yeux brillaient, grands ouverts. Je voyais presque des diodes clignoter dans son cerveau.

— Tu sais ce que c'est qu'un ajustement crânien ?

— Je ne crois pas que ça me tenterait.

— Tu n'en as pas besoin. Mais les gens qui ont subi un grave traumatisme, physique ou émotionnel, peuvent souffrir d'une déformation de la boîte crânienne. Les os travaillent. J'exerce des pressions sur leur tête avec mes doigts, et je remets ces os en place.

— Maintenant, je suis sûr que ce n'est pas pour moi.

— L'important, c'est de savoir que les os du crâne peuvent bouger, lorsque j'appuie à peine dessus. Ici... (Elle toucha les os situés derrière mes sourcils.)... ici... (Elle passa les doigts le long de ma mâchoire.)... et là... (Elle effleura mes pommettes.) Tous ces os peuvent se déplacer. Tu comprends ce que je veux dire ?

L'alarme anti-intrusion retentit.

— La porte de derrière !

Je fonçai dans le couloir, mon Beretta à la main. La fenêtre de la cour vola en éclats, dans un fracas de verre brisé et le toussotement discret d'un semi-automatique muni d'un silencieux.

Une nouvelle rafale brisa l'autre fenêtre, alors

que le téléphone sonnait. J'entendis mon répondeur se remettre en marche.

— *Jimmy, c'est Saul. Je viens de me rappeler ce qui me déplaisait chez Tommy Rennseler. Un jour, il est venu à la boutique alors que ma fille de neuf ans était là, et la façon dont il l'a regardée m'a hérissé le poil. Tu me comprends ? Je voulais te le dire avant de descendre le Colorado en canot pneumatique, ce que je dois faire dans trois jours. Rita a déjà acheté les billets. J'ai été content de te connaître, Jimmy. Adieu.*

Je rampai vers la porte de derrière. Je savais que Rex devait se trouver dans l'arbre de la cour, car c'était le seul endroit du jardin où l'on ne risquait pas de décharge électrique. Henderson m'avait interdit de le piéger, parce que les courants électromagnétiques pouvaient contrarier le développement de son rhizome. À présent, c'était mon rhizome personnel que Rex tentait de contrarier. Il avait dû descendre l'escalier de secours et se lancer dans les branches épaisses de la cime.

Je partis en biais vers la fenêtre brisée. Je distinguai la silhouette de l'arbre se détachant sur le ciel, puis une salve de *plops* étouffés fit descendre ce qu'il restait des vitres.

Je sentis Henderson me tirer par la manche. Elle était plaquée contre le mur, près de moi.

— Ne tire pas !

Libérant mon bras, j'ouvris la porte d'un coup de pied et plongeai dans l'ouverture en faisant feu.

La surface dure de la cour surgit à ma rencontre. Je roulai sur moi-même en tirant de nouveau, puis me glissai sous la table de jardin d'Henderson.

J'entendis des balles ricocher sur le plateau en fer. Je refermai les doigts autour du pied central et soulevai la table. L'utilisant comme un bouclier, je chargeai en direction de l'arbre. Rex se balança au bout d'une branche pour sauter sur l'escalier de secours, qui grinça sous le choc.

Je ne pouvais pas tirer, car l'escalier de secours passait devant toute une série de fenêtres, et il y avait des curieux derrière chacune d'entre elles. La dernière section de l'escalier était relevée. J'agrippai le dernier barreau et tirai dessus d'un coup sec. Des particules de rouille me tombèrent dans les yeux lorsque l'échelle métallique coulissa. Je commençai à grimper. De nouvelles têtes se montraient aux fenêtres au-dessus de moi, directement dans ma ligne de mire.

Rex atteignit le palier supérieur de l'escalier de secours. Il passait en trombe devant la dernière fenêtre quand celle-ci s'ouvrit brusquement ; Viola brandit son manche à balai comme une lance.

— Bande de salopards ! Arrêtez ce ventilo !

Trébuchant sur le manche à balai, Rex s'étala. J'arrivais sur le palier de l'étage inférieur quand il se releva et enjamba le rebord du toit. Au moment même où je parvenais à la fenêtre de Viola, elle hurla :

— Ça fait vibrer mes ovaires !

... et me lança un seau d'eau savonneuse à la tête.

Recrachant des bulles de savon, j'enjambai le rebord à mon tour, retombant sur le goudron du toit de l'autre côté. Henderson grimpait l'escalier de secours, en me criant de ne pas tirer.

Rex traversa le toit en courant et sauta avec

aisance sur l'immeuble voisin. Le saut en longueur était une de mes spécialités. Je fonçai vers le rebord, pris un bon appel, et pagayai dans le vide des deux bras, traversant des bouffées d'*Envoûtement* encore en suspens dans l'atmosphère. Touchant le toit voisin, je tombai en avant.

Nous étions affalés l'un sur l'autre, comme deux acrobates qui viennent de louper leur numéro de trapèze. Rex leva les yeux vers moi, le regard étincelant de rage. Tandis que nous luttions pour reprendre notre souffle, je vis son expression changer, puis son visage tout entier se modifia : ses pommettes s'affaissèrent, le contour de sa mâchoire s'adoucit. C'était comme un masque qui se serait replié à l'intérieur de lui-même, et quand la métamorphose fut terminée, je compris que c'était Temple que je plaquais au sol. Une mèche de cheveux, tombée en travers de son front, y restait collée, humide, incurvée en forme d'accroche-cœur. Le regard perdu, elle me demanda d'une voix craintive :

— Jimmy, pourquoi êtes-vous assis sur moi ?

*

* *

Le jardin public de Washington Square était noir de monde, les habitués se rassemblant pour acheter de la drogue, jouer du tam-tam, ou regarder la lune à travers la pollution. C'était une chaude nuit d'été, de celles qui poussent les gens à sortir — pour faire la fête ou se promener seuls, peu importe, l'essentiel étant qu'ils se trouvent là au bon moment pour voir le parachute s'ouvrir dans un bruissement doux et sensuel, et leurs rêves descendre vers eux dans le ciel de Manhattan. Henderson, Temple et moi étions assis sur un banc, sous un gros arbre, dans l'ombre tachetée de son feuillage ; la lumière jaune des réverbères du jardin jouait sur le visage de Temple, qui changeait à chaque apparition de l'une de ses nombreuses personnalités, enfin visibles au grand jour.

— Papa a été méchant avec moi, chuchota Temple. (Ses pieds ne touchaient plus le trottoir, ses jambes semblant raccourcir ; sa voix ténue avait la pureté d'un carillon.) Papa m'a forcée à faire des choses sales.

— À part lui, quelqu'un d'autre le savait ? demanda Henderson avec douceur.

— Je n'ai pas le droit de le dire... fit la petite voix qui s'éteignit aussitôt, comme une fée disparaissant dans l'ombre du feuillage, et les jambes de Temple semblèrent reprendre leur longueur normale.

Henderson me dit à voix basse :

— Le corps d'un être multiple peut changer de façon tangible. La manipulation que j'effectue sur les os du crâne par la pression de mes doigts, elle l'opère grâce à sa musculature.

Et le visage de Temple, effectivement, se modifiait, ses traits se déplaçant pour créer une forme plus arrondie alors qu'une nouvelle personnalité faisait surface. J'ai vu beaucoup de choses étranges dans ma vie, mais ce spectacle me faisait dresser les cheveux sur la tête. Ses yeux semblèrent s'enfoncer dans son crâne, devenant ceux d'une très vieille femme, aussi vieille qu'une statue de la cité d'Ur. Ses lèvres bougeaient à peine. J'entendis une brusque aspiration, comme un souffle de vent s'engouffrant dans un tombeau fraîchement ouvert, puis sa voix nous parvint :

— À chaque fois que son père la violait, Temple regardait la statue qui se trouvait près d'elle sur la table de nuit. C'était une statue de Callisto, qui fut séduite par Zeus, le père. Et c'est ainsi que je suis née, moi, Callisto.

Dans l'expectative, Henderson et moi gardions le silence. J'avais déjà vu le visage de Callisto affleurer chez Temple, de façon fugitive, dans une expression qui traversait son regard. À présent, Callisto s'imposait avec force, soutenue par une alchimie intérieure à laquelle je ne comprenais rien. On aurait dit l'une des plus grandes actrices du monde passant en revue son répertoire, et les rôles qu'elle endossait étaient créés sans recours au maquillage ni à des couches de latex pour altérer la forme du visage, mais par une maîtrise précise des muscles appropriés. Une telle maîtrise avait dû être acquise dès la plus tendre enfance, lorsque la personnalité, tout comme le corps lui-même, n'était pas figée à l'intérieur de ses limites. Ces limites, qui se solidifient chez tous les autres gens, restaient perméables chez Temple ; elle les franchissait sans effort. Ou plutôt, c'étaient les fragments brisés de sa personnalité qui les franchissaient. Finalement, Henderson demanda :

— Quand cela est-il arrivé pour la première fois... Callisto ?

La brusque aspiration se produisit de nouveau, et les lèvres de pierre bougèrent.

— Temple avait huit ans. Je la regardais depuis

la table de nuit. Son père l'a violée et nous avons échangé nos places. Elle est devenue statue. Et je suis devenue réelle. La pierre ne ressent presque rien, et c'était ce qu'il fallait ; l'enfant violée ne doit rien éprouver.

Les visages qui défilaient dans le jardin public — les punks barbares, les rastas exotiques, les gosses aux vêtements à l'envers — ne représentaient que de timides tentatives pour enrichir ou altérer sa personnalité. Sur le banc, près de nous, se trouvait une vraie contorsionniste maîtrisant son art, mais c'était une maîtrise douloureuse, et, en dernière analyse, inconsciente, car Temple elle-même n'existait plus. Le souffle bruyant de Callisto, la statue vivante, recommença à franchir ses lèvres :

— Rex a tué Tommy. Rex est celui qui a du courage. Je ne voulais pas qu'il vous tue, mais il redoutait que vous finissiez par nous découvrir et nous anéantir.

Le visage rond de Callisto s'estompa, les pommettes et les mâchoires se firent plus proéminentes, les lèvres se pincèrent en un trait dur. Une force masculine déferla dans les membres de Temple ; les articulations de ses mains semblèrent se dilater, tandis que celles-ci décrivaient un geste souple pareil au signe secret d'une société occulte. Ce fut le regard de Rex qui se posa sur nous.

Ce n'était pas une femme travestie en homme, c'était un homme. La transition me fit le même effet que le contact avec la terre ferme quand on saute d'un carrousel, et que le sol semble instable : je sentis le jardin public tout entier basculer sous mes pieds. Je m'étais plus qu'amouraché de cette femme qui venait d'inverser sa polarité sexuelle.

Comme pour celle de Callisto, je m'aperçus que j'avais déjà vu la présence fugitive de Rex dans les yeux de Temple — un glissement furtif au fond de son regard, le passage du garde du corps qui faisait sa ronde. Il avait toujours été là, enfoui dans les profondeurs, constamment aux aguets. À présent, je plongeais directement dans son regard impérieux, et je n'y découvrais aucun compromis.

Je dis :

— Henderson, retourne au bureau. Je t'appellerai plus tard.

Henderson se leva du banc et s'éloigna lentement à reculons. Je ne sais pas si le ton de ma voix y était pour quelque chose, ou si elle avait reconnu la menace qu'exprimait le regard de Rex, mais j'espérais que cela l'inciterait à partir sans hésiter.

Je glissai ma main vers mon Beretta ; j'étais en face du type qui avait jeté Richard Rennseler dans le fleuve comme un vieux pneu. Je n'avais pas envie de me frotter à lui de nouveau. S'il s'emparait du Beretta, il me ferait sauter la tête. Même les tueurs à gages ont des émotions qui tirent sur le gris, mais les sentiments de Rex étaient d'un noir d'encre. Il ne connaissait rien d'autre que la rage, comme un joueur de football bourré d'anabolisants, la chimie de son cerveau altérée pour le rendre agressif, et le simple fait d'être assis près de lui altérait la chimie du mien. Mes dents grinçaient si fort qu'elles semblaient prêtes à se briser. Rex grogna quelque chose, et je l'agrippai par le col. Nos visages n'étaient qu'à quelques centimètres l'un de l'autre, et je voyais clairement le venin dans ses yeux. Je serrai plus fort les plis de son col dans mes poings.

— Il me faut des réponses.

Pour toute réponse, je reçus un coup de tête en plein front. La lumière jaune des réverbères explosa derrière mes yeux. Je secouai la tête pour chasser la douleur, et resserrai ma prise.

— Vous avez tué Brand. Parce qu'il était pédophile ?

Un sourire de satisfaction passa lentement sur les lèvres de Rex.

— Il ne s'amusera plus jamais, M. Brand.

— Et Richard Rennseler ? Pourquoi vous êtes-vous attaqué à lui ?

Le regard venimeux de Rex parut distiller une nouvelle goutte de poison.

— Tommy et lui profitaient de Temple à tour de rôle.

Mon cœur se souleva à l'idée de ces deux prédateurs détruisant l'enfance de Temple. Je cherchai une trace de sa présence dans les yeux de Rex, mais elle n'était pas dans ces puits de colère. Je n'arrivais pas à imaginer dans quels limbes elle se trouvait, dans quel sommeil sans rêve, dans quel séjour forcé du psychisme. Et sous mes yeux, tout à coup, Rex commença à sombrer, et son regard à se liquéfier ; il regagnait sa propre chambre souterraine, comme une anguille retourne au fond de la mer.

— J'ai encore des questions ! hurlai-je. Reviens, espèce de salopard !

Le regard venimeux revint, mais Rex en avait terminé avec les questions. Il me sauta à la gorge ; je parvins à le neutraliser, bloquant ses bras contre sa poitrine. L'énergie qui traversait son corps était phénoménale. Je vis mon pouce se soulever et s'abaisser, sous la pression du sang circulant dans l'artère de son poignet. Je le courbai en arrière sur le banc pour briser son appui, mais sa force surnaturelle était impossible à contenir ; pivotant sur lui-même, il parvint à se relever, m'entraînant avec lui. Nous étions face à face, et je sentais sa puissance qui faisait vibrer tous ses muscles dans notre corps à corps immobile. Libérant son bras d'une brusque secousse, il me frappa d'un revers de main dévastateur, puis faucha mes jambes sous moi d'un coup de pied circulaire. Je tentai de lui échapper en roulant sur moi-même, mais il me saisit à la nuque et j'embrassai le trottoir. Il me plaqua le visage contre le bitume, me coupant le souffle. Du coin de l'œil, je vis une petite balle blanche rouler vers nous. Elle frappa la main de Rex. Cessant de m'étrangler, il ramassa la balle. Un calme étrange s'empara de lui tandis qu'il la contemplait. Il la fit tourner dans sa main, l'examinant en silence. Je me glissai de dessous lui, le souffle court. Il posa la balle sur le dos de sa main puis, étrangement concentré, la fit rouler doucement d'arrière en avant. À cet instant, une petite fille apparut derrière lui et le tira par la manche.

— Dis, monsieur, tu me rends ma balle ?

Rex la regarda, sourit, et posa doucement la balle dans sa main.

— Il est très tard. Va retrouver ta maman.

La gamine partit en sautillant, en faisant rebondir sa balle. Je demandai à Rex :

— Pourquoi Helen a-t-elle essayé de faire interner Temple ?

— Pour se débarrasser de moi. (Son regard malicieux revint.) Mais ce n'est pas si facile.

Il commença à s'estomper de nouveau.

— Attendez ! criai-je. Où est le sceptre ?

Mais Rex n'était plus là.

Temple sortit du cabinet de son thérapeute. Ses mouvements étaient gauches, mal assurés, comme si elle avait oublié l'usage de ses membres. Je venais l'attendre chaque jour, comme je le faisais avec Saul Feldman, pour assurer sa sécurité, mais d'une façon différente.

Le temps que je traverse avec elle le hall de l'immeuble pour regagner la rue, elle avait retrouvé son aplomb et le rythme de ses propres pas, un rythme qu'elle perdait à chaque séance lorsque, sous la supervision du médecin, elle laissait ressurgir ses autres personnalités. Jamais personne n'avait vu Temple les assumer tour à tour avant cette nuit où, dans Washington Square, j'avais moi-même été témoin de la métamorphose. J'étais resté avec elle jusqu'à l'aube, attendant que la crise se termine, et que la Temple que je connaissais reprenne conscience de nouveau. Le lendemain, Henderson lui trouvait un psychothérapeute, et je m'étais engagé à lui servir de guide au cours de cette heure qui suivait les séances, lorsqu'elle rentrait lentement chez elle à pied, dans un brouillard d'identités superposées. Je n'arrivais pas à voir en Temple la personne qui avait par trois fois tenté de me tuer, parce que ce n'était pas elle. Cela me rendait-il nerveux ? Ne l'auriez-vous pas été, à ma place ? Juste un peu ? Mais la femme qui marchait à mes côtés, c'était cette universitaire douce et attentionnée dont j'avais fait la connaissance lors de notre première rencontre, et qui n'aurait fait de mal à personne. Elle n'avait même pas renvoyé Mlle Groome, et ne le ferait probablement jamais. Elle me dit :

— Aujourd'hui, j'ai rencontré Rex.

— Comment ça, « rencontré » ?

— Quand il a fait surface, je n'ai pas perdu connaissance. J'ai réussi à me cramponner, à la lisière de l'inconscient, et je l'ai écouté. Il a raconté de quelle façon il avait tué mon père.

— Et alors ?

— J'ai vu Rex injecter le venin, et j'ai été témoin des derniers instants de mon père, lorsque le poison se répandait dans ses artères. Il était assis par terre, il n'arrivait pas à respirer, et il essayait de parler. Il n'a réussi à prononcer qu'un seul mot.

— Lequel ?

— *Destin.* Il voulait résumer sa vie, ma vie. Il voulait dire que chacun de nous deux a été le destin de l'autre.

Temple baissa la tête un instant, puis la releva vivement. C'était un mouvement plein d'autorité, comme je ne lui en avais pas vu faire auparavant. On aurait dit qu'elle secouait la tête pour rejeter l'interprétation que donnait son père de leurs relations.

— J'ai donc recouvré la mémoire en ce qui

concerne la mort de mon père. Un jour, je me rappellerai tout le reste. Mais pas tout de suite. Le simple fait de savoir que c'est mon corps que Rex a utilisé me donne déjà suffisamment de remords ; je ne pourrais pas en supporter davantage. (Elle se tourna vers moi, un pâle sourire flottant sur ses lèvres.) Mon psy me dit qu'il se passera peut-être des années avant que Rex ne soit intégré dans ma conscience.

— Vous voulez qu'il devienne une partie de votre conscience ?

— Ce n'est pas le genre d'homme que j'aimerais avoir dans ma vie, encore moins dans ma conscience. (Elle examina son reflet dans une vitrine, et son regard était prudent, comme si elle ne savait pas le visage de qui elle allait découvrir.) Quand je sens que Rex commence à remonter à la surface, cela m'affole. Mais, peu à peu, j'apprends à tenir bon malgré tout, car il n'y a que moi qui puisse le maîtriser.

— Les chamans ont leur animal-totem. Rex est peut-être le vôtre.

Elle m'adressa de nouveau une esquisse de sourire.

— C'est gentil à vous de me dire ça, si l'on considère qu'il a tenté de vous tuer.

— J'espère qu'il est de mon côté, à présent.

— Certainement. Il apprécie le fait que vous ne soyez jamais allé à la police pour leur parler de... de nous.

— Dites-lui qu'il est entièrement couvert par le secret professionnel.

J'aurais dû livrer Temple à la police, mais je ne

l'avais pas fait. Ma conscience ne me tracassait pas, en ce qui concernait Tommy. Il avait joué au jeu des Trente, et il avait perdu. De même, la mort de Cheikh Vito ne me pesait guère ; il avait donné un homme en pâture à un ours polaire. Quant à Brand, sa disparition ne me semblait pas, elle non plus, représenter une grande perte pour la société. Les petites filles avec lesquelles il avait assouvi ses penchants allaient connaître une existence terriblement compliquée ; leurs vies de femmes seraient tout entières peuplées de cauchemars.

Nous étions sur la Trente-troisième rue, à deux pas de chez Temple. Elle m'avait dit qu'il y avait quelque chose, dans son appartement, qu'elle désirait me donner. Franchissant le portail, nous entrâmes dans la vieille cour pavée. Je sentis de nouveau la présence des fantômes vif-argent du vieux New York, des dames et des messieurs du temps jadis. De Temple elle-même jaillissait le vif-argent sous de nombreuses formes, des spectres de mercure qui la protégeaient des assauts que l'existence lui avait fait subir. Elle avait peuplé sa cour de fantômes.

Je pénétrai avec elle dans son appartement. L'atmosphère n'y était plus chargée de prémonitions ; les statues étaient réduites au silence, à présent que Temple entendait les voix venues du plus profond d'elle-même.

— Mon refuge. Je ne sors plus guère, ces derniers temps.

— C'est un bon refuge.

— Il pourrait être encore meilleur. (Elle me désigna quatre urnes d'argile rouge alignées sur une étagère basse. Elles étaient fermées par des bouchons, tous différents, en forme de tête : un faucon, un babouin, un chacal et un homme.) Vous vous rappelez ce rêve dont je vous ai parlé ? Dans lequel mon père me répétait sans cesse : *Canopus ?* Ce sont des urnes canopiennes ; elles représentent les quatre fils d'Horus. Quand le pharaon mourait, on y conservait ses poumons, son estomac, son foie et ses intestins. Les fils d'Horus sont les protecteurs des morts.

Je contemplai les récipients de terre cuite. J'étais presque sûr de savoir ce qu'ils contenaient.

— Voulez-vous que je vous en débarrasse ?

— Jusqu'à aujourd'hui, j'ignorais que Rex y avait mis les viscères de mon père. (Elle inspira longuement et ferma les yeux un instant. Puis elle se tourna vers moi.) Oui, emportez-les. Je ne peux pas les garder, et je ne voudrais pas que quelqu'un d'autre découvre leur contenu. (Elle mit les urnes dans deux sacs à provisions en toile de chez Zabar, et quand elle releva la tête, ses yeux semblaient posséder des facettes multiples, comme si leur vision était partagée.) Nous vous en sommes reconnaissants, Jimmy, dit-elle. (Constatant mon étonnement, elle ajouta :) J'essaie de parler au nom de nous tous.

Je pris sa main. Je sentis la froideur de pierre de Callisto, puis l'énergie de Rex, le protecteur invisible, qui s'y insinuait. Et enfin la petite fille, timide comme les fées.

Les yeux de Temple s'embuaient de larmes, leurs facettes se fondant en un regard qui était moins complexe. Elle me dit :

— J'aurais bien aimé être amoureuse de vous. Mais je ne peux plus me le permettre, à présent. (Posant les mains sur mes épaules, elle m'embrassa, très doucement, sur les lèvres.) Pourriez-vous aimer quelqu'un qui a failli vous tuer ?

— Bien sûr. Sans difficulté.

Elle laissa ses mains glisser sur le devant de ma veste, mais il y avait comme un regret dans ses yeux.

— Si jamais je peux, un jour, envisager sans crainte une liaison avec un homme, ce ne pourra pas être avec quelqu'un que je considère comme mon sauveur.

— Je ne suis le sauveur de personne.

— Mais vous m'avez sauvée. Et cela vous confère une image de père. Vous ne croyez pas que j'ai déjà eu suffisamment de pères ?

Brusquement, j'éprouvai un sentiment poignant de solitude. Je dus détourner la tête avant de replonger encore dans ces yeux bleus, aux profondeurs troublantes. Je contemplai le mur, où une collection de statuettes égyptiennes était exposée — un léopard, un bateau, le dieu nain qui veille sur les enfants, et bien d'autres pièces. Elles étaient disposées en trois rangs, chacune dans une niche, éclairée, qu'on avait ménagée dans le mur.

— C'est le jeu des Trente.

Temple se tourna, suivant mon regard.

— Oui. C'est mon père qui l'a conçu, quand il a restauré l'appartement, il y a des années. Il avait une vraie passion pour le jeu des Trente.

J'entendis les dés en os rouler dans ma tête, et je montrai le rouleau de papyrus placé sous les rangées de statuettes. Le message inscrit dessus était semblable à celui qui figurait au bas de mon jeu des Trente.

— Qu'est-ce que ça signifie ?

S'approchant du mur, Temple passa son doigt sur l'inscription protégée par une vitre.

— *Je ne te laisserai pas entrer si tu ne dis pas mon nom.*

Je parcourus la collection, passant d'une case à une autre de ce jeu des Trente grandeur nature ; s'il se trouvait sous la protection d'un sage égyptien, c'était lui que j'entendais me chuchoter quelque chose à l'oreille, ou bien c'était Willy Fil-de-fer.

Je me rappelai alors que cette maison n'avait pas le même aspect que les autres maisons de la cour, parce que Tommy Rennseler l'avait modifiée après l'avoir achetée. À présent, la plus radicale de ces modifications me sautait aux yeux : l'un des murs intérieurs, celui qui portait le jeu des Trente, avait gagné trente centimètres en épaisseur, ce qui avait nécessité une modification des fenêtres en façade. Pourquoi un propriétaire s'était-il privé dans une telle proportion de ce bien précieux qu'est la surface habitable à Manhattan ?

Je m'approchai du mur, commençant par le début du jeu, pour examiner la première niche. La statuette qu'elle contenait était celle d'un ibis. Quand je la touchai, elle bougea légèrement, vers l'arrière, mais resta fixée au bas de la niche. L'esprit de Willy Fil-de-fer me chuchota : *Moi, ça me fait penser à une goupille de serrure.*

— Que faites-vous, Jimmy ?

— Je joue au jeu des Trente, répondis-je.

Je passai à la case suivante, où se trouvaient deux lions, les Exécuteurs de Sakhmet. Les lions aussi bougeaient un peu, vers l'arrière.

S'approchant de moi, Temple me dit :

— Je n'ai jamais compris pourquoi ils se soulèvent de cette façon. L'espace n'est même pas suffisant pour qu'on puisse nettoyer dessous.

— Non. Mais Willy Fil-de-fer me dit qu'ils se soulèvent assez pour libérer un contrepoids, quelque part dans le mur.

— Qui est Willy Fil-de-fer ?

— Le dieu des crocheteurs. (Je vérifiai la totalité des trente niches, et chaque pièce bougeait.) Nous avons un équilibre initial, probablement réalisé lorsque chaque pièce est en position centrale, comme ceci. Ensuite, il doit suffire de déplacer seulement quelques pièces, pour modifier l'équilibre. Ce mur est comme ce petit autel que votre père a fabriqué, celui qui se trouve dans votre boutique. (Je passai ma main sur le mur.) Il y a des contrepoids qui coulissent à l'intérieur, probablement en acier lubrifié, et complètement silencieux.

— Mon père a construit quelque chose dans ce mur ?

— C'était un homme qui adorait les cachettes. (J'examinai l'ensemble du jeu. Trente cases différentes, cela donnait un nombre vertigineux de combinaisons possibles. Mais dans le jeu des Trente, seules quatre cases étaient considérées comme suprêmement favorables.) La case d'Hathor, la case de Maât… (Je repoussai ces figurines et passai à la suivante.)… la case du Léopard, celle de la Barque Solaire… et… rien ne se passe. (Contemplant le jeu des Trente, je tentai d'imaginer Tommy Rennseler l'examinant depuis l'endroit où je me trouvais. Je réfléchis à voix haute :) L'objet du jeu est d'atteindre la case invisible, la case trente et une, celle du Paradis. Nous sommes passés par toutes les cases bénéfiques. Que nous reste-t-il ?

Tu prends le problème à l'envers, me dit le dieu des crocheteurs.

Je repoussai toutes les pièces, les plaçant dans la position opposée. Ensuite, je ramenai vers moi les quatre figurines favorables, et au moment où la quatrième revenait au centre, je sentis le mécanisme bouger, doucement, sous mes doigts. La trente et unième case, l'invisible, commençait à s'ouvrir. Sur le mur, à droite du jeu des Trente, une vitrine avait pivoté vers l'avant de quelques centimètres. Le mur présentait un renfoncement à l'endroit où le bord de la vitrine s'appuyait contre lui. Un mince verrou métallique s'était abaissé, laissant la vitrine tourner sur ses gonds invisibles.

— Allez-y, dis-je. Ouvrez la case du Paradis.

Temple écarta la vitrine du mur, et j'aperçus les reflets dorés du sceptre d'Akhenaton.

*
* *

— Il est à vous, Rafik.

J'avais posé le sceptre sur mon bureau. Les visages étaient érodés, le passage du temps avait adouci leurs traits sculptés dans l'or massif, mais la ressemblance était indéniable entre les deux époux : il s'agissait bien du père et de la fille. On n'appelait pas ça du viol, à l'époque, mais on peut se demander si les habitants de la vallée du Nil n'ont jamais trouvé bizarre que ce vieil Akhenaton, là-haut, dans son palais, se tape sa propre fille. L'espèce humaine a une longue histoire, et je suppose que nous avons tout essayé. Mais existe-t-il, de nos jours, un sceptre qui régit notre culture ? Et ce qui est gravé dessus semblera-t-il barbare dans un millier d'années ? Telle est la question qui m'empêche de dormir.

— Je vis un merveilleux moment, M. McShane.

Le détective privé égyptien était debout devant moi, de l'autre côté de mon bureau. Les gens ne ressemblent pas toujours à l'idée qu'on a d'eux, mais la silhouette corpulente de Rafik et ses petits yeux brillants correspondaient bien à l'image que je m'étais faite du personnage lors de nos entretiens à distance. Sa voix, en revanche, avait changé ; elle était plus cultivée, et n'avait plus qu'un léger soupçon d'accent. Au téléphone, il avait sciemment joué les imbéciles, ayant sans doute appris depuis longtemps que les gens se méfient moins de ceux auxquels ils se croient supérieurs. Son chèque de cent mille dollars était déjà versé au compte de Temple — c'était la prime qu'il avait tenu à lui offrir pour la découverte du sceptre. Pour ma part, j'avais accepté une récompense relativement plus modeste.

Rafik promena ses doigts bruns sur le sceptre, puis ouvrit une mallette et y déposa l'objet, sur une épaisse tapisserie.

— Le couple royal, deux mille ans après leur règne. (Avec respect, il effleura le visage du pharaon et celui de sa fille, puis il referma le couvercle et fit tourner les molettes de la serrure à combinaison.) Leur voyage va pouvoir continuer.

— New York est une ville dangereuse. Soyez prudent.

— J'ai passé ma vie entière dans les ruelles animées du Caire. (Il sourit de nouveau et souleva la mallette.) Eh bien, le moment est venu pour moi de prendre congé. (Il porta un doigt au rebord de son chapeau, et m'adressa un petit salut. En se redressant, il remarqua les urnes canopiennes alignées sur le rebord de ma fenêtre et s'approcha d'elles.) Vous êtes collectionneur, M. McShane ?

— Je possède quelques pièces.

Il caressa la tête du faucon antique qui servait de bouchon à la première urne.

— Je paierais un bon prix pour les quatre fils d'Horus. Seriez-vous prêt à les vendre ?

— J'aime bien les avoir près de moi. Ils ont une valeur sentimentale.

— Je comprends. Alors, adieu. Si jamais vous venez au Caire, prévenez-moi, s'il vous plaît. La ville n'est pas sûre pour les touristes, mais avec moi, vous n'aurez rien à craindre, je vous le garantis.

Il me tendit une carte de visite. Elle ne portait pas de nom. Seule s'y détachait, en relief, la silhouette dorée d'un cobra.

— Le Cobra, c'est *vous* ?

Il hocha la tête.

— Vous n'êtes pas détective privé ?

— Disons que je mène des enquêtes pour mon propre compte. J'ai appris, par mes sources, que vous cherchiez quelqu'un pour résoudre une partie de votre petit problème, celle qui se situait au Caire.

Alors, je me suis dit, pourquoi pas moi, puisque le problème me concernait directement.

Il mit ses lunettes de soleil réfléchissantes et sortit. Sur mon écran de contrôle, je le regardai sortir du bureau, puis je le vis, par la fenêtre, monter les marches vers la rue, sa mallette à la main. Une limousine l'attendait. En donnant ses instructions à son chauffeur-garde du corps, il tourna la tête vers moi. Ses lunettes renvoyèrent un rayon de soleil, qui leur donna brièvement l'éclat du regard froid, impénétrable, d'un serpent.

*
* *

Henderson alluma des bougies aux quatre coins de ma chambre. C'étaient des bougies parfumées de façon très spéciale, contenant cinquante variétés différentes d'herbes et d'huiles aromatiques. J'avais fini par la convaincre que nos chakras étaient alignées, et qu'elle devrait passer la nuit avec moi.

— Voilà, fit-elle, allumant la quatrième bougie et la plaçant sur mon secrétaire. Tu ne trouves pas que ça sent merveilleusement bon ? Le parfum va se répandre dans l'atmosphère, et annihiler l'énergie éthérique des autres femmes qui sont venues ici. Bien sûr, les plus persistantes nécessitent un enfumage.

— Un enfumage ?

— Avec ça. (Ouvrant son sac, elle en sortit quelque chose qui ressemblait un peu à une balayette.) C'est de la sauge et du cèdre.

Elle approcha une allumette de l'extrémité de

l'objet, qui commença à se consumer. En une dizaine de secondes, la chambre fut remplie d'une épaisse fumée.

— Henderson, dis-je en toussant, et si je repeignais la pièce avec une peinture rapide au latex ?

— Le latex ne peut rien contre les anciennes maîtresses. Elles sont partout : dans les lampes, le tissu, les meubles, les tapis.

— Et moi qui ne m'en suis jamais aperçu.

— C'est l'une des raisons pour lesquelles tu as si mauvais caractère. L'énergie de tes anciennes maîtresses, qui stagne ici, te met les nerfs à vif. (Elle agitait son bâton fumigène au-dessus du lit.) Je ne pourrais jamais me détendre dans cette atmosphère.

— Bon, au diable les sacrifices. Tu veux que je brûle les draps ?

— Ce ne sera pas nécessaire.

Je surpris une lueur dans son regard, la lueur malicieuse du petit lutin, et je compris qu'elle me taquinait. Elle portait un kimono court en soie blanche, qui révélait ses cuisses sublimes. Je portais un kimono du même modèle. Henderson les avait achetés en l'honneur de cette soirée.

Quand elle se pencha au-dessus du lit, le devant de son kimono bâilla, et je vis la courbe rebondie de ses seins osciller doucement d'avant en arrière alors qu'elle agitait son bâton. Je sentis mes chakras monter rapidement en régime.

Elle marqua un temps d'arrêt.

— Ce qu'il faudrait faire, à vrai dire, c'est entourer la pièce d'un ruban bleu, mais j'ai oublié d'en acheter.

Je fonçai vers la penderie.
— J'ai un costume bleu qu'on peut découper.
— On se sent déjà mieux, ici. Tu ne trouves pas ? L'atmosphère n'est pas plus propre ?
La fumée me faisait pleurer.
— Beaucoup plus propre. Comme un grand bol d'oxygène pur.
Je lui tendis un verre à vin pris sur la table de nuit, et je le lui remplis.
Je trinquai avec elle. Quand Henderson se pencha devant moi pour reposer son verre sur la table, son sein toucha mon bras. Je me tournai vers elle, mais elle se déroba, murmurant :
— L'idée de faire l'amour ne doit même pas nous effleurer.
— Pardon ?
— La première fois que l'on fait l'amour, il faut aller très, très doucement, laisser l'énergie s'accumuler, toute la nuit si nécessaire. Nous devrions nous asseoir côte à côte… (Elle m'emmena dans le salon, s'assit sur le canapé, puis tapota le coussin près du sien.)… et faire comme s'il ne se passait rien.
Je m'assis près d'elle. Sa cuisse chaude touchait la mienne. Je lui fis remarquer :
— Il se passe quelque chose.
— Oui, mais nous n'allons pas en tenir compte et parler d'autre chose. Comment allait Temple, aujourd'hui ?
— Elle n'est pas très solide, mais elle est en bonne voie.
— Je crois sincèrement que ce doit être un génie, pour être capable d'incarner tant de points de vue.

(Henderson jouait avec la ceinture de son kimono.) Je suppose que sa vie sexuelle n'est pas simple, avec toutes ces personnalités différentes. Tu imagines ?

— Je n'ai pas besoin d'imaginer, dis-je.

Ce que je regrettai aussitôt.

— Ah bon ? (Henderson avait pris le ton indifférent de la clinicienne, mais sa cuisse ne touchait plus la mienne.) Je ne peux pas dire que ça me surprenne. Je sais quel homme de terrain tu es.

— Ce n'est pas ce que tu crois. Je suis passé chez elle un jour où elle faisait son ménage.

— Et vous vous êtes astiqués l'un l'autre ?

— Non, non, j'ai pris la fuite. Elle subissait une tension nerveuse énorme.

Après un court silence, Henderson me demanda sans façon :

— Tu as des regrets ?

J'hésitai, me demandant quelle serait la meilleure réponse.

— Un léger regret.

Elle posa sa main sur la mienne.

— Tu es un gentleman, je l'ai toujours dit. Un gentleman a le droit d'avoir un léger regret.

Les rumeurs du soir, des bruits de voix provenant de Christopher Street entraient par la fenêtre ouverte. Des volutes de fumée emplissaient le chambranle de ma porte de chambre.

— Bon, dis-je. Qu'est-ce qu'on fait, maintenant ? Tu veux que je ponce le parquet ?

Ses yeux pétillèrent de nouveau. L'elfe se préparait à tisser ses fils de cristal autour de moi, comme le font tous les elfes aux hommes qui tombent sous leurs griffes par une nuit sans lune. Elle croisa les jambes, son kimono s'écarta, et la voix de Viola retentit dans le puits d'aération :

— McShane ! Je sens une odeur de fumée !

Je courus jusqu'à la fenêtre et passai la tête au-dehors, me tordant le cou pour regarder l'appartement du dessus.

— Ce n'est rien, Viola.

— Il n'y a pas le feu ?

— Non, c'est seulement Henderson qui chasse mes anciennes maîtresses de la chambre à coucher.

Viola gratta une allumette devant sa cigarette, la flamme éclairant son visage un moment.

— Alors, qu'est-ce que tu fais là, à bavarder avec moi ? Retourne dans ta chambre.

— Essaie de dormir, Viola.

— Ne rate pas le coche, McShane. L'amour est la meilleure compagnie qui soit.

Je tournai de nouveau la tête vers le salon. Henderson avait disparu. Puis, à travers la fumée, je l'aperçus dans la chambre ; elle était assise sur le bord du lit. Je franchis le seuil. La soie blanche de son kimono reflétait la lueur des bougies. Elle appuya sur le matelas du plat de la main.

— Je ne suis pas sûre du tout que ce soit suffisamment ferme pour ton dos.

— Très bien, je vais le balancer par la fenêtre.

Elle m'adressa son sourire de pékinois, paupières plissées, les yeux légèrement bridés vers le haut.

— On va l'essayer. Mets-toi sous le lit et dis-moi si les ressorts s'affaissent sous mon poids.

Était-elle réellement en train de me demander de ramper sous le lit ? Marmonnant dans ma barbe, je me glissai sous le sommier, et je sentis les ressorts grincer tandis qu'Henderson étirait son corps adorable sur le matelas, au-dessus de moi. Je pensai tout à coup que j'étais embarqué dans les préliminaires les plus incroyables de ma vie de macho.

Je m'extirpai de dessous le sommier.

— Tu as raison. Le lit est défectueux. C'est pour ça que je m'entortille dans les draps toutes les nuits.

Je m'assis près d'elle. Sa tête reposait sur l'oreille, ses cheveux étalés autour d'elle. Ses yeux sombres réfléchissaient, comme autant d'étoiles scintillantes, les flammes des bougies. Elle me dit :

— Je n'aurais jamais cru que je me retrouverais ici.

— Sur un lit de qualité médiocre.

— Avec toi. (Elle glissa la main sous mon kimono. Ses doigts palpèrent mon aisselle.) Ton latissimus est très rigide.

— Est-ce parce qu'il y a une femme presque nue dans mon lit ?

— Non, c'est à force de porter un étui d'aisselle.

Cette nuit-là, je me dis que nous avions encore du chemin à faire, mais il me semblait bien que nous pourrions finir par nous trouver, après tout.

Après une année de psychothérapie, Temple parvint à intégrer Rex dans sa conscience. Elle avait pris suffisamment confiance en elle-même pour que l'existence de Rex devienne superflue. À mesure que les craintes de Temple s'estompaient, Rex avait perdu de sa substance ; il avait même fini par lui dire adieu, l'informant qu'il allait s'en aller. Quand Temple lui demanda *où*, Rex répondit : *dans ta volonté*. Ce jour-là, elle congédia Mlle Groome. Temple était toujours la douce jeune femme que j'avais connue ; mais désormais, me semblait-il, personne — ni homme, ni femme — ne l'exploiterait plus jamais.

Quant à Henderson et moi, nous nous mariâmes, avec Ranouka et Manning pour témoins.

— *Maintenant que tu as épousé une chiropraticienne*, m'avait demandé Manning, *est-ce que tu auras enfin la tête bien vissée sur les épaules* ?

Je dus lui répondre que ce ne serait probablement pas le cas. Cependant, je tins bien ma promesse de brosser les cheveux d'Henderson pendant dix minutes chaque soir, pendant qu'elle me racontait sa journée. Je l'écoutais attentivement, en homme responsable, et non pas comme un mâle en rut. Vous me croyez, n'est-ce pas ?

Chaque mois, Henderson et moi nous rendions en voiture à Albany, à l'orphelinat d'État où résidait Rebecca Hewitt. Les trois autres fillettes que nous avions arrachées au Centre avaient retrouvé leurs familles, mais les parents adoptifs de Rebecca n'avaient pas voulu la reprendre. Ils redoutaient, disaient-ils, que les sévices qu'elle avait subis ne l'aient « pervertie » — selon leur propre terme. Ils craignaient que, si on laissait Rebecca vivre de nouveau chez eux, elle ne « pervertisse » à son tour leurs autres enfants, à cause de ce qu'elle avait appris. La maîtresse de maison avait même insinué que Rebecca pourrait essayer de séduire son mari, car « après tout, c'est tout ce qu'elle sait faire, à présent, coucher avec des hommes ». Son mari ne se laisserait jamais aguicher par ce genre de manœuvre, bien sûr, affirmait-elle, mais il voudrait peut-être mieux mettre Rebecca à l'abri de toute tentation. Les autres familles d'accueil n'avaient pas voulu d'elle non plus, s'attendant à ce qu'elle soit trop difficile, pour toutes sortes de raisons.

En vérité, elle était forte. Elle avait été blessée, mais elle se développait en passant outre à cette blessure, comme un arbre qui pousse en contournant tout obstacle à son essor ; la force vous pousse vers le haut. Des hommes comme Charles Brand avaient laissé leur empreinte sur elle, et cela se voyait parfois. Quand elle était malheureuse, Rebecca commençait à compter, en silence, avec un regard lointain, les fleurs imaginaires qui l'entouraient et la protégeaient. Elle avait aussi refusé de se séparer de sa casquette de base-ball des New York Yankees. Sa psychothérapeute avait lutté pour qu'elle s'en débarrasse, pensant que cette casquette devait rappeler à Rebecca les jeux malsains qu'on l'avait forcée à jouer, mais pour elle cela avait une autre signification, dont elle ne voulait pas parler. Elle se contentait de la porter, continuellement et avec obstination, et tout le monde finit par l'accepter. Peu importaient les jeux auxquels l'avaient contrainte des hommes mûrs dans les fantasmes desquels elle incarnait une version miniature du rêve américain, puisque, finalement, c'était elle qui avait gagné. Alors, pourquoi jeter sa casquette ?

Nous étions à Albany, à présent, et nous approchions du portail de l'orphelinat. Notre visite mensuelle avait beaucoup d'importance pour Rebecca, et celle-ci était tout à fait particulière. L'orphelinat était un grand bâtiment en pierre, couvert de lierre, et muni de tourelles comme une ancienne forteresse. Ce lieu exsudait la mélancolie, comme si les murs étaient remplis de tristesse. C'était l'été, les enfants jouaient dehors sur une pelouse en pente douce, et ils ne montraient aucun signe extérieur de cette tristesse, mais elle était quand même là, comme un écho qui suivait leurs cris et leurs rires.

Je garai la voiture, et nous en descendîmes. Au même moment, la porte de l'orphelinat s'ouvrit, et l'un des administrateurs en sortit. Il tint la porte, faisant signe à quelqu'un d'avancer. Rebecca apparut, les yeux protégés par la visière de sa casquette de base-ball. L'administrateur lui serra la main, et lui dit qu'il espérait bien qu'elle reviendrait un jour leur rendre visite. Rebecca se tourna dans notre direction. Elle portait une petite valise verte. Elle vint vers nous lentement, avec une grande dignité.

Rivages / noir
Dernières parutions

Petits Romans noirs irlandais (n° 505)
Sherlock Holmes dans tous ses états (n° 664)

Eric Ambler	*Sale Histoire* (n° 721)
	Docteur Frigo (n° 771)
Claude Amoz	*Étoiles cannibales* (n° 487)
	Racines amères (n° 629)
Raul Argemi	*Les morts perdent toujours leurs chaussures* (n° 640)
	Patagonia tchou tchou (n° 792)
Olivier Arnaud	*L'Homme qui voulait parler au monde* (n° 547)
Ace Atkins	*Blues Bar* (n° 690)
Cesare Battisti	*Terres brûlées* (n° 477)
	Avenida Revolución (n° 522)
William Bayer	*Le Rêve des chevaux brisés* (n° 619)
	Pèlerin (n° 659)
	La Ville des couteaux (n° 702)
	Wallflower (n° 763)
Marc Behm/Paco Ignacio Taibo II	*Hurler à la lune* (n° 457)
A.-H. Benotman	*Les Poteaux de torture* (n° 615)
	Marche de nuit sans lune (n° 676)
	Éboueur sur échafaud (n° 729)
Joseph Bialot	*La Ménagerie* (n° 635)
	L'Héritage de Guillemette Gatinel (n° 821)
James C. Blake	*Les Amis de Pancho Villa* (n° 569)
	Crépuscule sanglant (n° 637)
	Un Monde de voleurs (n° 743)
Lawrence Block	*Moisson noire* (n° 581)
Michel Boujut	*La Vie de Marie-Thérèse qui bifurqua quand sa passion pour le jazz prit une forme excessive* (n° 678)
Marc Boulet	*L'Exequatur* (n° 614)

Frederic Brown	*La Nuit du Jabberwock* (nº 634)
	La Fille de nulle part (nº 703)
Edward Bunker	*L'Éducation d'un malfrat* (nº 549)
	Stark (nº 766)
Declan Burke	*Eight Ball Boogie* (nº 607)
	Dernier tramway pour les Champs-Élysées (nº 820)
James Lee Burke	*Sunset Limited* (nº 551)
	Heartwood (nº 573)
	Le Boogie des rêves perdus (nº 593)
	Purple Cane Road (nº 638)
	Jolie Blon's Bounce (nº 739)
	Bitterrott (nº 770)
Sean Burke	*Au bout des docks* (nº 782)
Giacomo Cacciatore	*L'Homme de dos* (nº 796)
James Cain	*Au bout de l'arc-en-ciel* (nº 550)
G. Carofiglio	*Témoin involontaire* (nº 658)
Daniel Chavarría	*Le Rouge sur la plume du perroquet* (nº 561)
Elliott Chaze	*Noires sont les ailes de mon ange* (nº 814)
George Chesbro	*Loups solitaires* (nº 538)
	Le Rêve d'un aigle foudroyé (nº 565)
	Le Seigneur des glaces et de la solitude (nº 604)
Andrew Coburn	*Des voix dans les ténèbres* (nº 585)
	La Baby-sitter (nº 712)
Piero Colaprico	*La Dent du narval* (nº 665)
	Derniers Coups de feu dans le Ticinese (nº 722)
Michael Connelly	*Moisson noire* (nº 625)
Christopher Cook	*Voleurs* (nº 501)
Robin Cook	*Quelque Chose de pourri au royaume d'Angleterre* (nº 574)
Peter Corris	*Signé Mountain* (nº 788)
Peter Craig	*Hot Plastic* (nº 618)
David Cray	*Avocat criminel* (nº 504)
	Little Girl Blue (nº 610)
Jay Cronley	*Le Casse du siècle* (nº 468)
A. De Angelis	*Le Banquier assassiné* (nº 643)
J.-P. Demure	*La Culotte de la mort* (nº 682)
	Cher payé (nº 799)
J.-C. Derey	*L'Alpha et l'Oméga* (nº 469)
Pascal Dessaint	*Mourir n'est peut-être pas la pire des choses* (nº 540)
	Les hommes sont courageux (nº 597)
	Loin des humains (nº 639)
	Cruelles natures (nº 809)

J. Dickson Carr	*Les Nouveaux Mystères d'Udolpho* (n° 758)
Peter Dickinson	*L'Oracle empoisonné* (n° 519)
	Quelques Morts avant de mourir (n° 537)
Sean Doolittle	*Savemore* (n° 773)
Rolo Diez	*Les 2001 nuits* (n° 772)
Tim Dorsey	*Triggerfish Twist* (n° 705)
	Stingray Shuffle (n° 706)
L.L. Drumond	*Tout ce que vous direz pourra être retenu contre vous* (n° 717)
James Ellroy	*Le Dahlia noir* (n° 100)
	L.A. Confidential (n° 120)
	Crimes en série (n° 388)
	American Death Trip (n° 489)
	Destination morgue (n° 595)
	Revue POLAR spécial Ellroy (n° 662)
	Moisson noire (n° 668)
	Tijuana mon amour (n° 750)
V. Evangelisti	*Anthracite* (n° 671)
	Nous ne sommes rien, soyons tout ! (n° 774)
Howard Fast	*Un homme brisé* (n° 523)
	Mémoires d'un rouge (n° 543)
François Forestier	*Rue des rats* (n° 624)
David Fulmer	*Courir après le diable* (n° 780)
Kinky Friedman	*Passé imparfait* (n° 644)
	Une fessée pour Watson (n° 720)
B. Garlaschelli	*Alice dans l'ombre* (n° 532)
	Deux Sœurs (n° 633)
Doris Gercke	*Aubergiste, tu seras pendu* (n° 525)
Barry Gifford	*L'Imagination du cœur* (n° 731)
A. Gimenez Bartlett	*Un bateau plein de riz* (n° 719)
	Un vide à la place du cœur (n° 797)
David Goodis	*Nightfall* (n° 741)
	Ceux de la nuit (n° 760)
Joe Gores	*Privé* (n° 667)
James Grady	*Comme une flamme blanche* (n° 445)
	La Ville des ombres (n° 553)
	Les Six Jours du condor (n° 641)
Davis Grubb	*Personne ne regarde* (n° 627)
Wolf Haas	*Silentium !* (n° 509)
	Quitter Zell (n° 645)
Éric Halphen	*Maquillages* (n° 823)
P. Hamilton	*Hangover Square* (n° 732)
Josephine Hammett	*Dashiell Hammett, mon père* (n° 736)
Joseph Hansen	*À fleur de peau* (n° 631)
	Promesses non tenues (n° 681)
	Gravedigger (n° 757)

Cyril Hare	*Meurtre à l'anglaise* (nº 544)
	Le Clarinettiste manquant (nº 686)
John Harvey	*Bleu noir* (nº 570)
	De chair et de sang (nº 652)
	De cendre et d'os (nº 689)
	D'ombre et de lumière (nº 777)
	Demain ce seront des hommes (nº 778)
M. Haskell Smith	*À bras raccourci* (nº 508)
Russel Hill	*La Femme de Robbie* (nº 805)
Tony Hillerman	*Le Vent qui gémit* (nº 600)
	Le Cochon sinistre (nº 651)
	L'Homme squelette (nº 679)
	Le Chagrin entre les fils (nº 713)
Mike Hodges	*Quand tout se fait la malle* (nº 734)
Craig Holden	*Les Quatre Coins de la nuit* (nº 447)
	La Rivière du Chagrin (nº 685)
Rupert Holmes	*La Vérité du mensonge* (nº 699)
Philippe Huet	*L'Inconnue d'Antoine* (nº 577)
	L'Ivresse des falaises (nº 751)
Fergus Hume	*Le Mystère du Hansom Cab* (nº 594)
Lorent Idir	*Un nageur en plein ciel* (nº 767)
Eugene Izzi	*Le Criminaliste* (nº 456)
Bill James	*Mal à la tête* (nº 684)
	Club (nº 708)
	En son absence (nº 747)
	À cheval sur une tombe (nº 798)
Hervé Jaouen	*Les Moulins de Yalikavak* (nº 617)
Theodor Kallifatides	*Juste un crime* (nº 815)
Stuart Kaminsky	*Soleil post mortem* (nº 733)
	L'Impossible Monsieur Grant (nº 744)
Thomas Kelly	*Le Ventre de New York* (nº 396)
	Rackets (nº 773)
Claude Klotz	*Darakan* (nº 730)
Helen Knode	*Terminus Hollywood* (nº 576)
Jake Lamar	*Le Caméléon noir* (nº 460)
	Nous avions un rêve (nº 748)
Michael Larsen	*Le Serpent de Sydney* (nº 455)
	Le Cinquième Soleil (nº 565)
Hervé Le Corre	*L'Homme aux lèvres de saphir* (nº 531)
	Derniers retranchements (nº 825)
Alexis Lecaye	*Einstein et Sherlock Holmes* (nº 529)
Cornelius Lehane	*Prends garde au buveur solitaire* (nº 431)
	Qui sème le vent (nº 656)
	Les Fantômes du vieil hôtel (nº 793)
Dennis Lehane	*Un dernier verre avant la guerre* (nº 380)
	Ténèbres, prenez-moi la main (nº 424)

	Sacré (n° 466)
	Mystic River (n° 515)
	Gone, Baby, Gone (n° 557)
	Shutter Island (n° 587)
	Prières pour la pluie (n° 612)
	Coronado (n° 646)
	Un pays à l'aube (n° 800)
Christian Lehmann	*La Tribu* (n° 463)
Robert Leininger	*Il faut tuer Suki Flood* (n° 528)
Elmore Leonard	*3 heures 10 pour Yuma* (n° 701)
	Dieu reconnaîtra les siens (n° 725)
	Quand les femmes sortent pour danser (n° 726)
	L'Homme au bras de fer (n° 752)
	Paiement cash (n° 785)
	Gold Coast (n° 786)
	La Guerre du whisky (n° 811)
	Mr Paradise (n° 812)
Bob Leuci	*L'Indic* (n° 485)
Ted Lewis	*Billy Rags* (n° 426)
Eva-Marie Liffner	*Chambre noire* (n° 761)
Chuck Logan	*Presque veuve* (n° 696)
	Brume de chaleur (n° 762)
Steve Lopez	*Le Club des Macaronis* (n° 533)
Ernesto Mallo	*L'Aiguille dans une botte de foin* (n° 745)
J.-P. Manchette	*Chroniques* (n° 488)
	Cache ta joie (n° 606)
D. Manotti	*Nos Fantastiques Années fric* (n° 483)
	Lorraine connection (n° 683)
Thierry Marignac	*À quai* (n° 590)
Ed McBain	*Le Paradis des ratés* (n° 677)
	Alice en danger (n° 711)
Stéphane Michaka	*La Fille de Carnegie* (n° 700)
Bill Moody	*Sur les traces de Chet Baker* (n° 497)
	Bird est vivant ! (n° 768)
R. H. Morrieson	*L'Épouvantail* (n° 616)
Tobie Nathan	*613* (n° 524)
	Serial Eater (n° 718)
Jim Nisbet	*Comment j'ai trouvé un boulot* (n° 710)
	Le Codex de Syracuse (n° 753)
Alexis Nolent	*La Nuit du vigile* (n° 824)
Jean-Paul Nozière	*Je vais tuer mon papa* (n° 660)
	Cocktail Molotov (n° 746)
	Dernier tour de manège (n° 818)
Jack O'Connell	*Et le verbe s'est fait chair* (n° 454)
	Ondes de choc (n° 558)

Renato Olivieri	*Ils mourront donc* (nº 513)
	L'Enquête interrompue (nº 620)
J.-H. Oppel	*Au Saut de la Louve* (nº 530)
	French Tabloïds (nº 704)
	Barjot ! (nº 806)
Samuel Ornitz	*Monsieur Gros-Bidon* (nº 716)
Abigail Padgett	*Poupées brisées* (nº 435)
	Petite Tortue (nº 621)
Hugues Pagan	*Tarif de groupe* (nº 401)
	Je suis un soir d'été (nº 453)
Robert B. Parker	*Une ombre qui passe* (nº 648)
David Peace	*1974* (nº 510)
	1977 (nº 552)
	1980 (nº 603)
	1983 (nº 672)
	GB 84 (nº 735)
	44 Jours (nº 769)
	Tokyo année zéro (nº 790)
Pierre Pelot	*Les Chiens qui traversent la nuit* (nº 459)
	Pauvres Zhéros (nº 693)
Anne Perry	*Un plat qui se mange froid* (nº 425)
Andrea G. Pinketts	*La Madone assassine* (nº 564)
Gianni Pirozzi	*Le Quartier de la Fabrique* (nº 756)
	Romicide (nº 775)
Philip Pullman	*Le Papillon tatoué* (nº 548)
Michel Quint	*À l'encre rouge* (nº 427)
Rob Reuland	*Point mort* (nº 589)
John Ridley	*Ici commence l'enfer* (nº 405)
Christian Roux	*Les Ombres mortes* (nº 575)
	Kadogos (nº 749)
Marc Ruscart	*L'Homme qui a vu l'homme qui a vu l'ours* (nº 657)
	Noir Désert (nº 822)
Barouk Salamé	*Le Testament syriaque* (nº 816)
D. Salisbury-Davis	*L'Assassin affable* (nº 512)
James Sallis	*Drive* (nº 613)
Louis Sanders	*Passe-Temps pour les âmes ignobles* (nº 449)
	La Lecture du feu (nº 808)
G. Scerbanenco	*Les Amants du bord de mer* (nº 559)
	Mort sur la lagune (nº 654)
	Vénus privée (nº 794)
	Ils nous trahiront tous (nº 795)
John Shannon	*Le Rideau orange* (nº 602)
Roger Simon	*Final Cut* (nº 592)

Pierre Siniac — *Carton blême* (nº 467)
La Course du hanneton dans la ville détruite (nº 586)

Maj Sjöwall/Per Wahlöö
Roseanna (nº 687)
L'Homme qui partit en fumée (nº 688)
L'Homme au balcon (nº 714)
Le Policier qui rit (nº 715)
La Voiture de pompiers disparue (nº 723)
Meurtre au Savoy (nº 724)
L'Abominable Homme de Säffle (nº 754)
La Chambre close (nº 755)
L'Assassin de l'agent de police (nº 764)
Les Terroristes (nº 765)

Jerry Stahl — *À poil en civil* (nº 647)

Richard Stark — *Backflash* (nº 473)
Le Septième (nº 516)
Flashfire (nº 582)
Firebreak (nº 707)
Breakout (nº 827)

Jason Starr — *Mauvais Karma* (nº 584)
La Ville piège (nº 698)
Frères de Brooklyn (nº 738)
Loser (nº 804)

Rex Stout — *Le Secret de la bande élastique* (nº 545)

D. Swierczynski — *The Blonde* (nº 759)
À toute allure (nº 810)

Paco I. Taibo II — *Nous revenons comme des ombres* (nº 500)
D'amour et de fantômes (nº 562)
Adios Madrid (nº 563)

Paco I. Taibo II/Sous-Commandant Marcos
Des morts qui dérangent (nº 697)

Hake Talbot — *Le Bras droit du bourreau* (nº 556)

Josephine Tey — *Le Plus Beau des anges* (nº 546)

Tito Topin — *Photo Finish* (nº 692)
Parfois je me sens comme un enfant sans mère (nº 737)
Des rats et des hommes (nº 813)

Nick Tosches — *Dino* (nº 478)
Night Train (nº 630)

Jack Trolley — *Ballet d'ombres à Balboa* (nº 555)

Cathi Unsworth — *Au risque de se perdre* (nº 691)

E. Van Lustbader — *Tableau de famille* (nº 649)

Jean Vautrin — *Le Roi des ordures* (nº 789)
Canicule (nº 819)

Marc Villard	*Entrée du diable à Barbèsville* (n° 669)
	Le Roi, sa femme et le petit prince (n° 776)
M. Villard/J.B. Pouy	*Ping-Pong* (n° 572)
	Tohu-Bohu (n° 673)
	Zigzag (n° 791)
J.-M. Villemot	*Les Petits Hommes d'Abidjan* (n° 623)
	L'Évangile obscur (n° 781)
M. Wachendorff	*L'Impossible Enfant* (n° 653)
Per Wahlöö	*Meurtre au 31e étage* (n° 801)
	Arche d'acier (n° 802)
Jim Waltzer	*Keene en colère* (n° 740)
John Wessel	*Le Point limite* (n° 428)
	Pretty Ballerina (n° 578)
Donald Westlake	*Le Couperet* (n° 375)
	Mauvaises Nouvelles (n° 535)
	La Mouche du coche (n° 536)
	Jimmy the Kid (n° 554)
	Dégâts des eaux (n° 599)
	Pourquoi moi ? (n° 601)
	Pierre qui roule (n° 628)
	Adios Shéhérazade (n° 650)
	Personne n'est parfait (n° 666)
	Divine Providence (n° 694)
	Les Sentiers du désastre (n° 709)
	Bonne Conduite (n° 727)
	Motus et bouche cousue (n° 728)
	Argent facile (n° 783)
	Mort de trouille (n° 784)
	Comment voler une banque (n° 828)
	Voleurs à la douzaine (n° 829)
J. Van De Wetering	*Le Perroquet perfide* (n° 496)
	Meurtre sur la digue (n° 518)
	Le Cadavre japonais (n° 539)
Charles Willeford	*Combats de coqs* (n° 492)
	La Différence (n° 626)
	La Machine du Pavillon 11 (n° 742)
	Je cherchais une rue (n° 826)
Charles Williams	*La Fille des marais* (n° 807)
John Williams	*Gueule de bois* (n° 444)
Timothy Williams	*Un autre soleil* (n° 817)
Colin Wilson	*Meurtre d'une écolière* (n° 608)
	Le Doute nécessaire (n° 670)
Daniel Woodrell	*La Mort du petit cœur* (n° 433)
	Chevauchée avec le diable (n° 434)
	Un hiver de glace (n° 803)

Achevé d'imprimer sur rotative
par l'Imprimerie Darantiere
à Dijon-Quetigny en
mai 2011

N° d'impression : 11-0653
Dépôt légal : 2e trimestre 1998

Imprimé en France